光文社文庫

文庫書下ろし／長編時代小説

夜叉萬同心　本所の女

辻堂　魁《かい》

光　文　社

この作品は光文社文庫のために書下ろされました。

目次

北
東
南
西
鐘ヶ淵
大橋
隅田村
千住道
小塚原
三河島
田端
日暮里
駒込
谷中
日本堤
金杉上町
新吉原
寺島村
隅田川
今戸町
千駄木
白山
下谷
鷲神社
山谷堀
今戸橋
浅草寺
小梅村
東叡山寛永寺
根津権現
御薬園
小石川
本郷
東本願寺
浅草花川戸町
中堂
広徳寺
幡随院
阿部川町
吾妻橋
竹町ノ渡し
伝通院
不忍池
新堀川
田原町
三間町
並木町
駒形堂
菊坂町
池之端仲町
下谷広小路
御徒町
蔵前
春日町
湯島天神
水戸徳川家
牛込
森田町
御米蔵
神田川
神田明神
外神田
向柳原
天王町
浅草橋
柳橋
神楽坂
牛込御門
小石川御門
水道橋
御竹蔵
昌平橋
筋違御門
和泉橋
柳原土手
両国広小路
番町
田安御門
俎板橋
雉子橋御門
一ツ橋御門
内神田
馬喰町
本所
両国橋
回向院
竪川
市谷御門
清水御門
神田橋御門
小伝馬町
今川橋
日本橋
新大橋
常盤橋御門
北町奉行所
小名木川
室町
江戸橋
麹町
半蔵御門
江戸城
呉服橋御門
日本橋
仙台堀
深川
南茅場町
材木町
西之御丸
南町奉行所
永代橋
鍛冶橋御門
八丁堀
組屋敷
富岡八幡宮
京橋
霊岸島
桜田御門
永田町
赤坂御門
数寄屋橋御門
西本願寺
石川島
越中島調練場
山王日枝神社
新橋
築地
佃島
溜池
幸橋御門
汐留橋

序　落葉《らくよう》

深い紺色《こんいろ》の大川《おおかわ》へ漕ぎ出たとき、浅草寺《せんそうじ》の時の鐘が、午《ひる》の九ツ（正午）を報《しら》せた。

三つの捨て鐘のあと、九ツを打ち始めてから少し遅れて、浅草寺の呼びかけに応じるかのように、横川《よこかわ》の鐘つき堂の鐘が、薄絹の雲のたなびく本所《ほんじょ》の空へ、微《び》弱《じゃく》な音色を響きわたらせた。

「ああ、お天道《てんと》さまがあったけえ」

お甲《こう》の前で、渡し船のさなに片膝立ちに坐《すわ》った丸之助《まるのすけ》は、鐘の音が響きわたる空を仰《あお》いで、心地よさそうに言った。紺縞《こんじま》の綿入《わたい》れの半纏《はんてん》を着けた丸之助の背中が、響きわたる鐘の音を追って、表《おもて》船梁《ふなばり》と胴《どう》船梁の間のさなからのびあがって左右へふれた。

御厩《おうまや》の船渡しに、師走《しわす》にしてはやわらかな川風が吹いていた。船客は、羽織《はおり》袴《はかま》の武家や、お仕着せの商人、お店者《たなもの》風体《ふうてい》、両天秤の荷を傍《かたわ》らに重ねて合羽《かっぱ》を着けた旅の行商ふう、おかみさんと供《とも》の下女、墨染の僧衣に饅頭笠《まんじゅうがさ》の雲水《うんすい》らで、

「あれは浅草寺ですね」

「そのようですね」

と、さり気《げ》ない遣《や》りとりが聞こえた。

「横川の時の鐘も、鳴ってるぜ」

丸之助が背後のお甲へふりかえり、童子《どうじ》のような笑みを寄こした。

お甲は頷いただけで、黙っていた。

やがて、時の鐘が九ツを打ち終え、薄絹の雲のたなびく空へ果敢《はか》なく消え去ると、丸之助は大川へ顔を戻し、船縁《ふなべり》に両肘を乗せて、鼻筋の通った少し寂《さび》しそうな横顔をお甲に向けた。

丸之助は、腰の莨入《たばこい》れから鉈豆煙管《なたまめギセル》を抜き出し、刻《きざ》みをつめて火をつけた。煙管を咥《くわ》えた形のいい唇の周りに無精髭《ぶしょうひげ》が生《は》え、ふう、と吹いた白い煙と一緒に、のびた月代《さかやき》がやわらかい川風になびいた。

船頭の操る櫓《ろ》が、櫓床《ろどこ》で物憂げにささやき、艫《とも》の後ろに波の乱れを残し、冬の陽射しが、無数の細かな波頭に白いきらめきをちりばめていた。

お甲は、島田《しまだ》へ吹き流しにかけた絣《かすり》の上布《じょうふ》を指先で軽く押さえ、冷たく冴えたきれ長な目を、対岸の景色へゆるやかに廻らせた。

渡し場の船寄せからあがった河岸《かし》通《どお》りに、陸奥《むつ》白川《しらかわ》藩阿部《あべ》家蔵屋敷が土蔵造りの店をかまえ、屋敷前の通りを足しげく人が往来している。

河岸通りの川下のほうへ武家屋敷が土塀をつらね、本所御竹蔵《おたけぐら》の入堀を渡って百本杭《ひゃっぽんぐい》が見える横網町《よこあみちょう》にいたり、横網町の向こうは、東両国《ひがしりょうごく》の蔵屋敷や町家の甍《いらか》が陽射しの下に密集して、両国へ渡る両国橋が見えている。

川上のほうへ目を移すと、武家屋敷は途ぎれ、外手町《そとでちょう》、北本所番場町《ばんばちょう》、中ノ《なかの》郷竹町《ごうたけちょう》の町家が続いて、その先に、深い紺色の大川に架かる吾妻橋《あづまばし》が、北の晴れた空へなだらかに反《そ》っていた。

浅草御蔵《あさくさおくら》と大川を隔《へだ》てた本所の河岸通りは、両国橋東詰から吾妻橋の東詰まで、諸藩の蔵屋敷や下屋敷が、土塀や土蔵造りの家屋をつらねる一帯である。

そのとき、ふと、お甲は河岸通りの一軒の出茶屋《でぢゃや》を見やった。

河岸通りを少々北へいった外手町の大川端《ばた》に、物揚場《ものあげば》と栃《とち》の木の下に稲荷の小さな祠《ほこら》があって、川端の小さな明地《あきち》を隔て、茅葺《かやぶき》屋根の出茶屋が、陽射しを浴びて古びた佇《たたず》まいを見せていた。

赤樫《あかがし》の大きな木が葉を落とした枝を、切妻《きりづま》造りの屋根の上に伸ばしている。

《お休み処《どころ》　やき餅くさ餅》

と読める旗が板庇《いたびさし》に見え、庇には葭簀《よしず》をたて廻し、煙出《けむだ》しの窓から、薄い煙が茅葺屋根を伝って冬の空へのぼっていた。

お甲が出茶屋に目を投げたのは、板庇にたて廻した葭簀の外へ、黄枯茶《きからちゃ》の着物に襷《たすき》をかけ、手拭を姉《あね》さんかぶりにした茶屋の女が出てきたからだった。

外手町の大川端に出茶屋があることは、以前から知っていた。年寄り夫婦が営《いとな》んでいるひなびた出茶屋と思っていた。だからなのか、なんとはなしに女に気を引かれた。それだけだった。

女は、出茶屋の前の明地に積みあげた薪《まき》の束を、長い両腕のわきに二束を抱え、両手に二束をやすやすと提げた。

そこへ、幼い二人の童女が女を追いかけてきて、まだいくつも積んである薪のひと束を、年上の童女が両手でようやく抱え、年下のもっと幼い童女は、わきから支えて懸命に手伝っているように見えた。

女は四束を抱えたまま童女らを見守り、笑顔で語りかけた。女の童女らへ向けた笑顔にあふれる慈愛《じあい》が、渡し船のお甲にわかった。

女と童女は薪を店に運びこむと、また足早に出てきて同じように運びこんでいき、薪の束を運び入れるたびに、女と童女らが言葉をかけ合う様子が、お甲の胸をわずかにつまらせた。

おやおや、頬笑《ほほえ》ましいわね。

お甲は胸のつまりをふり払って呟《つぶや》いた。

すると、丸之助が船縁に両肘を乗せた恰好でお甲へ顔をひねった。

「お甲さん。おら、知ってんだ」

と言って、さっきの心地よさそうな顔つきを少し曇らせた。

お甲は丸之助を見かえし、何を？　と目で訊《き》いた。

「お泉《せん》は隠して、亭主のおらにも言わねえが、おら知ってんだ。亭主のおらが気づかねえわけがねえ。そうだろう。おらとお泉は夫婦なんだからさ」

「そうだね」

お甲は頬笑んだ。

「何を知ってるかって言うとさ、あのさ、お泉はここの具合がよくねえんだ。何度か、ここを押さえて、苦しがっているのを見たことがあるんだ。ありゃあ、たぶん、心《しん》の臓《ぞう》だ。心の臓が弱ってるのに、違いねえんだ。具合が悪いのかいって訊いたら、なんでもないよってしか、言わねえんだけどさ。具合が悪いなら、医者に診せりゃいいのに、亭主のおれに心配かけたくねえから、隠してるのさ。夫婦なのに、水臭《みずくせ》えじゃねえか」

丸之助は左胸を指先で差して、唇を尖らせた。

「だからさ。お甲さんが言いてえことは山ほどあるだろうけど、お泉を、あんまり責めねえでやってくれねえか。お泉は、お甲さんに恨みつらみを言われたら、さぞかしつれえだろうなって、思うのさ」

「顔も知らない人だよ。今さら、言うことなんてないさ。そっちのほうに用があって、呼んだんじゃないか」

お甲は、冷淡な口ぶりを装った。

「うん。そうなんだけどね。だって、お泉はずっとお甲さんに会いたがっていたんだ。ずっと、ずっと前からさ」

冗談じゃないよ。

お甲は思ったが、口には出さなかった。

また、大川端の出茶屋へ目を向けた。薪の束は運び終わっていて、女と童女らの姿はもう消えていた。出茶屋に客の出入りが見え、煙出しの窓から薄い煙がのぼって、冬枯れの赤樫の木にからみついている。

物揚場にも、一艘《いっそう》が船寄せの杭に舫《もや》ってあるばかりで、荷を揚げおろしする軽《かる》子《こ》らの騒々しさはなかった。丸之助は、お甲のつれない素ぶりから大川へ目を戻し、船縁に重ねた肘の上に顎を物憂げに乗せた。

だが、お甲はお泉に会うため、着物を替えていた。普段なら渋色《しぶいろ》の無地だが、麻葉小紋《あさのはこもん》の青摺《あおずり》の小袖《こそで》に塩瀬《しおぜ》の帯を、きゅっ、と衣擦《きぬず》れの悲鳴が聞こえるほどきつく締めた。唇に薄く紅をつけ、眉にも墨をさり気《げ》なく刷《は》いた。

哀《あわ》れまれるのは、ごめんだった。

ご懸念なく、母親はなけれど幼子は育ちました。

と、少しはこんな自分を見せつけてやりたい気持ちもあった。

「冗談じゃないよ」

お甲は出茶屋から大川の景色へ目を遊ばせ、物憂く呟いた。丸之助が子犬のように顔をもたげ、お甲の様子をうかがった。

艫の船頭が櫓を棹《さお》に持ち替え、河岸場の歩みの板に船を寄せた。

焦茶《こげちゃ》の半纏を着けた渡し場の番人が、船寄せの歩みの板に待っていて、舳《へさき》の縄をとって杭にくくりつけた。

船客がぞろぞろと、歩みの板へあがっていく。

雁木《がんぎ》をのぼった河岸通りに高札《こうさつ》がたっている。

《此所渡船壱人ニ付テ鳥目弐文馬壱疋弐文宛船賃ヲ取テ渡スヘシ……》

などと記してある。

御厩の渡しは、浅草三好町《みよしちょう》と本所の外手町の船渡しである。渡しを利用する客は多く、八艘の船と十四人の船頭をそろえている。

お甲と丸之助は、白川藩阿部家の蔵屋敷前より北へ河岸通りをとった。

丸之助が、足の運びに調子を合わせるかのように身体を左右にゆらしながら、お甲の前をゆるゆると歩んでいった。


菅笠《すげがさ》をかぶらず、紺縞の綿入れ半纏の背中に垂らし、尻端折《しりはしょ》りの着物の裾《すそ》からのぞいた痩せた臑《すね》や黒足袋《くろたび》を繕《つくろ》った跡が、みすぼらしく寒そうだった。

武家屋敷の門前の並びに、外手町の表店《おもてだな》が通りに軒《のき》をつらねていた。

女と童女らが薪の束を運んでいた出茶屋は、河岸通りを隔てた物揚場のそばの大川端に見えている。

板庇に吊《つ》るした旗に、《お休み処　やき餅くさ餅》の文字が読めた。出茶屋の煙出しから薄い煙がのぼり、茅葺屋根の上に枝をのばす赤樫の枯れた葉をちらちらと残している風情は、絵に描いたようなひなびた眺めだった。

出茶屋の前を通りかかると、盆に茶碗を載せて運んでいる黄枯茶の女が、葭簀の間から見えた。

「丸之助さん、焼き餅を食べていこう。お腹が空いただろう」

お甲は丸之助の背中に声をかけた。

丸之助は歩みを止めて、お甲へ見かえった。そして、首を出茶屋のほうへかしげるようにひねった。

「うん、腹は減ってるけど、お泉が待ってるぜ」

丸之助は、少し困った顔つきになった。

「いいじゃないの、ちょっとぐらい待たせたって。せいぜい、半刻《はんとき》（一時間）足らずの違いさ。二十五年と比べたら、短いもんさ」

お甲はわざと、少しはすっぱに言い、先に板庇をくぐった。

板庇の下と前土間に、花茣蓙《はなござ》を敷いた三台の縁台が並んでいた。土間続きに四畳半ほどの畳敷きの部屋があった。部屋には炉がきってあり、炉にかけた大きな茶釜に湯気がのぼっていた。

職人の親方風体と弟子の二人連れ、お店者の三人連れが部屋にいて、あがり端《はな》には木綿の上着に股引《ももひき》の人足《にんそく》風体がひとり腰かけ、足を組んで鉈豆煙管を吹かしている。

職人の親方と弟子が、炉のそばで弁当を使っていた。黄枯茶の女が茶を出して土間におりてきたとき、板庇の下のお甲と目が合った。

姉さんかぶりの広い額《ひたい》の下の、いささか暗みをおびた二重《ふたえ》の大きな目と、形のよい鼻筋と口元が瓜実顔《うりざねがお》に似合う、美しい顔だちだった。痩せてはいても上背《うわぜい》があって、姿のよい町家の女房という風情だった。

おや、まあ……

と、お甲は女の美しい顔だちと風情に胸を打たれた。

それがかえって、暗みをおびた目の奥にひそむ愁《うれ》いと果敢《はか》なさがもつれてからみ合う心の模様を、感じさせずにおかなかったからだ。

この女、わけありだね、と御用聞《ごようきき》の勘が咄嗟《とっさ》に働いた。だが、それはほんの束《つか》の間《ま》の、お甲の勝手な勘ぐりだった。勝手な勘ぐりを、馬鹿ばかしいと思った。

女はすぐに眼差《まなざ》しの暗みを解き、お甲へ笑みを寄こした。

「おいでなさい」

「おかみさん、お茶を二つ、頼みますよ。それとあそこに、やき餅とくさ餅、と出てるけど、どちらがお勧め？」

お甲は、わずかにそよぐ板庇の旗を指して言った。

「ごめんなさい。この節は草餅を出していないんです。春になれば、母子草《ははこぐさ》や蓬《よもぎ》を搗《つ》きまぜて団子にして出していますが、今は亭主の焼いた焼き餅だけなんです。それに、きな粉と砂糖を添えて」

お甲は、ねじり鉢巻《はちま》きの亭主らしき男が、土間の奥の一角に据えた炉端に立って、網に餅を並べ焼いているのを見やった。

「ああ、そうでしたね。つい、冬場のこの節に珍しいなって、思っただけですから。では、焼き餅を二つ、くださいな」

「はい、お茶と焼き餅を二つ、ただ今お持ちします」

明るい、軽やかな声だった。

そのやりとりだけで、お甲はもう女と打ち解けた気分になれた。

焼き餅の香ばしい匂いが流れてくる土間の奥へ、速《すみ》やかな軽い足どりを運んでいく女の後ろ姿を、お甲はなんとはなしに目で追った。

女が炉端の亭主に話しかけながら、手早く茶の支度を始めた。亭主は焼き餅から目を離さず頷いている。

三台の縁台が並んだ一台には、紺看板《こんかんばん》の中間《ちゆうげん》風体が腰かけて、きな粉をつけて焼き餅を頬張っていた。

お甲は吹き流しの絣の上布をとり、丸之助と並んで縁台に腰をおろした。

葭簀ごしに大川が眺められた。

昼の陽射しの下に大川は深い紺色の美しい流れを横たえ、漕ぎのぼる船が静かな川面に細波《さざなみ》をたてていた。さっき渡ってきた御厩の船渡しには、浅草三好町の御厩河岸のほうへ渡し船が向かっていた。

一方の大川端の河岸通りは、人通りが絶えず、瓦《かわら》を山のように積んだ荷車の車輪が、歯ぎしりのような音をたてて地面を咬《か》み、通りすぎていった。

丸之助は、尻端折りの着物の裾からのぞく膝頭へ両手をつけて突っ張り、大川へ目を泳がせている。

「丸之助さん、歳はいくつ？」

お甲が訊くと、丸之助は大川からふりかえり、無精髭の生えた口元をゆるめて白い歯を見せた。

「本途《ほんと》の歳はわかんねえ。おれを育ててくれたばあちゃんが、五つにしておきって言って、あれから二十二年がたつから、たぶん二十七だ。けど、ばあちゃんもおれの本途の歳を知らねえんだ。ばあちゃんは、捨子のおれが可哀想だから拾って育ててくれたんだ。よくは覚えてねえけど」

「お父《と》っつあんとおっ母《か》さんを、知らないのかい」

「おれは野良犬の子さ。野良犬の子が野良犬の親なんて、知るわけねえよ。ばあちゃんにどこで拾われたか、小《ち》っちゃかったから、わからねえ。ばあちゃんは、いくつでもいいから、早くお店《たな》に奉公して楽をさせておくれって、そればっかり言ってたな」

「ばあちゃんは、今どうしているんだい」

「おれが十七のとき、苦しそうな咳をして、熱を出して寝こんで、そのままおっ死《ち》んじまった。おっ死んじまう前にばあちゃんは、おれを拾って育てて損《そん》したって言ってた。おれが、奉公先を縮尻《しくじ》ってばかりいたからさ」

丸之助は他人事《ひとごと》のように、あっけらかんと笑った。

「奉公が、続かなかったんだね」

「だって、どこのお店に奉公しても、手代《てだい》の兄さんやご主人が、おれのことを馬鹿だ馬鹿だって言うからさ。中ノ郷の瓦屋で奉公してたときは、親方に馬鹿丸って呼ばれてた。深川《ふかがわ》の質屋に奉公してたときは、手代の兄さんに、ご主人のいないところでよく引っ叩《ぱた》かれた。でもよ、おれは算盤《そろばん》はできなかったけど、勘定なら兄さんより速かったんだぜ。足したり引いたり、かけたり割ったり、ちょっと考えりゃあすぐにできたから、算盤なんか使えなくたって平気だった。なのに、兄さんが算盤もできねえのかこの馬鹿って、算盤の角でこんこんやるんだ。勤めてられねえよ。本途だぜ、お甲さん。算盤ができなくったって、勘定はできるんだぜ。試してみるかい」

「いいよ」

お甲はどうでもよさそうに、手をひらひらさせた。

ほどなく、女が茶碗と焼き餅の皿を載せた盆を運んできた。

「お待たせいたしました。焼きたてですから、熱いのでお気をつけて……」

そう言って、茶托《ちゃたく》に載せた碗ときな粉と砂糖を添えた焼き餅の皿を、お甲と丸之助のわきに並べた。

「美味《うま》そうだな」

丸之助が、早速、箸をつけた。

「まずは、きな粉をたっぷりとつけて……」

と頬張り、熱いので、はふはふ、と息を吐いた。

お甲と目を合わせ、笑いかけた女の薄化粧がさり気なかった。

「おかみさんのご亭主？」

お甲は、土間の奥の炉端で餅を焼いている亭主を見やって訊いた。

はい、と女は笑みのまま頷いた。

「ずっと以前、このお店は年配のご夫婦が営んでいらっしゃったように、覚えているんですけれど」

「夫の両親です。今はもう、おりません」

「そうでしたか。なら今は、ご亭主とおかみさんに、小さなお子さんがお二人、いらっしゃいましたね」

「あら」

女は少し意外そうに目を見開いた。

「さっきね、おかみさんが二人のお子さんと、薪の束を運んでいらっしゃったのを、渡し船からお見かけしたので」

お甲は、大川の御厩の渡し場のほうを指差した。

「ああ、それで。そうなんですよ。五歳と三歳の女の子で、やっと歩けるようになって、手がかからなくなったと思ったら、今度は恐いもの知らずにあちこち動き廻りますので、まだまだ目が離せません。元気なのは、とてもありがたいことですけれど……」

「ご夫婦に子供が二人で、頰笑ましい所帯だこと。うらやましいわね」

「一日一日、暮らしていくのがやっとです。うらやましがられるような余裕なんて、ありません。お客さんこそ、ご夫婦でお詣《まい》りにお出かけですか。今日は冬にしてはいいお天気で、お出かけ日和《びより》ですし」

女は似た年ごろのお甲に親しみを覚えたらしく、馴染《なじ》んだ口ぶりになった。

「わけありの野暮用なんです。それにこの人は、亭主じゃありません。よその人のご亭主なんですよ」

えっ、と女は戸惑って小首をかしげたが、すぐにわけありを察して、

「ごめんなさい」

と、戸惑いを清《きよ》げな真顔にくるんだ。

「いいんですよ。謝るほどのことじゃありませんよ」

お甲は、笑みをかえした。

丸之助が焼き餅を頬張ったまま、女の勘違いを肩をゆらして笑っていた。

部屋の客が新しい茶と焼き餅を頼んだので、女は会釈を残し、

「はい、ただ今」

と、土間の奥へ戻っていった。炉端の亭主に話しかけ、亭主が新たに焼く餅をとりに炉端を離れた。亭主は歩むたびに、身体を左右にゆらした。足が不自由だ

った。だからずっと、ああやって炉端について餅を焼いているのだ。

そんな亭主と、さり気ない様子で立ち働く女の横顔が、痛いと感じるほど美しかった。

お甲はため息を吐《つ》いて、丸之助に言った。

「丸之助さん、これも食べておくれ」

焼き餅の皿を丸之助の横においた。

焼き餅を平らげた丸之助は、口を動かしながら茶を呑んでいた。

「いいのかい」

と、童子のように目が焼き餅とお甲の間をいきつ戻りつした。

「胸が一杯で、喉を通りそうにもないのさ。いいから食べて。わたしはお茶だけでもう十分」

「なら、遠慮なくいただくぜ。本途に美味《うめ》えんだ、これが」

丸之助が焼き餅を頬張ると、お甲は茶碗をとって、大川へ目を移した。

そろそろだね。今からいくよ。

そう思ったとき、二人の童女が大川端のほうから、葭簀の間を通って土間に入ってきた。五歳と三歳の、女の娘たちだとすぐに知れた。白く瑞々《みずみず》しい、小花のような姉妹だった。

姉妹は小さな手に赤や黄色などの鮮やかな落葉を手にして、落葉の話に気をとられていた。三台の縁台の空いているひとつにあがって、向かい合って膝をそろえ、五枚ほどの落葉を並べて見比べた。

姉の前に三枚、妹の前には二枚の落葉が並んでいた。

これは一番綺麗だから母《かか》の、こっちは次に綺麗だから父《とと》の……

無邪気に言い合い、周りを気にかけなかった。

お甲は姉妹から目が離せず、冷たく冴えたきれ長な目をなごませた。

すると、姉妹はまるで一緒に遊んでいた幼馴染みに語りかけるように、隣の縁台のお甲へ白い小さな歯を見せた。

「これはね、赤樫で、これは栃の木よ」

姉が、赤茶けた落葉と黄色く枯れた落葉を指先につまんだ。

「これは何？　お姉ちゃん」

「それは楢《なら》だよ」

妹が自分の葉をつまんで訊き、姉がすかさずこたえた。

「よく知っているわね。賢いのね」

お甲が頰笑むと、

「父が教えてくれるの。土手でどんぐりの実を拾うときに。父はなんでも知ってるんだよ」

と、姉はなんでもないことのように言った。

「そう、どんぐりの実を拾うときにね。どれも綺麗だね」

「綺麗でしょう。土手に一杯落ちてるの。おばちゃんもほしい？」

「うん。でも、母と父にあげるんでしょう」

「いいの。母は一番綺麗な榎《えのき》なの。二番目に綺麗な樫をおばちゃんにあげる。おばちゃんも綺麗だから」

姉は赤褐色の葉をおき、黄色い樫の葉を、お甲へ差し出した。

「二番目は父のじゃないの」

「いいの。父は綺麗じゃなくても、いいよって言うから」

「ありがとう」

お甲は手をのばし、落葉の茎をつまんだ。そして、それを島田の髷《まげ》へ簪《かんざし》のように挿《さ》して見せた。姉が嬉しそうに、小さな掌《て》を拍《たた》いた。すると、妹が縁台をおりて丸之助の前へいき、

「おじちゃんにはこれね。はい」

と、ふっくらとした白い人形のような手をのばし、楢の少しぎざぎざの、土色に枯れた葉を差し向けた。

「おれにもくれるのかい。いただくぜ。済まねえな」

丸之助はきな粉を吹きながら言って、焼き餅を食い終えた皿と箸をおいた。

「挿してみて」

妹は、丸之助の月代ののびた髷を指で差した。

「こうかい？」

丸之助がおどけた素ぶりで落葉を髷に挿すと、姉も妹に並びかけて、姉妹そろって掌を拍《う》った。

「じゃあね、おばちゃんはお礼にこれをあげる」

お甲は紙入れをとり出し、紙入れの中の二つの小鈴をつまんで、姉と妹の前で清げな音を鳴らした。鈴は、何かに下げられるよう、細い組紐《くみひも》がつけてある。数日前、元鳥越町《もととりごえちょう》の鳥越明神《みょうじん》へいく用があって、その折りに、境内の露店で買った小鈴だった。

こういう小物は、御用聞の仕事では、幼い子を抱える裏店《うらだな》のおかみさんらの話を訊くときなどに、案外役にたった。

そういう小物を、いつも紙入れに入れていた。

姉妹が喜んで、わあ、と鈴のような歓声《かんせい》をあげたので、店の客が、どうしたんだい、というふうに姉妹の様子を見守った。

茶と焼き餅を部屋の客に運んだ女がきて、姉妹に言った。

「お浅《せん》、お柴《しば》、お客さんの邪魔をしないでね」

「これをいただいたの」

姉のお浅が小鈴をかざした。妹のお柴も、あたしも、と目の前でふった。

「あら、よかったわね。でも、お客さん、よろしいんですか」

「この髪飾りの、ほんのささやかなお礼です」

黒髪の島田を彩《いろど》る落葉を指で差した。

「まあ、ありがとうございます」

女はお甲の計《はか》らいに辞儀《じぎ》をし、お浅とお柴にも礼を言わせた。

「ありがとう」

と、姉妹は声をそろえた。

「本途に可愛い子たちだこと。おかみさん、先が楽しみですね」

お甲は姉妹の頰にそっと触れて言い、丸之助が、おれが、と言うのをさえぎって勘定を済ませた。

午後の白い天道が、冬の空にまだ高かった。お甲は島田を飾る落葉を落とさないように気をつけ、絣の上布を吹き流しにかけた。丸之助は落葉を挿した頭をふりふり、おどけた足どりで、大川端を北へとった。

深い紺色の大川を荷船が往来し、河岸通りにも、老若男女《ろうにゃくなんにょ》に貴賤《きせん》の通りかかりがいき交《か》っている。

外手町の河岸通りは、二ツ目之橋《ふたつめのはし》より御竹蔵の裏通りをへて大川端に出る通りと交《まじ》わるあたりから、北本所の番場町になる。

番場町にいたる手前で、お甲は出茶屋のほうへふりかえった。

出茶屋の葭簀の外で、女と姉妹がまだお甲と丸之助を見送っていた。

お甲はちょっと嬉しく、なぜか、ちょっとせつなさを覚えた。出茶屋の女と姉妹へ手をふって見せると、女と姉妹らが手をふりかえしてきた。

お甲の気がちょっとはれた。

第一章　二つの失踪《しっそう》

一

昼の八ツ(午後二時)すぎ、北町奉行《きたまちぶぎょう》小田切土佐守直年《おだぎりとさのかみなおとし》が下城してほどなく、隠密廻り方同心《おんみつまわりかたどうしん》・萬七蔵《よろずななぞう》は、奉行専用の居室である裏居間に呼ばれた。

裏居間は、御用部屋の西廊下を南側へ祐筆詰所《ゆうひつつめしょ》、侍詰所の前をすぎて、内寄合座敷と隣り合わせた六畳間だった。

内寄合座敷と同じ玉砂利を敷きつめた北側の中庭に面しているが、西側に片引きの木戸があって、奉行は奉行所の廊下を通らずとも、その木戸をくぐって、中庭と土塀を隔てた広い裏庭側より、私邸へ戻ることができた。

公室ではあっても、表玄関の御用部屋と違い、奉行が内々の御用に使う居間のため、側衆《そばしゅう》の内与力《うちよりき》以外の町方《まちかた》が、裏居間に呼ばれる御用は滅多になかった。

冬の晴れた日の午後、縁廊下《えんろうか》にたてた明障子《あかりしょうじ》に、まだ西の空に高い日が、縁庇の影をくっきりと映していた。庭の槐《えんじゅ》の木で雀《すずめ》が賑やかに鳴き騒いで、とき折り、雀の影が白い明障子をよぎった。

奉行の小田切土佐守は、下城したときの黒茶色の裃《かみしも》のまま、縁側の明障子を背に着座し、目安方《めやすかた》の久米信孝《くめのぶたか》が、継裃《つぎ》を着けた中背痩軀《そうく》の背中を、やや前かがみに丸めて、部屋の壁側に畏《かしこ》まっていた。

七蔵は次之間に控え、間仕切の襖《ふすま》を両開きにした正面の奉行に相対して、手をつき低頭した。

「萬か。近《ちこ》う」

奉行に手招かれ、

「畏《おそ》れ入ります」

と、七蔵は次之間から居間へにじり出た。

町奉行所の三廻りと言われる定町《じようまち》、臨時《りんじ》、隠密の廻り方の同心は、支配役の与力がおらず奉行直属のため、奉行はためらいなく七蔵を近づけた。

案内の中間が背後で襖を閉じると、奉行は平然と言った。

「おぬしに調べを命ずる。ある男が、行方知れずになっておる。行方知れずとなった子細《しさい》を探り、その男を見つけ出すのだ。むろん、隠密のおぬしがやるのだから、表沙汰にならぬよう、手の者だけを使って調べねばならん。よいな」

年配ながら、存外に張りのある声で奉行は言った。

「承知いたしました。一件について、おうかがいいたします」

「久米、おぬしが話せ」

はいっ、と久米は瞼《まぶた》を思わせぶりに閉じ、形どおり頭《こうべ》を垂れた。ひと呼吸の間をおいて瞼を開き、七蔵へやや膝を向け、感情の起伏を地黒の痩せた頬と細い目の奥に消して、一件のあらましを語り始めた。

「行方知れずになったのは、日本橋本両替町《にほんばしほんりようがえちよう》の金銀御為替御用達《きんぎんおかわせごようたし》・嶋屋《しまや》の惣三郎《そうざぶろう》という手代だ。歳は二十五歳。十代の初めから嶋屋に奉公し、小僧のときにすでに気の利く気性を認められ、二十歳前には一人前の手代勤めを始め、今は番頭《ばんとう》の助役として貸付《かしつけ》の掛《かかり》に就いている。嶋屋ほどの御為替御用を務める両替商になると、どれほど有能であっても、番頭に就けるのは三十前後らしいが、惣三郎は、一、二年のうちには、嶋屋創業以来、もっとも若い番頭になるだろうと言われ、期待もされていた手代だ」

久米信孝は旗本《はたもと》・小田切土佐守の家臣であり、寛政《かんせい》四年、土佐守の北町奉行就職とともに目安方に就いた奉行側衆の内与力である。

町家の治安を保つ役目の三廻りは、仕事柄、直属する町奉行の指図《さしず》を、内与力より伝えられる場合が多かった。

久米は小田切土佐守の側衆の中でも信任が厚く、隠密廻り方の七蔵は、奉行所内でも隠密にしなければならない指図を、久米より受けた。

大抵、久米に内座之間《うちざのま》に呼ばれ、余人を交えずひそかに伝えられたが、このように裏居間に呼ばれ、奉行自らが指図するのは、珍しい一件だった。

久米は続けた。

「惣三郎の行方が知れなくなったのは、三日前だ。その日は朝から三軒の顧客を廻って、夕刻の七ツ（午後四時）前には戻ってくるはずが、夜の五ツ（午後八時）近くなっても戻らず、惣三郎の掛の番頭がいくらなんでもこれはおかしいと訝《いぶか》り、上役《うわやく》の頭取《とうどり》に斯《か》く斯く云々《しかじか》と相談した。頭取も不審を抱いたものの、万が一、惣三郎になんらかの不祥事や粗相《そそう》があったなら、金銀御為替御用達・嶋屋の商いに障《さわ》りがあるので、掛の手代らへ周りに気づかれぬよう固く口止めし、手分けして惣三郎がその日に廻った得意先を訪ねて事情を確かめた。嶋屋の主人には、その報告を受けてから話すことにした。それによると、惣三郎はいつもどおり得意廻りを済ませ、最後の得意先を出たのが午後の八ツ（二時）ごろで、どうやら、それからの行方が知れぬことがわかった。翌朝、頭取と番頭は嶋屋の主人に惣三郎の行方が知れぬ事情を伝え、それは大変だ、御番所《ごばんしょ》に知らせねばと騒ぎになりかけたところへ、新たに、惣三郎が担当の貸付先に、不明な相手が見つかった。平たく言えば、不明な相手の貸付額が焦げついて、帳簿に穴が空いていたのだ」

「帳簿に穴の空いた貸付額は、いかほどで」

「三百両《りょう》に少々足りぬ額だそうだ」

「三百両は大金ですね。そうしますと、惣三郎は、三百両近い貸付金を横領《おうりょう》して姿をくらました、とも考えられるのですね」

「あり得《う》る。嶋屋の手代がお店の金を横領したと表沙汰になると、金銀御為替御用達の面目が施《ほどこ》せず、御公儀《ごこうぎ》よりお叱りを受ける恐れがあるため、一昨日昨日と、内々に惣三郎の行方を探ってきた。しかしながら、身内の掛の者らだけの調べと、店のほかの掛にさえ知られぬように計らってでは、どうしても限りがあって埒《らち》が明かぬし、いつまでもこのままにしておけぬので、お奉行さまへお調べ願いの申し入れがあったという次第だ」

「ほう。嶋屋が直《じか》にお奉行さまへ、お調べを申し入れたのですか」

「そうではない。だが、そこまでの事情はわかったな」

「大体のところは、了承いたしました。詳細な状況については、嶋屋で改めて訊くことにいたします」

「そうしてくれ。ただし、隠密にだよ」

「心得ております」

七蔵は唇を結び、束の間、考えてから久米に質《ただ》した。

「手代にとって三百両は大金ではあっても、数万両、数万貫《かん》の金銀を動かす本両替の嶋屋ならば、さほど大きな痛手になるとは思えません。惣三郎の行方知れずから今日で三日目。惣三郎が災難に遭《あ》ったとか、身に不測の事態が起こったとか、姿をくらました原因が、三百両の穴を空けたためではない場合も考えられるのですから、行方知れずになって、せめて一日二日で奉行所にお尋ねを願い出て差《さ》し支《つか》えなかったと思われます。惣三郎が災難に遭って命にかかわる事態が起こっていたなら、それもまた、嶋屋の体面《たいめん》の障りになるのではありませんか。三日がたってお奉行さまにお調べを申し入れ、しかも、表沙汰にならぬようにというのは、そこまで体面にこだわるわけがあるのでしょうか」

「確かにな。三日もたって今さらと、思うよ」

久米は顔つきを変えず、少しくだけた口調になった。

「嶋屋が体面にこだわるのは、嶋屋なりの事情があるようだ」

と、それは奉行が言った。

「江戸の御蔵に運ばれてくる幕府米は、われら徳川《とくがわ》家家臣の旗本御家人米《ごけにんまい》と御公儀の公金となる払米《はらいまい》となる。それらの幕府米を江戸市中に流通させるのは、札差《ふださし》であり御用達商人だが、公金の授受を承《うけたまわ》っているのは、御為替御用を務める御用達両替商だ。それは、萬も知っての通りだ」

「存じております」

「ならば、御用達両替商が御為替御用を請け負《うお》う手数料はいかほどか、それも知っておるか」

「確か、御為替御用を務める手数料は、支払っておらぬのではありませんか」

「さすが、よく存じておるな」

奉行が言うと、久米が地黒の痩せた頬と細い目の顔を、いかにも、というふうに黙然《もくぜん》と頷かせた。

「幕府米の公金を江戸城に収める御用達両替商には、手数料がない。ただし、米《に》を流通させる御用達商人から預かった公金を江戸城に収めるまで、節季払《せっきばら》い、二季《き》払いなどの預かり期間の猶予《ゆうよ》があって、これは言ってみれば、商いの信用取引にあたる。つまり、手数料がない代わりに、その猶予期間は、無利息《むりそく》で公金を運用できるというわけだな。数百両どころではない。数千両、数万両。当然、多いときは十万両を超える金額を運用できる」

「なるほど。嶋屋の惣三郎は、公金を運用する貸付掛だったのですね」

「いかにも、そういうことだ。公金運用の貸付掛は、節季払い、あるいは二季払いのわずかな期間に、確実な運用をやってのけ利息を生まねばならん。この貸付掛は、頭のきれ者でないと務まらん。両替商の腕の見せどころ、両替屋の花形とも言えるだろう。惣三郎の穴を空けた三百両が、多いか少ないかではない。その金が生む利息が、多いか少ないかだ」

七蔵は頷いた。

「おぬしが言ったとおり、三百両の穴が嶋屋ほどの本両替商に、さほど大きな痛手になりはせん。それぐらいの額は、何事もなかったかのごとくに穴埋めができるだろう。だが、惣三郎が公金のほんの一部の三百両とは言え、公金に穴を空けてなおかつ行方知れずになった事態が表沙汰になれば、御公儀より厳しい詮索《せんさく》を受けざるを得ず、惣三郎の行方知れずの事情によっては、御用達両替商のお役目不首尾《ふしゅび》のお叱りを受けかねん。嶋屋の主人は、事態が表沙汰になる前に勘定奉行の樋川《ひかわ》どのに事態を報告し、どのようにとり計らうべきか、勘定所の御沙汰を仰いだ。樋川どのは、由々《ゆゆ》しき事態ながら、穴の空いた金額から判断する限り、実状はさほど重大と思われぬゆえ、まだ子細のわからぬ前に表沙汰にするより、子細が明らかになったのちに、表沙汰にするかせぬかを判断をくだすべきであろうと考えた。よって本日、登城した折り、樋川どののより、斯く斯く云々と嶋屋の報告があったゆえ、北町で隠密に調べてほしい、と申し入れがあったのだ。すぐに萬のことが浮かんで、北町で引き受けた。嶋屋には樋川どのより、北町の隠密の者がいくと、知らせがいっておるはずだ」

「すなわち、嶋屋より直にお奉行さまにお調べ願いの申し入れがあったのではない、ということだよ」

久米が言い添えた。

「今、思ったのですが、短い期間に確実な利息を生む運用をやってのけねばならないとなると、見た目は有能で華々しい花形に見えても、案外に、危ない融資《ゆうし》に手をつけ、それが焦げついて、行方知れずの理由になったと、そういう見方もできるのではありませんか」

七蔵が言うと、奉行は眉をひそめた。

「できる。むしろ、樋川どのの話を聞いて、そうではないかと訝しく思った。もしそうであれば、わずか三百両の公金の穴が、意外な波紋を広げる事態になるかもしれん。放ってはおけん。萬、今かかっておる仕事は、あと廻しにしてよい。まずは、惣三郎の行方を追うことに専念せよ」

「御意《ぎょい》。ただちにこれより」

西日がだんだん傾いて、明障子に映る陽射しが縁庇の影に追いやられ、片隅に小さくなっていた。中庭で鳴き騒いでいた雀の声もいつしか消えて、遅い午後の気配が裏居間にたちこめた。

二

七蔵の岡《おか》っ引《び》きの樫太郎《かしたろう》は、十九歳の若衆である。

三十間堀《さんじつけんぼり》の木挽町《こびきちょう》に店をかまえる地本問屋《じほんどんや》・文香堂《ぶんこうどう》の倅《せがれ》で、一昨年の正月、それまで七蔵の岡っ引き、すなわち御用聞を務めていた嘉助《かすけ》が、もう五十八のじいさんですからと、御用聞を譲ることを決め、大勢抱えている下《した》っ引《び》きの中で、

そのときはまだ十七歳の樫太郎を、

「どうしてもこの若いのが旦那の手先を務めてえって申しやして。歳は若いが、あっしなんかよりずっと気が利いてまさあ……」

と、若いのに見どころがあると七蔵に勧めた。

以来、およそ三年、樫太郎は七蔵の御用聞を務めてきた。

小柄《こがら》な痩せた体軀の色白童顔で、俊敏《しゅんびん》さや逞《たくま》しさは人並みだし、岡っ引きらしい世慣れたそつのなさは乏《とぼ》しいものの、好奇心の旺盛《おうせい》な本好きで、頭がよく人を見る目の優しいところが、七蔵は気に入っていた。

去年、八丁堀亀島町《はっちょうぼりかめじまちょう》北にある七蔵の組屋敷の離れに住みこみ、また、今年になってから、北町奉行所の小者《こもの》詰所にもつめることが許されていた。

夕方近い刻限、その樫太郎が鉄色の半纏と草色の細縞を着流した、お店者には見えない得体の知れない渡世人《とせいにん》ふうの拵《こしら》えで、七蔵のあとに従っている。

樫太郎の前をゆく七蔵は、鳶職《とびしょく》の親方が着るような鈍《にぶ》い黄茶色の革《かわ》羽織を、五尺八寸（約一七五センチ）の大柄ながら引き締まった体軀に着け、下は紺青の無地に黒の角帯《かくおび》、黒足袋雪駄《せった》に装っていた。

七蔵と樫太郎は、老若男女に人足が押し引きする荷車など、夥《おびただ》しい人と物がいき交う日本橋を越えた。

日本橋から室町《むろまち》一丁目の大通りに出て、二丁目と三丁目の辻《つじ》を、西の本両替町のほうへ折れた。

室町の西隣が、越後屋三井呉服店《えちごやみついごふくてん》で知られる駿河町《するがちよう》である。駿河町の往来の両側に、越後屋三井呉服店の呉服を扱う店と太物《ふともの》を扱う店が紺地の長暖簾《ながのれん》をつらね、西の空は次第に赤く染まり始めていた。

だが、その日は富士の頂《いただき》は帯状の雲の陰に隠れて見えなかった。

夕方近くになっても、まだ賑やかな駿河町を抜けて、金座《きんざ》のある本両替町の往来に入ると、本両替商の土蔵造りの大店が重々しい店がまえをつらね、人通りも急に少なくなる。

江戸には本両替商が四十軒あって、そのうち、有力な両替商の十二人が金銀御為替御用達に任じられ、公金の為替をとり扱う業務に携《たずさ》わっていた。

両替商の嶋屋は、その有力な金銀御為替御用達を務める一軒である。

夕方の商いを終える刻限が近い所為《せい》か、嶋屋の前土間も店の間も、両替の客で意外なほどこみ合っていた。

小口《こぐち》の客は店の間のあがり端《はな》にかけ、大口の客は店の間にあがってそれぞれ手代が応対し、秤量貨幣《しょうりょうかへい》の銀貨を分銅《ふんどう》で計り、小僧らが両替箱を抱えて手代と店の間奥に設《しつら》えた帳場格子《ちょうばごうし》の番頭の間を、引っきりなしにいききしていた。

前土間には順番待ちの客がいて、手代が客の応対を済ますと、すかさず「お待ちのお客さま」と声をかけて、客をさばいていく。順番待ちの客は、案外に、供を従えた侍の姿が目だった。

誰も無駄口は叩かないし、客に応対する手代もひそめた声の遣りとりだが、店には重たいざわめきがよどんでいた。分銅を秤《はかり》に載せる、かち、かち、と鳴る音も聞こえてきた。

「御為替御用達ともなると、あっしのいく銭屋《ぜにや》とは、お店やお客の様子がだいぶ違いますね」

樫太郎が七蔵に並びかけて、呟くように言った。

「両替屋は金貨と銀貨の両替しかできねえから、毎日、銭を使う裏店の住人にはあまり縁がねえんだよ。こういう店は、相応の商人か、大名家や大身《たいしん》の旗本の勘定方が、案外、客に多いんだ」

七蔵は店を見廻しつつかえした。

そのとき、小僧が七蔵と樫太郎に足早に近づき、腰をかがめて言った。

「おいでなさいませ。両替のご用でございますか」

七蔵は、まだ幼い小僧へ、うむ？　とほのかな笑みを向けたが、七蔵の笑みがかえって小僧を射すくめた。

五尺八寸の大柄な七蔵の、鋭く見開いた目と高い鼻、くっきりと唇を結んだ口元も締まって、頬と顎がやや骨張った厳《いか》つい風貌《ふうぼう》に上から見おろされ、小僧を思わず怯《ひる》ませたのだ。

遠目には痩せて見えたのに、近づくと肩幅が思いのほか広く、ぴんと背筋の伸びた体軀に革羽織をまとった様子は、火事場で火消しを指図する頭領か、大勢の男らを従える盛《さか》り場《ば》の顔利きのような貫禄《かんろく》があった。

「両替のご用でございましたら、あちらで順番の札を……」

七蔵は小僧の言葉に頷きかえし、白い歯を見せた。

「小僧さん、両替にきたんじゃねえ。ちょいと貸付のことで、訊《たず》ねてえ子細があって、こちらの貸付掛の番頭さんに会う手はずになっているんだ。貸付掛の番頭さんは与右衛門《よえもん》さんだね。亀島川の七蔵がきたと、取次《とりつ》いでもらえるかい」

「は、はい。貸付掛番頭の与右衛門さんに、亀島川の七蔵さまがお訪ねでございますね。少々お待ちくださいませ」

小僧は見あげている目を瞬《しばたた》かせて繰りかえし、前土間から通路へ消えた。

店の間の帳場格子についている番頭が、本両替町の本両替の店を訪ねてくる客にしては異風《いふう》の七蔵と樫太郎へ、好奇の目を向けていた。

帳場格子の番頭は、小僧に両替ではなく誰かに取次ぎを頼んだらしい二人の扮装を、店の間の人の頭ごしにそれとなく見やって、値踏みした。

あの背の高いほうの装いは、大工の頭領とか材木問屋の鳶の頭《かしら》とか、その手の稼業《かぎょう》につく気の荒い男らを率いていそうな押し出しに見える。ああいう男は、自分の手持ちは大したことがなくても、男の器量が身分の高い金持ちを動かせる場合があって、意外に上客が多いのだ。

ほどなく、小僧が奥から前土間に戻ってきて、二人を店の間わきの通路から奥へ案内するのをさり気なく横目で追いつつ、

小銀杏《こいちょう》の刷毛先《はけさき》を軽く広げた、粋《いき》を気どった風貌もなかなかの男ぶりじゃないか。

などと、どこの掛に用なんだろう。あれこれ勝手な気を廻した。

そこは、本両替商・嶋屋の顧客用の座敷ではなく、通り庭をへて店裏の主人一

家の住まいの、茶室と思われる部屋だった。七蔵と樫太郎を出迎えたのは、主人の六兵衛《ろくべえ》と頭取の升之助《ますのすけ》、それに貸付掛番頭の与右衛門の三人であった。

茶室には炉がきってあり、茶釜に沸《わ》いた湯が薄い湯気をのぼらせていた。

「お役目、ご苦労さまでございます。てまえは嶋屋の主《あるじ》……」

と、主人とともに頭取と番頭が畳に手をついて、対座する七蔵と後ろに控えた樫太郎に辞儀を述べた。

「お役目のお調べに、このような場所では心苦しいのでございますが、惣三郎の行方知れずの事情は、わたしども三人と同じ掛の者が数名承知しておるのみにて、多くの奉公人には未だ知らせておりません。事情がお上《かみ》の公金にかかわる事柄でございます。惣三郎の様子が知れ、子細が明らかになるまでは表沙汰にならぬようにと、勘定奉行の樋川さまのお指図もございましたので、こちらの住まいのほうにご案内いたしました」

「こっちも町方じゃなく、亀島川の町人・七蔵と手下の樫太郎だから、ここでじっくり事情を聞かせてもらうほうがやりやすい。あらましは承知しているが、改めて、事情を聞きたい。惣三郎の行方知れずになった三日前の経緯から、話してくれるかい」

「はい。番頭の与右衛門と頭取の升之助のほうからお話しいたします」

主人の六兵衛は、二人へ目配せを送り、湯気ののぼる茶釜の湯を自ら汲《く》んで、茶の支度を始めた。

惣三郎が三日前に廻った先は、神田橋本町《かんだはしもとちょう》の小間物屋の一店と、大伝馬町《おおでんまちょう》の太物問屋が二店で、いずれも先代、先々代から貸付先としてのつき合いの長い顧客で、信用のおける老舗《しにせ》だった。

その夜の五ツ近くなって、番頭は惣三郎が顧客廻りから戻ってきていないのがおかしいと気づき、頭取に報告した。頭取と番頭は、不審に思ったものの、まずは、主人に知らせる前に、騒ぎすぎないようにと同じ掛の手代ら数名に言い含め、手分けして惣三郎が当日廻った顧客先へ確かめにいかせた。

すると、昼の八ツすぎに惣三郎は三軒目の橋本町の問屋を出たが、そのとき、惣三郎に変わった様子は見受けられなかったという。

頭取と番頭は、惣三郎がどこかで羽目《はめ》をはずし、夜更けになってこっそり帰ってくるのではと、その夜は様子を見たが、夜が明けても戻ってこなかった。

昼の八ツすぎに、橋本町から本両替町まで人通りの中を戻る途中、惣三郎の身に異変が起こったとは考えにくく、翌日は、惣三郎が、日ごろ顧客廻りをしている先をそれとなくあたったが、やはり、惣三郎が行方知れずになる手がかりは得られなかった。

頭取と番頭は、主人に子細を報告し、主人を交えて協議していたところ、惣三郎が三百両近い貸付額の穴を空けていることが帳簿を調べて判明した。これは放ってはおかれぬ、三百両の穴埋めはできるが、奉公人の不祥事が表沙汰になっては、御為替御用達の体面の障りになりかねないと、主人は勘定奉行の樋川竜之進《りゅうのしん》に内々の相談を持ちかけ、指図を仰いだのが翌々日の昨日である。

主人の六兵衛が顔を曇らせて言った。

「樋川さまは、公金を預かる身の御為替御用達が、一部とはいえ公金を不明にいたすなど以《もっ》ての外《ほか》。はなはだしき失態は明らかだが、幸い、三百両なら大きな障りにならずとも済むゆえ、今一度、惣三郎の行方を探り、そのうえでなお埒が明かねば、町方の隠密廻りに任せるとしよう。事情がなんであれ、三百両ごときで今これを表沙汰にするのは、誰のためにもならん。若い独《ひと》り身《み》の男だ。案外、どこぞの岡場所《おかばしょ》に贔屓《ひいき》の女郎《じょろう》がいて、今日明日にでも、ふらっと、悪びれた色もなく戻ってくるかもしれん。そのように申されまして、昨日は、今一度手をつくして行方を捜したのでございますが、何せ、惣三郎の行方知れずを表沙汰にせぬように調べるのはむずかしく、結局のところ、御番所のお手数をおかけいたす事態にいたった次第でございます」

ここまでは、久米から聞いた大よその事情と大差はなかった。

「そうかい。こうなると、一日待ったのは余計だったな」

と、七蔵は考えを廻らした。

「お店では惣三郎の失踪《しっそう》を知らない奉公人らに、どう話しているんだい」

「惣三郎の里が陸奥の福島《ふくしま》でございますので、里の縁者の訃音《ふいん》が届き、わたしと頭取と番頭だけに事情を話して、暗いうちに急いで旅だった、ということにしております。そうだね、与右衛門」

「はい。貸付掛の中には訝しく思っておる者もおるようですが、察するところがあるのか、誰も訊ねてはきません」

「しょうがないよ。ずっとは隠しきれないのだ。それまでに、事情が明らかになればよろしいのでございますが」

六兵衛は、七蔵へ向きなおった。

そのためにきたんだ。明らかにしてみせるさ。

七蔵は思ったが、口には出さなかった。

茶室は炉の炭火と茶釜の湯気がこもって、やわらかな暖気に包まれていた。

夕方の日が陰り、薄暮が茶室の明障子を青白く染め始めていた。裏庭の小鳥の鳴き声が、青白い障子ごしに聞こえた。

あれは鶸《ひわ》だな。

七蔵は思い、番頭の与右衛門に訊いた。

「嶋屋の公金の貸付掛で、惣三郎は若いほうなのかい」

「若いほうと申しますより、一番若い貸付掛でございます」

「有能な手代と、聞いたが」

「小僧のときから、わたしなども敵《かな》わぬほど利発でございました。わたしどもの掛は、嶋屋がお預かりする公金をわずかな期間に無利息で運用し、利息を稼ぐ掛でございます。何千両、何万両という公金を、お預かりいたしております。万が一、貸付が焦げつきますとお店が傾きかねません。経験の乏しい若い者には、なかなか任せられません。ですが、惣三郎は若くして見こみがある手代でございました。重役の寄合において、旦那さまの了承を得て貸付掛に抜擢《ばってき》してみようと、三年前、決まったのでございます」

「三年前だと、惣三郎は二十二歳ごろだね」

六兵衛と升之助、与右衛門の三人が、そろって首肯《しゆこう》した。

「惣三郎は、一、二年のうちに、嶋屋始まって以来の若い番頭に就くという話も聞いた。そうなのかい」

「ああ、それは……」

与右衛門が戸惑ったので、六兵衛が代わって言った。

「利発で先に見こみがあるというだけでは、運用が上手くいくとは限りません。貸付掛は、儲けになる利息が小さくとも、安全確実な運用を心がけますので、若い者には面白味のない運用になるのは、仕方のないことでございます。惣三郎は上役の与右衛門の、用心のうえにも用心を心がける運用を、物足りなく思っていた節がございます。自分にまかせてもらえればと、手代仲間らに少々不満をもらしており、そこから惣三郎が今に番頭に就くのではないかと、そのような噂が流れたのだと思われます。ですが、そのようなことは何も決まっておりません。重役との寄合で、惣三郎が若い手代の中では有望なひとりである、という話が出たことはございますが」

「与右衛門さん、惣三郎はどれほどの額の貸付を任されていた。というか、担当していたのかね」

「わたしが指示をいたしますので、決まった額はございません。大きな額になる場合もあれば、小さな額になることもございます。今はまだ経験が少のうございますので、貸付が焦げつく恐れのない安定した貸付先を担当させ、じっくりと修業を積ませて、これなら大丈夫と見きわめたのち、旦那さまと頭取の承認を得て公金の貸付を任せることになります」

「三年の修業を積んで、惣三郎にもそろそろ任せてもいいぐらいには、なっていたのかい」

「むずかしい判断でございます。惣三郎が頭のよい男であることは間違いございませんし、それゆえ貸付掛に就かせたのでございます。ただ、この三年、惣三郎の仕事ぶりを見ておりますと、自分は頭が良い、重役方からも旦那さまからも能力を見こまれて貸付掛に抜擢されたという気持ちが先走り、有能な自分に仕事を任せてもらえない不平不満が素ぶりに見えて、それを叱るといっそう不機嫌になり、扱いのむずかしい男でございました。今のままでは、旦那さまや頭取に貸付を任せてみてはどうかと聞かれましたら、わたし自身は、もう少し様子を見たほうがよいと思うと、申すつもりでおりました」

なるほどね、と七蔵は思った。

「たとえば、惣三郎の行方知れずは、穴を空けた三百両を自分の懐《ふところ》に入れて逐《ちく》電《でん》した、という見こみもあると思うんだが、それはどうだい」

三人は戸惑いを露《あら》わにして、互いに顔を見合わせた。

「惣三郎の親兄弟、縁者が郷里の福島におり、罪を犯しますと親兄弟や縁者に累《るい》がおよびます。そのような大それたことをする男ではないと思うのですが。それに、惣三郎は自分の持ち物をすべて部屋に残したままにしております。三百両を懐にして逐電を、事前に謀《たばか》っていたのであれば、それらの何もかもを残していくというのも、いささか合点《がてん》がまいりません」

六兵衛がためらいつつ言った。

升之助と与右衛門が、もっともだというふうに頷いて見せた。

「ご主人が、惣三郎がそういう男ではないと思っているなら、それでいいんだ。ところで与右衛門さん、嶋屋の中に惣三郎と特に親しくしている奉公人がいたら、話が訊きたい。むろん、行方知れずは伏せて訊くから、心配はいらねえ」

「それが、同じ年ごろの奉公人らにそれとなく確かめた限りでは、惣三郎と特に親しい奉公人はいないのでございます。奉公人らとそれなりにつき合いますが、心を許した親しい友はいない。そのような男でございます。自分のほうから奉公人とのつき合いを好まず、ひとりでいることが多かったと、聞けました。このたびのことで、惣三郎の行方を訊ねる先がお得意さまばかりなので、ほかにあてがなく困りました」

与右衛門が首をひねった。

「それもだめかい。なら、惣三郎の縁者は、江戸にいねえのかい。あるいは、馴染みの女だとか、そっちのほうはどうだい」

「そういうわけでございますから、惣三郎に馴染みの女がいるような噂は、聞いた覚えはございません。ただ、東両国のお店に同じ郷里の福島の男が奉公しており、その者とは幼馴染みで、希《まれ》に会っていたようでございます」

「その幼馴染みから、何か話が聞けたかい」

「いえ。惣三郎の行方知れずを表沙汰にせぬように用心しておりますので、そちらはまだ、あたっておりません。相済《あいす》みません」

「そうかい。手はつくしていたけど、そっちはまだかい。いいだろう。それはこっちでやる。東両国の店と男の名は聞かせてくれ」

三

ただ今膳の支度をさせますので、と六兵衛が言うのを断って嶋屋を出たのは、本両替町の往来に黄昏《たそがれ》どきの薄闇がおり始めたころだった。

七蔵と樫太郎は、本町の大通りへ出て、江戸城を背に東方の両国を目指した。

途中、本石町《ほんごくちょう》の時の鐘が暮れ六ツ（午後六時）を報せた。薄闇のおりた宵の空を、烏《からす》が鳴き渡っていった。

両国から本所の東両国へ大川を越えるとき、両国橋は宵の帳《とばり》に閉ざされ、大川は漆黒の巨大な流れを横たえ、孤舟《こしゅう》の明かりが寂しげにぽつんと、漆黒の中を漕ぎのぼっていた。

「やっぱり冬だ。暗くなって、ぐんと冷えてきたな」

七蔵は漕ぎのぼる孤舟を目で追いながら、後ろに従う樫太郎に言った。

「今日は半纏ですから、あっしはあったけえくらいです」

樫太郎は、鉄色の半纏を羽織った肩を、快活にゆすった。

「そうかい。若いのは生きがいいね」

と、七蔵の雪駄が宵の両国橋にはずむように鳴った。

その店は、本所一ツ目《ひとつめ》通りの元町《もとまち》側に小店をかまえる菓子処《どころ》だった。一ツ目通りは暗かったが、所どころに小料理屋や煮売屋《にうりや》の店明かりが灯《とも》り、提灯《ちょうちん》を提げた人通りが、ちらほらとゆきすぎていく。

通りの先に、回向院《えこういん》の表門が宵闇の空に黒い影を見せていた。

「ごめんくださいませ。ごめんくださいませ。夜分、まことに畏れ入ります。こちら、菓子処の石川《いしかわ》さんとうかがいお訪ねいたしました。ええ、ごめんくださいませ」

七蔵は、菓子処・石川の間口を閉じた板戸を敲《たた》いた。

ほどなく、板戸ごしに女の声が「どちらさまで」とかかった。

七蔵は亀島川の七蔵と名乗り、本両替町の御為替御用達両替商嶋屋の主人の六兵衛に教えられ、菓子処・石川に奉公している栄作《えいさく》を訪ねた意向を伝えた。

「怪しい者ではございません。嶋屋のご主人の六兵衛さんから、添書《そえがき》もいただいております。さして手間のかかる用件ではございません。何とぞ、栄作さんにお取次ぎをお願いいたします」

「急ぎのご用なんで、ございますか」

女が暗くなってからの訪問を訝しみ、七蔵は板戸ごしに神妙にかえした。

「このような夜分になってしまい、申しわけないことでございます。勝手を申しますが、今宵のうちに栄作さんにお会いできればと、思っております」

店の中で、おかみさん、おれが、いいのかい、と男の低い声と女の短い遣りとりがあって、潜戸《くぐりど》の閂《かんぬき》が鳴って戸が引かれ、軒下に男の提げた手燭《てしょく》の明かりがぼんやりと広がった。

黒っぽい無地の布子《ぬのこ》を着けた男が、軒下の七蔵と樫太郎を照らしつつ、潜戸から出てきた。小太りの職人風体の、若い男だった。

「亀島川の七蔵と申します。この者はわたしの仕事を手伝っております樫太郎でございます。お見知りおきを」

「おらが栄作だけど、なんの用だね」

七蔵は栄作に言った。

自分は、亀島町で代々受け継いだ地面をお店に貸した地代で暮らしをたてる一方、町内の年ごろの男や女の間をとり持つ中人《ちゅうにん》役を務めており、このたび、町内のある老舗の主人から、本両替町の御為替御用達両替商の嶋屋に奉公している惣三郎という手代の為人《ひととなり》を、調べてほしいと頼まれた。

というのも、老舗の女《むすめ》と惣三郎の結婚話が持ちあがっており、惣三郎が両替商の有能な手代であることはわかっているが、奉公以外の暮らしぶりや、気だてやつき合っている相手、平常の行いや品行など、娘の婿《むこ》に相応《ふさわ》しい相手かどうかを知りたがっている。

それで、数日前より惣三郎の知り合いに聞いて廻り、本日、奉公先の嶋屋の主人から、菓子処・石川の職人をしている栄作が、惣三郎と郷里の福島の幼馴染みと教えられ訪ねてきたと、事情を伝えた。

栄作は、ほう、とあまり関心もなさそうに通りの暗がりのほうへ顔を向けた。宵の寒さに肩を丸め、手燭の明かりがほのかに震えていた。

「老舗のご主人に、なるべく多くの人から聞けた話をお伝えできればと、思っております。幼馴染みの栄作さんの話は、是非《ぜひ》にもお聞かせいただきたいので、暗くなってご迷惑とは知りつつ、うかがった次第でございます。これは、両替商の嶋屋のご主人よりいただいた添書でございます」

七蔵は、念のためにと六兵衛からもらってきた添書を栄作に差し出した。

「いいよ、わかったよ」

と、栄作は添書を見るまでもないというふうに、手をひらひらさせた。

「ここでかい。それとも中に入るかい。おらの寝間《ねま》はちらかってるけどね」

「よろしければ、あちらに赤提灯が見えておりますので、燗酒《かんざけ》で温まりながら、惣三郎さんの為人をお聞かせいただくというのは、いかがでしょうか」

「ああ。じゃあ、ちょっとぐらいなら」

「ありがとうございます。栄作さん、ほんのお礼でございます。これを」

と、七蔵は六兵衛の添書の代わりに、心づけの紙包みを、ひらひらさせた手ににぎらせた。

「礼なんていらねえよ。幼馴染みだけど、江戸へきてから十年以上たって、惣三郎と会ったのは数えるほどしかねえし、いい話ばっかりとは限らねえし」

「よろしいのです。いい話ではなくても、それはそれなりに当人の愛嬌《あいきょう》でございますから。これは、老舗のご主人に、話をうかがった方々にわたすようにと預かったものです。どうぞ、遠慮なさらず。では、そこの赤提灯まで、ちょいとご足労願いまして」

ちょうどそこへ、女が潜戸から顔をのぞかせた。

「栄さん、大丈夫かい」

「おかみさん、大丈夫です。それから一杯、軽くやってきますんで、戸締まりはおれがやっときます」

栄作は女に言って、紙包みを袖に仕舞った。

栄作はかなりいけるほうだった。一杯軽くの呑みっぷりはよかったし、見た目ほど口も重くはなかった。

縄暖簾の店は、天井につけた八間《はちけん》の油の臭いと、焼き魚や煮つけの匂いがまじり合ってたちこめ、定客らしい数人が、年配の亭主と賑やかに遣りとりを交わしていた。七蔵ら三人は、壁ぎわの床の席についていた。

「そうか。あいつ、嫁っ子をもらうのか。三年前に会ったとき、嶋屋の貸付掛に抜擢されて、ずいぶん自慢してた。おれの歳で貸付掛に就けるやつはいない、嶋屋始まって以来の、一番若い貸付掛なんだぜって」

栄作は、なんとなく羨《うらや》ましそうな話しぶりだった。七蔵は、ちろりの燗酒を栄作の杯《さかずき》に傾けながら訊いた。

「惣三郎さんとは、どういう幼馴染みだったんですか」

「惣三郎もおれも、小百姓《こびゃくしょう》の倅で、同じ村だったんだ。家が近いってだけで、そんなに仲がよかったわけじゃねえ。あいつは頭がよくて、おらたちのがき仲間とは、あんまり遊ばなかった。ちょっと、意地も悪かったし。けど、おれも惣三郎と喧嘩《けんか》して、痛い目に遭わせたことがあったから、同じかな」

「惣三郎さんは子供のころから、それほど利発な子だったんですか」

栄作は、むっつりとした顔つきを頷かせた。

「一緒に、お店の奉公に江戸へ出てきた。惣三郎は両替商の奉公だが、おれは菓子処の徒弟《とてい》奉公だった。村の寺子屋の和尚《おしょう》さんが決めたんだ。栄作は両替屋はむずかしい。おまえは職人になるといい。苦しくとも辛抱して、こつこつと修業を積み、職人の腕を身につけるのだ。大きなお店で出世することだけが、生きる道とは限らない。職人になって身をたてる道もある。人それぞれだとね。確かにそうだ。おれは惣三郎みてえに算盤はできねえし、字だって、むずかしい字は読めねえし、上手くも書けねえ。両替屋へ奉公したって、務まるわけがねえんだ。けど、おらは饅頭なら作れる。石川は饅頭専門の菓子処だ。米饅頭、小倉饅頭、葛《くず》饅頭、求肥《ぎゅうひ》饅頭、味噌《みそ》饅頭、縮緬《ちりめん》饅頭、奈良饅頭、諸国の名物饅頭をなんだって作ってるんだ」

「立派に、職人の腕を身につけられたんでございますね」

栄作は、物憂げにぼそぼそと続けた。

「おれと惣三郎と、ほかに二人、同じ十三歳の四人が、村の大人に引率されて江戸へ出てきたんだ。最初にいったところが、本両替町の嶋屋だった。両替商の分銅の看板が、総二階の大きなお店の軒にさがってた。そのときは読めなかったけど、御為替御用達と記した軒庇の上まである高い看板がたっていて、凄《すご》いな、惣三郎はこんなお店に奉公するんだと、吃驚《びっくり》した。あとの二人は、人形町《にんぎょうちょう》の人形問屋と、馬喰町《ばくろちょう》の荷送《におくり》問屋だった。お店は小さくなかったが、嶋屋の立派さと比べたら、ちょっと様子が物足りなくて、劣《おと》って見えた。おれは馬鹿で、こいつら可哀想だなと、そのとき思ったんだ。おれが最後になって、村の大人と両国橋を渡った。どこまでいくんだろうって、不安で胸がどきどきと鳴ってた。連れてこられたのが、菓子処の石川だ。あんたらも思うだろう。間口の狭い、貧相な小店だよ。十年以上前にきたときも今も、石川は何も変わっちゃあいねえ。ちょっとぼろになっただけだ。おれを連れてきた大人が、こんなところかって、呟いたのが聞こえて、おれは自分がみじめで、身体がぞっと冷たくなるのを感じたのを覚えてるよ。十三歳の子供ながら、なんでおれだけこんなところなんだと思った。足が震えてさ。そのまま福島へ、逃げて帰りたかった」

樫太郎が栄作に、どうぞ、とちろりを差した。栄作は杯を重ね、ほんのりと顔を赤らめた。誰でもいい、自分のことを誰かに言いたい、聞いてもらいたい、と口ぶりには、そんな孤独な鬱屈《うっくつ》した思いがこもっていた。

「数えるほどと言われても、江戸にきてから、惣三郎さんと何度かは、会われたんでしょうね。同じ郷里なんですから」

惣三郎の話に戻すと、栄作はため息を吐くように「ああ」と言った。

「けど、惣三郎は、おれみてえな菓子職人と会っても、両替商で奉公する自分には、なんの役にもたたねえと思っていたんだ。だから、あまり会いたがらなかった。なんせ、御公儀の御用達を務める大店だからな。まだ小僧だったころ、石川の饅頭を土産《みやげ》に持って本両替町のお店を訪ねたら、仕事が忙しいからちょっとだけだよと、仕方なく会ってる感じだった。会ってるときも、両替商のむずかしい話ばかりして、おれが菓子作りの話を始めたら、つまらなそうにしてさ。もういかなきゃあって、いってしまった。小僧のころに、三度ぐらいは会った。それからは、二十歳をすぎるころまでずっと無沙汰だったんだ。おれが訪ねていかなかったら、惣三郎は訪ねてこないし」

「一緒に江戸にきたほかの二人の方々は、今も奉公なさっているんでしょう」

樫太郎が、栄作の杯にまたちろりを傾けた。

「あの二人は一、二年でお店を辞め、福島に帰っちまった。お店奉公が、辛抱できなかったんだ。つらかったんだろうな。二人とも今は百姓をしてると聞いた。一番頭のいい惣三郎と一番できの悪いおれが、江戸に残ったのさ。惣三郎は江戸のお店で出世するために残った。けど、おれは郷里に帰っても、耕《たがや》す田畑もねえし、我慢するしかなかったからよ」

栄作は、自分をくさすように言った。

「惣三郎にまた会ったのは、貸付掛に抜擢された自慢話を聞かされた三年前だ。惣三郎のほうからきたんだ。近くまできたから寄ったそうだ。ちょっと意外だった。馬鹿なおれを、毛嫌いしてると思ってたしね。十年近くたって、お互い姿形はすっかり変わっちまって、よくわからねえくらいだった。惣三郎は、得意そうに嶋屋のお仕着せを着てさ。色白の男前で、いかにも両替商の手代という感じだった。大人になっても、おれはこんな醜男《ぶおとこ》の菓子職人で、やっぱり惣三郎には敵わねえと思った。ひとしきり、自分の自慢話をして、おれのことなんぞなんにも気にかけずに、さっさと帰っていった。お店で出世をし、見た目が変わっても、惣三郎の中身は小僧のときのままだった。もっとも、おれも親方に認められるくらいの菓子職人になってたから、小僧のときほど気にならなかったけど」

「そうしますと、三年前、惣三郎さんに会って、それからは？　嶋屋さんでうかがうと、惣三郎さんは、希に栄作さんと会っているようだと聞きましたが」

七蔵が質すと、栄作は「希に？」と、首をかしげて間をおいた。そして、

「この夏の初めにもきたな。最近では、惣三郎に会ったのは先月だった。大人になってからは、三年前と今年の夏と先月の、三度だけさ」

「この夏の初めと先月ですか」

「本所の一ツ目に得意先があって、顧客の受け持ちが替わって、ここら辺にくる機会が増えたと言ってた。それで、今年になって二度ばかり石川に寄ったんだ。ああいう自分勝手なやつだし、いくら頭がよくても、奉公人の中に話し相手がいなかったんだろう。仕方なく、おれに会いにくるしかなかった。ただ、惣三郎と会っても、話すことなんてなかったけどね。あいつは、相変わらず自分の仕事の話しかしねえし、おれも面白くねえからちゃんと聞かねえし。二人とも黙りこんじまって、面白くもなんともねえまま、じゃあまたなって別れて、それだけさ。それでも、近くにきたとき、今年だけで二度も訪ねてきたんだから、素ぶりは相変わらずでも、案外、内心は変わってきたのかもしれねえな」

栄作は杯をひと息にあおり、自分で酒をついで言った。

「ところで七蔵さん、惣三郎は老舗の女《むすめ》との結婚話を知ってるのかい」

「この話はわたしの仲だちではありませんので、子細は知りませんが、たぶん、惣三郎さんはまだご存じないのでは、ございませんでしょうか」

「そうだろうね。惣三郎が知ってたら、言わねえはずはねえしな。いつも自信たっぷりで、自慢ばっかりしてるやつだから。あんなやつでも、頭がよくて、大店の手代奉公なら、嫁が向こうからくるんだな」

栄作はしみじみと言った。

七蔵は後ろめたかったが、それとなくきり出した。

「でございますので、栄作さんに、惣三郎さんの仕事以外の馴染みのことで、何かご存じの事情などがあれば、お聞かせ願いたいんでございますよ」

「仕事以外の馴染み？　惣三郎に女がいるかってことかい」

「好《す》いた女がいるとかいないとか、そういうのではなくても、どこぞの遊里《ゆうり》に気に入った女郎衆がいるとかいないとか、そういう話でも、よろしいんでございますがね。本所には、岡場所も多くございますし」

「へえ。老舗の女の結婚相手となると、そういうことも調べられるのかい」

「女癖がいいか悪いか、それが夫婦円満、あるいは不和の元になりますので」

「さあ。そういう話をきいたことはねえな。惣三郎は、仕事以外は、見向きもしねえように見えるけどね」

栄作は訝しそうに首をひねった。

七蔵は亭主に新しい燗を頼んで、湯気のたつ酒を栄作の杯についだ。栄作は杯を見つめ、首を小さくひねった。

「そう言えば、三年前、惣三郎が訪ねてきたあのとき、ほんのりと脂粉《しふん》の甘い香を嗅《か》いだような気がしたな」

「脂粉の甘い香？　女の化粧の匂いを、でございますか」

「確かじゃねえ。あのときは七ツ前のまだ昼間だったし、あれっ、と思っただけで、気の所為かもしれねえよ」

「それは、三年前の一度だけでございましたか？」

「そうだよ。十年近くも会ってなかったのに、惣三郎のほうからいきなり訪ねてきた。惣三郎が現れたとき、ふと、脂粉の香を嗅いだような気がしたんだ。こいつ、大人になりやがったなと、思った。けど、気の所為かもしれねえ。そんなわけはねえなと、すぐに思いなおしたから、忘れてた。やっぱり違うな。きっと、気の所為だ。惣三郎にありえねえ。あるわけねえよ」

栄作は、どうでもよさそうに、だが、何度も繰りかえした。それから、燗酒の湯気ののぼる杯を音をたててすすり、いかにも呑める口らしく、舌を鳴らした。

一刻《いっとき》（二時間）後の五ツ半（午後九時）すぎ、七蔵と樫太郎は、室町の嘉助の営む髪結《かみゆい》の《よし床《とこ》》を訪ねた。

「夜分、畏れ入りやす。嘉助親分、あっしです。樫太郎です。旦那と一緒です。ちょいとお願えしやす」

樫太郎が《よし床》の間口にたてた板戸を、近所迷惑にならないように静かに敲き、忍ばせた声を暗い辻に響かせた。

夜更けとともに極月《ごくげつ》の寒さはさらに増して、七蔵と樫太郎は酒が少々入っていたものの、東両国から室町までくるうちに身体が冷えこんで、わずかな酔いもすっかり醒《さ》めていた。

髪結の《よし床》は、室町一丁目と二丁目の境の往来を本小田原町《ほんおだわらちょう》のほうへ折れて、途中の小路をまたひとつ折れた次の四つ辻にあった。

「嘉助親分」

樫太郎の忍ばせた声に、

「はいよ」

と、重たく低い声が夜更けの静寂の合い間を縫って聞こえた。

土間に草履《ぞうり》が鳴って、板戸がそっと引かれた。

「おお、旦那、お役目ご苦労さまです。どうぞ入ってくだせえ。樫太郎も早く入れ。夜更けに寒かったろう」

嘉助の提げた手燭の明かりと一緒に、店のやわらかな温《ぬく》もりが流れ出てきた。

「親分、夜分済まねえ。早速入れてもらうぜ。寒さが応えるぜ。昼間は暖かな陽気だったがな」

七蔵と樫太郎はよし床の前土間に入った。

嘉助は板戸を閉じ、二人にあがるようにと言った。

「お米《よね》はもう布団に入っておりますが、広ノ助《こうのすけ》と寝酒の一杯を、ちびちびやっていたところです。まずは、炬燵《こたつ》に入って冷えた身体を温め、一杯やってひと息吐いてくだせえ」

お米は、今年六十歳の嘉助の、五つ下の古女房である。広ノ助は、以前からよし床に住みこみ修業をしていた親戚の子で、嘉助お米夫婦に子がないため、広ノ助を養子に迎え、よし床を継がせていた。

今は広ノ助がよし床の主人で、嘉助は隠居の身だが、弟子の広ノ助の仕事ぶりが何かと気にかかり、親方気分はまだまだ抜けていない。

それはまた、三年前まで務めていた七蔵の御用聞を若い樫太郎に譲り、もう齢《とし》ですからと引退したはずが、七蔵に声をかけられたら、ひと働きせずにはいられない岡っ引きの性根が衰《おとろ》えていないのと同じである。

嘉助は引退して今なお、ひと声かければ集まる多くの手下を抱える腕利きの岡っ引きであり、隠密廻り方の七蔵の知恵袋でもあった。

嘉助に勧められたが、七蔵は言った。

「いや、親分、今ここでくつろいじまったら、帰るのがかえってつらくなる。立ち話でけっこうだ。またひと働き、親分の力を借りにきた」

「隠居の手遊びでよけりゃあ、お指図をお願えいたしやす。旦那のその拵えから察するに、何やら相当わけありの御用のようですね」

「ふむ。しばらく、鳶の親方か大工の頭領で務めることになった」

「そういうことなら、勝手のほうでうかがいやしょう。竈《かまど》の火が残っておりやすので、ここよりは暖《あった》けえんで……」

と、嘉助は前土間から奥の勝手へ先にたった。

勝手の土間は、行灯《あんどん》の赤橙《あかだいだい》の明かりが灯り、竈には残り火が小さくゆれ、湯

気のやわらかな温もりと、かすかな甘酸っぱい匂いが嗅げた。すると、広ノ助が茶の間から台所の板間に出てきて、

「旦那、かっちゃん、いらっしゃい」

と、ほろ酔い加減ののんびりした声をかけてきた。

「よう、広ノ助、邪魔して済まねえな。そんなに間はとらねえから、ちょいと待っててくれるかい」

「いいんですよ、旦那。あっしはもう休みますんで。どうぞ、茶の間を使ってください。かっちゃん、あがんなよ。親方の話はくどくて長いんだ」

「こいつ、生意気言ってやがる。せっかく、役にたつ話を聞かせてやってるのによ」

「はいはい。親方の話はようく嚙み締めておりますって。ということで、あっしはこれで、お休みなさい」

広ノ助がさっさと奥へ引っこむと、嘉助は、まあおかけ、と七蔵と樫太郎を板間のあがり端にかけさせ、茶の支度を始めた。七蔵は、手慣れた仕種で茶の支度にかかる嘉助に言った。

「御為替御用達を務める本両替町の本両替商・嶋屋の手代がひとり、三日前に行

方知れずになったんだ。御用はその捜索だ。今のところ、わけがあって表沙汰にはできねえ。だから、隠密方のおれに命じられた」

「ほう。本両替商の嶋屋の手代がひとり、三日前に行方知れず。わけがあって表沙汰にできねえ御用でやすか。ふふん、血が騒ぎやすね」

嘉助が鉄瓶の湯を急須《きゅうす》にそそぎ、透きとおった湯気が行灯の明かりの届かないほの暗い天井へと流れ、果敢《はか》なく消えていった。

四

翌日も、凍《こご》えるほどの朝の寒さが、日が昇って昼が近づくにつれてだんだん弱まり、十二月にしては暖かな日和になった。

七蔵と樫太郎は、昨日と同じ黄茶色の革羽織と鉄色の半纏を着けた、鳶の親方か大工の頭領と配下の若い衆のような扮装に拵え、亀島町の老舗のご主人の頼みにより惣三郎の為人《ひととなり》を調べる名目で、惣三郎が廻っていた顧客先を、嶋屋の主人・六兵衛の添書を持って朝から訪ね廻った。

惣三郎に持ちあがった結婚話に誰もが関心を持ち、

「頭がよく、仕事ひと筋の人ですから、そのような話があっても不思議ではございません」

と、一様に惣三郎を評価する一方で、中には、堅苦しい、もう少しくだけていてもよいのでは、頭の良さを鼻にかけている、などと言い添える顧客もいた。

いずれにしても、どの顧客も似たような評価で、誰もが惣三郎を、仕事熱心、仕事ひと筋、生真面目《きまじめ》、と褒めながら、何かしら本音を韜晦《とうかい》した得体の知れなさが、惣三郎の為人にはまとわりついていた。

訊きこみをして、惣三郎の行方を探る手がかりは、何も見つからなかった。

ただ、ひとつ手がかりと言えるほどではないが、昨夕、一ツ目の栄作が言っていた、このあたりの得意先の受け持ちになったという惣三郎の話が事実ではないことが、その朝、嶋屋を再び訪ねてわかっていた。

本所の一ツ目界隈《かいわい》に、嶋屋の貸付掛が受け持つ得意先はなかった。

ふと、こういう男は危ねえな、と七蔵は思った。

外神田のお甲の住まいに寄ったのは、午の九ツに近い刻限だった。

お甲の住まいは、花房町《はなぶさちょう》の矢兵衛店《やへえだな》にある。狭い路地にどぶ板が続き、両側に割長屋《わりながや》が建っていて、その一戸の軒に《長唄《ながうた》師匠》の札が下がっている。

お甲は表向きには、三味線《しやみせん》長唄師匠の顔を見せていた。だが、その顔に隠れて、七蔵の隠密の手先を務める御用聞が、お甲のじつの姿だった。七蔵の指図によく応えて、密偵探索に優れ、男勝《まさ》りの度胸も具《そな》えていた。

歳は二十八。父親似のひと重の強い眼差しに、ほっそりとして色白の整った目鼻だちが器量よしの年増《としま》だった。ただ、育ちの所為か、人知れぬじつの姿の所為か、明るい素ぶりを装っていても、お甲の相貌に七蔵にはわかる影が差していた。

掏摸《すり》の熊三《くまぞう》は、一見細身の優男《やさおとこ》でそんなふうには見えなかったものの、掏摸を稼業にする者らの間では、熊手《くまで》の熊三の異名をとるほどの名人だった。熊手が狙ったら、女の腰巻《こしまき》だって気づかぬ間に掏《す》っちまうぜ、と言われていた。

お甲は、その掏摸の熊三のひとり娘だった。

母親を幼くして亡くし、父親熊三の男手ひとつで育てられた。

物心ついて間もなく、熊三に掏摸の手ほどきを受けた。熊三の手引きで、初めて掏摸を働いたのは十歳だった。

熊三は十歳のお甲に、掏摸が厳しい処罰を受ける罪であることは、ちゃんと教えていた。

けれど、熊三の手ほどきを受けた掏摸の技は、父親と娘との日々の営みの拠《よ》りどころであり、父親と娘をつなぐ絆であったから、善悪の道理は、童女のお甲になんの意味もなかった。

他人の懐を狙う負い目、悪事を働く後ろめたさは、巧緻《こうち》な技を駆使して見事に掏ってみせた喜びで棒引きにできた。

お甲は童女から娘に育ち、腕のいい女掏摸と掏摸仲間にたたえられた。お甲なら、熊三が隠居をしたあとは、熊手の異名をとるだろうとも言われていた。

掏摸は、軽い盗みという扱いを受けた。最初は捕えられても、入墨《いれずみ》の処分で放免された。次に捕まると、日本橋を中心に四里四方《しりしほう》江戸払いになった。その次は仮借《かしやく》せずに打ち首の裁断がくだされた。

十代の半ばごろより掏摸働きを始めた若い衆が、三十をすぎて生きのびることは滅多になかった。ところが、熊手の熊三は一度も捕縛されることなく、四十一の歳まで生きた。熊三を神のようにあがめる手下も抱えていた。

そんな熊三が、上手《じようず》の手《て》から水が漏るようにどじを踏んで捕縛され、お甲もともに捕えられたのだった。ところが、熊三は小伝馬町《こでんまちよう》の牢《ろう》屋敷で裁きを待つ間に引いた風邪をこじらせ、呆気《あつけ》なく牢死した。

お甲は二十歳のとき、男手ひとつで自分を育てた父親を失った。

それから、牢屋敷から放免されたお甲は、足を洗った。そして、北町奉行所目安方の久米信孝の手配で、七蔵の隠密の御用聞を務める身となった。

七蔵は、お甲の心持ちにどんな変化があったのか、お甲自身から聞いたことはない。お甲の身に入墨があるのかないのか、それを知る気もなかった。だから、お甲が萬《まん》さんの下で働くことを望んでいる、と久米に言われたときも、お甲とどんな取引きがあったんですか、と質したりはしなかった。

他人に知られたくねえ過去なら、話すんじゃねえ。捨てたい過去なら、捨ててしまえ。捨てたつもりでも、どうせ悔いは残るんだ。そいつを道連れにして、生きなおすしかねえんだよ。

七蔵はただ、そう思っていた。

お甲の店は、板戸が閉じてあった。格子の明かりとりにも板戸をたて、軒に吊《つ》るした《長唄師匠》の札がゆっくり所在なさげに回転し、軒下の鉢植えに寒菊《かんぎく》が白い小さな花を寂しげに咲かせていた。

「そうか。留守か。お甲の手がほしいところだが、出なおすしかねえか」

「ちょっと出かけるだけなら、板戸を閉じてはいきませんから、遠出ですかね」

樫太郎が、板戸の隙間から中をのぞく恰好をして見せ、

「まさか、病気で寝こんでいるんじゃねえでしょうね」

と、板戸を軽く敲いたりした。

七蔵と樫太郎の声が聞こえたのか、隣の住人の年配の女が路地に顔を出し、七蔵と樫太郎を見廻して話しかけてきた。

「お甲さんを、訪ねてきたのかい」

「ええ。おかみさん、お甲さんがどちらへお出かけか、ご存じですか」

「知らない。今朝方、人が訪ねてきて、半刻ほど前、その人と出かけたよ」

「人が訪ねてきた？　どんな人でした」

「お甲さんと同じ年ごろの、痩せて背の高い男だった。綿入れの半纏を着けて、月代ものばしたままの、見た目はちょっと柄《がら》が悪そうな。尻端折りにして、なまっ白《ちろ》い細長い足を剝き出しにしてさ。まともな稼業に就いてるふうには、見えなかった。盛り場の地廻《じまわ》りみたいな。戸締まりをしてるから気になって、遠出かいって、聞いたんだけどね」

「お甲さんはなんと？」

「ちょいと野暮用でと言っただけで、しぶしぶ出かけた様子に見えたね」

七蔵は、しぶしぶか、と呟いた。

「おかみさん。お甲さんが戻ってきましたら、室町の嘉助さんを訪ねるように、伝えていただけませんか」

「室町の嘉助さんは、髪結のよし床のご亭主だね。お甲さんから聞いたことがあるよ。伝えとく。あんたらは？」

「亀島川の七蔵と申します。こっちは相棒の樫太郎で」

七蔵と樫太郎は、どぶ板を鳴らして矢兵衛店の路地をあとにした。

神田川沿いの河岸通りに出て、三十間《けん》（約五十メートル）ほどもある船着場が和泉橋《いずみばし》のほうへ続く川沿いをとった。船着場は沢山の船が船縁を寄せ合い、船荷の上げ下ろしをする人足で賑わっていた。

対岸の柳原堤《やなぎわらどて》の柳を、昼の日が耀《かがや》かせていた。

「誰なんでしょうね。お甲さんを訪ねてきたのは……」

樫太郎は気がかりな口ぶりだった。

「ふむ。誰かな」

河岸通りの人通りの中をいきながら、七蔵もいささか気になった。

「お甲さんは、大丈夫でしょうか」

「何が？」

七蔵は、樫太郎の心配がわかった。わかっていながら訊きかえした。

「訪ねてきたのがお甲さんの古い知り合いで、昔の誼《よしみ》で何かを頼まれて断れなくて、仕方なく出かけたとか。ちょいと野暮用なのに戸締まりなんかして、変じゃありませんか。たぶん、遠いところへ出かけたのかな」

「昔の知り合い？　掏摸のかい」

樫太郎はそれにはこたえず、自分に言い聞かせるように言った。

「もしかして、もう帰ってこなかったら、いやだな」

そいつは拙《まず》いぜ、と七蔵は思いつつ、気分ははれなかった。

そのとき、薄絹の雲のたなびく冬の空に、午の九ツを報せる時の鐘が鳴りわたった。

あれは浅草寺か……

七蔵は北の空を、大儀そうに見あげた。


大川沿いの河岸通りを、番場町の北隣の中ノ郷竹町に出て、前菜《ぜんさい》市場の小屋が並ぶ竹町の渡し場をすぎたところで、お甲は前をゆく丸之助の三間ほど後ろから、原庭町《はらにわちょう》のほうに向かう道へ折れた。

丸之助は、このあたりの道に慣れている所為か、後ろのお甲がちゃんとついてきているかどうかを確かめもせず、おどけた足どりに合わせて、落葉を挿した髷をふりふり歩んでいた。

竹町から堀に架かる一間半ほどの石橋を渡り、東隣の原庭町へ入った。道は次第に狭くなり、表店もまばらで、藪《やぶ》の中に裏店の板屋根が見えるひどく寂《さび》れた町の佇まいだった。

土塀に囲まれた寺院や大名の下屋敷が、丸之助とお甲の行く手をふさぎ、道を右へ折れたり左へ折れたりしてゆく途中の隙間に、小店ばかりの町家があちらに何軒、こちらに何軒と離れ離れに続いていた。

昔は竹町の渡し場に馬継ぎ場があって、ここら辺は水戸佐倉街道《みとさくらかいどう》沿いの町家だった。竪川《たてかわ》に水戸佐倉街道の新道ができて、この街道はすたれて町家は消えた。そののち、大名の下屋敷や武家屋敷が界隈に移ってきて、原庭町はそれから新たに許された町家だった。

お甲は、このあたりに詳《くわ》しいわけではなかった。けれども、丸之助の紺縞がおどけた足どりで竹町の河岸通りを原庭町のほうへ折れたときから、いき先の察しは大よそついていた。

竹町の東側の境から福巌寺《ふくごんじ》の門前にいたる道は《藪《やぶ》の内《うち》》と呼ばれ、岡場所があることは知っていた。藪の内、と言えば岡場所のことも指した。

丸之助は、藪の内のことは言わなかった。お甲は、聞いても仕方がないと思っていたから聞かなかった。

そうだとわかって、そうだろうなと、改めて納得しただけだった。

「この道は潰れ道でさ。蛇山《へびやま》って言うんだ」

丸之助が長健寺《ちょうけんじ》という寺のわき道の曲がり口で歩みを止め、お甲に言った。

お甲は同じように歩みを止め、長健寺の土塀と町家側の深い藪の間をゆく細道を、吹き流しにかけた絣の上布を軽く持ちあげて見やった。

細道は藪に陽射しをさえぎられて、奥の暗がりにまぎれて消えていた。

「蛇が山になってもつれているんだ。それで蛇山って言うんだ。潰れ道のいき止まりに咳《せき》の婆《ばあ》さんのお宮《みや》があってさ。お泉が胸を押さえて苦しがってるとき、咳もするから、おれ、願かけにいくんだ。蛇山はおっかねえけどさ」

「お泉さんは、まだお客をとっているのかい」

丸之助はお甲へ顔を向け、無精髭の生えた口元を少し歪《ゆが》めた。

「気になるのかい。心配すんなよ、お泉は女郎じゃねえ。客はとってねえよ。前からずっとだ。お泉は藪の内のふせぎ役さ。お泉が藪の内を仕きっているから、みんな安心して稼げるんだ」

お甲の言い方が不満そうに、丸之助は言いかえした。

「いこうよ」

お甲は、吹き流しの端を歯の先で噛んだ。

そのあたりは、東盛寺《とうせいじ》と福巌寺と松巌寺《しょうがんじ》、三つの寺の土塀が藪の内の道を隔てて三方につらなり、町の裏手のもう一方は、大名屋敷の高い土塀にふさがれた町家だった。

小店の並ぶ道を小路へ折れてすぐ、板塀に囲まれた裏店の一画があって、縦格子の木戸の前に出た。そこが《藪の内》でとおっている岡場所だった。

路地が二筋通り、板屋根の二棟の長屋が、路地に沿って陽射しの下に並んでいた。遊里は昼見世《ひるみせ》の刻限だが、路地に嫖客《ひようきやく》の姿はなかった。鳥影が長屋の板屋根のはるか上空をよぎっていった。

丸之助は、急に足を速め木戸をくぐった。

木戸わきの藪椿《やぶつばき》が葉を繁《しげ》らせる木の下に井戸があって、緋《ひ》の長襦袢《ながジュバン》に男物の半纏を羽織った女が、井戸端で晒《さらし》のような布きれを洗っていた。長襦袢を裾短にたくしあげ、白い臑と跣《はだし》が井戸水に濡れて赤くなり、ひどく冷たそうだった。

丸之助は井戸端の女へ、「よう」と馴れ馴れしい声をかけた。女が含み笑いを寄こし、その笑みをお甲へ訝しそうに向けた。

お甲は、丸之助の馴れ馴れしい素ぶりと、井戸端の女の笑みに胸を締めつけられた。息苦しささえ覚えた。

なんだいここまできて、意気地《いくじ》なし、と自分を叱った。

「ここだ」

丸之助はその表戸の前で、お甲へ顔をひねった。

腰高障子戸のわきの柱に、駒二郎《こまじろう》、と記した柱行灯がかけてあった。きっと、前の亭主の名だね、と気づいた。

「戻ったぜ」

丸之助が片引きの腰高障子を引き、外の明るみが、黒ずんだ土間にさっと射した。明るみは、寄付きの下にそろえた一足の女物の草履を照らした。

お甲は土間に入るのをためらった。

丸之助の肩ごしに、店の暗みへ目を投げた。

店の奥に引違いの腰障子がたててあり、その白い障子戸を背に、女の影がくっきりと隈《くま》どられていた。影しか見えなかった。ただ、女が何かの繕い物をしているふうな手を止め、陽射しの下のお甲を見ているのはわかった。

ふと、父親の熊三に詫《わ》びたい気持ちになった。

しょうがないじゃないの、お父っつあん、とお甲は言いわけした。

五

丸之助は、寄付きと台所が一緒になった三畳の竈の前で、急須の茶葉を入れ替えた。茶碗と茶托を盆に載せ、お甲とお泉が、一間（約二メートル）ほどをおいて向き合った四畳半へ運んだ。

二人の間に陶《とう》の火鉢があって、五徳《ごとく》に黒い鉄瓶がかかっていた。

お甲は目を畳へ落とし、お泉は裏の障子戸へさり気なく目を遊ばせていた。

腰障子を透かした外の薄い明るみが、押し黙った二人のおぼろな影を、畳に落としていた。

丸之助は、急須に鉄瓶の湯をそそぎ、煎茶《せんちゃ》を淹《い》れた。薄くのぼる香と一緒に、茶碗をお甲の膝の前へ押し出した。

「茶でも、呑んでくれよ」

と勧めたが、お甲は何も言わず、目を落としたままだった。

丸之助は、戸惑っている顔つきがちょっと似てるな、と改めて思いつつ、お泉の膝の前にも茶碗をおいた。

「おれは、長屋を見廻ってくる。何か、やっとくことはあるかい」

お泉が丸之助に目を向けた。

「悪いわね。じゃあ、お和木《わき》の店の前のどぶ板がはずれかかってるのさ。修繕してくれるかい。お客に怪我《けが》があったら困るし」

「そうだな。すぐやる。急須はこのままにしとくぜ」

「おまえ、頭の枯れ葉はなんかのまじないかい」

「これかい。大川端の出茶屋の小《ち》っちゃな女の子がくれたんだ。楢の葉っぱの髪飾りさ。似合うだろう」

丸之助は、自分の髷に挿した楢の枯れ葉を指差して笑った。

「そうかい。まじないじゃなくて、髪飾りだったのかい」

お泉は、お甲の傍らの、絣の上布を畳んだ上に載せている樫の落葉を見て、お甲へ一瞬の笑みを投げた。お甲は気づかず、目を落としていた。ただ、落葉が上布の鮮やかな模様のように映えていた。

丸之助は、二人を残して店を出た。

表戸の腰高障子を閉じて、薄絹の雲のたなびく空を見あげ、髷に挿した楢の髪飾りを指先で触った。それから、痩軀にまとった綿入れの半纏の紺縞をゆらしつつ、路地のどぶ板を呑気《のんき》な足どりで鳴らした。


お泉と二人になっても、お甲は言葉をきり出せなかった。

ほんの束の間、上目遣いにお泉を見あげたばかりで、頭が白くなり、何も考えられなかった。

路地の奥のほうから、丸之助と女の遣りとりが聞こえた。言葉は聞きとれなかったが、しばらくして、どぶ板を修繕しているらしい槌音《つちおと》が始まった。

槌音が始まってから、お甲はだんだん自分をとり戻した。

お泉は、ほんのりと赤らんだ頰に掌をあてがい、物思わしげに首をかしげていた。優しい顔だちに感じられた。目が大きくて、少し愁いがあった。

もう五十近い歳のはずなのに、お甲はお泉の娘のころの俤《おもかげ》を見た気がした。柳葉色《やなぎはいろ》の小袖が、お泉の細身の身体つきに似合っていた。

眉をわずかにひそめ、自分に腹をたてているような様子に見えた。

お父っつあんはおっ母さんのことを、お甲に何も話さなかった。

「おっ母さんはいつ帰ってくるの」

物心がついて間もないお甲が泣きながら訊くと、お父っつあんはお甲を抱きかかえ、頭をなでながら言った。

「済まねえ。我慢しな。我慢しな……」

我慢しな、としかお父っつあんは言わなかった。

おっ母さんの姿が、幼いころのある日を境に、ぷつりと見えなくなった悲しみと寂しさを本途に我慢できるようになるまで、どれほどのときがかかったのか、お甲は覚えていない。

覚えているのは、我慢しな、としか言わなかったお父っつあんを、可哀想に思って、泣かないように懸命に我慢したことだ。時どきは、我慢できずに小さな胸を痛めて泣いたけれど。

用件を、ときり出しかけたのを、お泉が先に言った。

「父親似だね」

お甲は伏せた目を、お泉に向けた。

お泉は頬に掌をあてがった素ぶりのまま、お甲の様子をうかがっていた。その目が薄く潤んでいた。

「お父っつあんは、いい男だった。あんた、いい女になったじゃないか」

なんだい、それ。

お甲は思っただけで、冷淡な沈黙をかえした。

「お甲という名の、御用聞の噂を聞いたのさ。そのときは、まさかあんたのことだと、思わなかった。けど、二十五年前、そういう名の自分の娘を捨てたことを思い出して、それで、ちょっと気になっていたんだ。そしたら、また、御用聞のお甲は、熊手と言われた名人の技を持つ掏摸の熊三の娘だと、別のところからの噂を聞いて、腰抜かしそうなくらい驚いたよ。あんた、北町の夜叉萬《やしゃまん》とかいう妙な町方の御用聞なんだってね。表向きは、外神田の花房町で三味線長唄師匠を稼業にしているのがわかった。申しわけないけど、あんたのことをいろいろ聞いて廻ったのさ」

お甲は、どうでもよさそうな素ぶりを、わざと見せた。

「いいのさ、別に。懐かしがってもらいたいわけじゃないし、こっちだって、遠い昔に捨てた娘に母親面《づら》をしたくて、きてもらったんじゃないから。でも、よくきてくれたじゃないか。あんたがどう思おうと、あたしは嬉しいよ」

お泉は胸のつかえを吐き出すように、大きなため息を吐いた。両手を膝へ重ねて、掌と手の甲を擦《こす》り合わせた。

お甲は、冷《ひや》やかな、よそよそしい素ぶりをくずさなかった。

「お泉さん、用件はなんですか」

と、堪《こら》えきれずに言った。

「やっと口を利いたかい。ほっとしたよ。こっちの話を、ひとまずは聞く気があるってことだものね」

お泉はお甲を見つめて、間をおいた。

「ここで稼いでた女が、行方知れずになったんだよ。姿を消して、今日で七日目さ。ここで稼いでいたから、あたしも放っておけなくて、心あたりをあたってみたけれど、皆目《かいもく》わからない。あたしらじゃ、できることなんて高《たか》が知れてるし。でも、姿が見えなくなって一日二日までは、そのうちに帰ってくるだろう、客の居続けが続いているんだろうと、亭主は思っていたらしいのさ」

「亭主？　亭主のある女房が、ここで務めていたんですか」

「そうさ。珍しい話じゃないだろう。けど、三日目になって、亭主はいくらなんでもこれはおかしい、何か災難に遭ったか巻きこまれたんじゃないかと訪ねてきて、あたしらも女の行方知れずがわかったんだ」

「女房は、こちらに、通いで務めていたんですね」

「年季奉公の女もいるけど、その女は通いだった。ここは、わけありの女が多いのさ。御用聞をしていて、藪の内の噂を知らないのかい」

「聞いてはいました。きたのは初めてですけど」

「本所は、家禄《かろく》の低い御家人さんの組屋敷が多いんだ。それも、三日に一日の三番勤めの御家人さんばかりで、みなぎりぎりの暮らしを送ってる。どうにか飢えずに食べてはいけても、お武家の体裁は保たないといけないし、そのための入り用とか病気とか、あれにいくらこれにいくらと、ちょっと油断していたり、思いがけない入り用が続いたら、たちまち暮らしがたたなくなってしまうんだ。だから、本所の御家人さんは、二本差しの御城勤めより、無腰《むごし》に尻端折りの内職が本業になっている始末さ」

お泉は、それは知ってるね？　という顔つきをお甲へ向けた。

「でもね、本所の内職に明け暮れる貧乏御家人さんの中にも、ましなお武家と今にも貧乏地獄の底に沈んでしまいそうなお武家に、分かれている。貧乏地獄に沈んでしまいそうな本所の御家人さんのお内儀《ないぎ》や女《むすめ》らが、一家の窮乏《きゅうぼう》を助けるために身体を張って、竪川の土手あたりで、夜鷹《よたか》をやって稼いでいる話を聞いたことはないかい。お内儀の亭主が、客引きをするのさ」

「柳原堤にも、暮らしがたたなくなったお武家の女の人が、お客を引いている話は聞こえてます」

「そりゃそうだ。本所の御家人さんだけが貧乏なわけがないよね。藪の内は、御家人さんのお内儀や女が、通いで務めている岡場所なんだ。こんな貧相な長屋でも、夜鷹で稼ぐよりは少しは身体が楽だし、わずかながら稼ぎもましだもの。それに、藪の内は場末であまり人に知られていないから、お内儀や女に稼がせていることも世間にばれにくいだろう。横川《よこかわ》の入江町《いりえちよう》とかの大きな岡場所だと、大勢客がくるから、誰に見られているかわからないもの。前の亭主が藪の内のふせぎ役をやっていたとき、暮らしに困っている御家人さんを見かねて、どうですか、うちで務めてみませんか、通いで務めることもできますよと声をかけた。そしたら、ひとり、二人と務めを始めた。今は、行方知れずの女房を入れて、三人ほどがお武家の女さ」

表の柱行灯に記した駒二郎の文字が、お甲の脳裡《のうり》をかすめた。

「貧乏御家人さんでも、お武家はお武家でね。藪の内には、お武家のお内儀や女が暮らしのために務めている話が伝わって、物好きな男らが珍しがって相手にしにくる。中ノ郷の瓦職人が、お屋敷の瓦葺《かわらぶき》のご用で出かけ、お屋敷のお内儀と馴染みだったので、お互い決まりが悪くてならなかったって話も、聞いたことがある。お内儀はさぞかしつらかっただろうけどね」

お甲は茶を一服した。茶はもう温《ぬる》くなっていた。お泉が、「淹れ替えようか」と言ったが、お甲は首を左右にふった。

「行方知れずの女は、三ツ目通《みつめどお》りの御家人さんのお内儀さ。ここでも、泊まりの客が少なくないから、ひと晩か、せいぜい二晩は泊まりで務めないといけないことがあって、御家人の亭主は、三日目の昼すぎになって確かめにきた。お内儀は、二日前の昼見世の務めが済んで、夕方の六ツ前にここを出たのに、屋敷には戻っていなかった。亭主に泣かれてね。あたしらも捜すからと、慰めるのに苦労した。一体、何があったのかね。気の毒なことになっていなければいいんだけど。そういうわけで、あんたの力を借りたいのさ。助けてくれるね。御家人さんは緑町《みどりちょう》五丁目の三ツ目通りを……」

「待ってくださいな。勝手に決められても、困ります。御用聞は、務めてる旦那のお指図がいつかかるかわからないんです。だから、勝手はできないんですよ。そういうことなら、町役人《ちようやくにん》さんに話して、御番所へお調べ願いの訴えを出せばいいじゃありませんか」

「それができないから、あんたに頼んでいるんじゃないの。考えてごらんよ。御家人さんが、暮らしのためとは言え、お内儀に女郎務めをさせていたと表沙汰になったら、ご近所に白い目で見られるだけじゃ済まないんだ。それがお上に知られ、以ての外と上役より強いお叱りを受けて、仮令《たとえ》、小禄《しようろく》の三番勤めでも、勤めや何代も前から続く家名の障りになる恐れがあるんだよ。そんなことになったら、女郎務めどころか、一家で首を吊るしかなくなるじゃないか」

「無理です。引き受けられません」

お甲は、眉をひそめて言った。

「町方の御用聞を務めるのは、下々《しもじも》の民を困らす悪事を働く者を、懲《こ》らしめるためなんだろう。下々の民が困らないようにするためなんだろう。だったら、今、困っている人がいるんだから、御用聞なら、困っている人のために手を貸してくれたっていいじゃないか」

「都合のいい理屈を言って。わたしにもできることとできないことが、あるんです。まずは、町役人さんに相談してみたらどうですか。事情を話せば、なるべく大きな騒ぎにならないように、助けてくれると思います」

「わかってないね。原庭町にこの岡場所はあるけれど、原庭町の町役人さんらは、仕方がないと思って、岡場所を見ないようにしているんだ。見ないものはないということなのさ。町奉行所だって、江戸中に吉原《よしわら》以外のご禁制《きんせい》の遊里は数えきれないほどあるけど、一々とり締まっていられない。許されてるんじゃなく、しょうがなくて目をつぶっているだけなんだ。それは、あんたら御用聞がよく知ってることじゃないか。ただ、目をつぶっているだけの町奉行所に、行方知れずの女郎を捜してくださいと、どの面《つら》さげて訴え出られると思うんだい」

「仕方がないんですよ。岡場所は岡場所。行方知れずは行方知れずで、別のことです。奉行所に訴えたほうがいいんです」

「そのために藪の内が潰されたら、どうするのさ。ここで働くしかない者もいるんだからね」

お甲は、お泉から目をそむけ、もうかえさなかった。お泉は、腹だたしげに唇を噛み締め、お甲を睨《にら》んでいた。

お甲は、年若い娘の俤《おもかげ》を残したお泉の様子を目の隅で見かえした。

お父っつあんはどうして、おっ母さんのことを何も話さなかったのだろう、腹をたてたら、こんな素ぶりをし、こんな様子を見せる人だったと、どうして話してくれなかったのだろう、と考えていた。

「あんた、夜叉萬とかいう町方の御用聞なんだろう」

お泉が言い出し、お甲は黙って目をそむけている。

「噂で聞いたよ。夜叉萬は腕《うで》っ節《ぷし》が強くて、悪には容赦《ようしゃ》ない町方なんだってね。けど、こんな噂も聞いたよ。夜叉萬は下には滅法《めっぽう》強いけど、上には弱い。お奉行さまや上役に尻尾《しっぽ》をふって、抜け目なくへつらい、悪党でも袖の下次第では手心を加えるし、相手が袖の下を使うこともできない小悪党とか、つい魔が差して悪事に手を染めてしまった小者とかになると、途端に容赦なく痛めつける、性根は腐《くさ》れ役人だってね。そうなのかい。あんたは、そういう腐れ役人の御用聞を務めているのかい」

「何を言うの。知りもしないくせに」

お甲は、つい声を荒らげた。

「違うって言うのかい。違うなら、違うところを見せておくれよ。女郎だって同じ人間なんだ。下々の弱い人間が、困ったことになっているかもしれないんだ。

本途に困ってる下々のために働くことが、そんなにいやなのかい。困って途方に暮れている人がいるのに、見ないふりをして、見捨てるつもりなのかい。腐れ役人の御用聞だと威張《いば》り散らして、袖の下を催促《さいそく》するだけが能じゃないだろう。町方にくっついて下々を苛《いじ》めるだけじゃなく、たまには弱い者のために、御用聞らしく働いたらどうだい」

「何さ。あんたに言われたくない。あんたは何をしたの。三歳の子供を捨てて逃げたんじゃないの。それが母親のすることなのかい。母親を恋しがって泣くしかない三歳の子供は、下々の弱い者とはどう違うのさ」

いきなりこみあげた怒りに駆られ、お甲は激しく言いかえした。

「お父っつあんに育てられて、わたしも掏摸になったんだ。お父っつあんのそばを離れるのが恐いから、わたしは掏摸の稽古に励んだんだ。お父っつあんがお縄になったとき、わたしも牢屋に入れられた。お父っつあんは牢で病気に罹《かか》って死んで、わたしは入墨されて牢から出されたんだ。わたしは二十歳だった。そのとき、あんたはどこで何をしてたのさ」

怒りの声が外へ流れ、路地奥のどぶ板を打つ槌音が止まった。

お甲は、お泉にぶつけた怒りがいき場を失い、二進《にっち》も三進《さっち》もいかなくなって硬く沈黙した。ただ真っすぐに、まばたきもせずお泉を見つめた。

お泉は目を見開き、呆然とした顔をお甲へ向けていた。

だが、沈黙の長い一瞬の間をへて、お泉の目が赤く潤み、瞼が細かく震え、やがて、堪えきれぬかのように涙が頬を伝った。

お甲はそのとき初めて、二十五年の歳月がすぎ去ったことに気づいた。

六

四畳半の腰障子に、西日があたっていた。陶の火鉢にかけた鉄瓶から、ほのかな湯気がのぼっていた。路地の奥の、どぶ板を打つ槌音がまた聞こえてきた。

お泉は、堪えきれない涙を恥じるかのように、お甲の眼差しをそらして顔を伏せた。そして、言った。

「自分の仕打ちを許しておくれなんて、今さら言うつもりはないよ。恨まれて当然さ。あんたの噂を聞いていたけど、会うことなんてできない、そんな身勝手は許されるわけがないって、わかっていたんだ。でもね、つい甘えて、こんなふうに呼びつけたりして、悪かったよ」

「大丈夫ですよ。母親だなんて、これっぽっちも思っちゃいませんので」

お泉は沈黙し、しおれた肩を小さく波打たせていた。膝の上で擦り合わせている手が、皺だらけで指は細く、島田に結った髪には白いものが沢山まじって灰色にくすんでいることに、お甲は改めて気づかされた。

馬鹿、とお甲は胸の裡《うち》で自分をなじった。

「あんたのお父っつあんが、掏摸だとわかっていて、所帯を持ったんだ。あたしは十七で、熊三は十九だった。細身の姿の優しい男前でね。身軽で、俊敏《しゅんびん》で、笑顔が涼しげだった。あたしに声を荒らげたことなんて、一度もなかった。あたしは深川の清住町《きよすみちょう》の茶屋で、茶汲み女をしてた。熊三は茶屋の客だった。毎日くるようになって、あたしは熊三がくるたびにどきどきした。姿を見せないと、心配でたまらなくなった。熊三の住まいがどこで、稼業も知らなかった。なんだか、見た目はまともじゃなさそうだったし、訊くのが恐かったのさ。あるとき噂で、熊三が掏摸らしいって聞いたときは、胸がつぶれた。けれど、かえって熊三が可哀想に、哀れに思えてならなくて、堪らなかった。馬鹿だね。でも、惚《ほ》れるって、そういうことだよね」

お泉は頬を伝う涙を、細い指先でぬぐった。

「所帯を持ったのは、清住町の裏店だった。熊三と所帯を持つと決めたとき、あたしは、茶汲み女を続けて、熊三を食べさせていくつもりだったんだ。あたしは一度だけ、熊三に言った。あたしが稼ぐから、あんたは稼がなくていいんだよ、他人の懐を狙うのはやめてって。そしたら熊三は、おかしそうに笑ってさ。わかった、もう他人の懐は狙わねえ、金輪際《こんりんざい》、掏摸は働かねえと言ったのに、やめなかった。だって、熊三が他人の懐を狙うのは、稼ぐことより、自分の技に自分が一番惚れこんでいたからさ。誰にも気づかれず、掏られた当人さえ気づかぬように掏る技を、自分だけが持っている。熊三は、それが何より自慢だったんだもの。あたしはそれがわかって、熊三がお縄になって首を打たれたら、あたしも一緒に首を打たれよう、この人についていって一緒に死のう、あたしは、亀戸《かめいど》の貧乏な小百姓の娘で、お父っつあんとおっ母さんには申しわけなかったけれど、縁をきられても仕方がないと、覚悟を決めたのさ」

どぶ板を叩く槌音が途絶え、路地は冬の午後の静寂に包まれた。

ほどなく、表戸の腰高障子に人影が差し、そっと引かれて、丸之助が顔をのぞかせた。丸之助は、お甲とお泉の邪魔をせぬように足音を消して土間に入ってきて、寄付きのあがり端に浅く腰かけた。

腰の莨《たばこ》入れから鉈豆煙管を抜き出し、煙をくゆらし始めた。紺縞の綿入れの半纏を丸くかがめて、お甲とお泉に向けた背中の上へ煙がのぼった。

「あんたを産んだのは、十九のときだった」

お泉は続けた。

「熊三似の、生まれたばかりの赤ん坊のときから、きりっとした目をあたしたちに何かを訊ねるみたいに見開いてね。真綿のように白い、本途に可愛くて、綺麗な赤ん坊だった。あたしは、生まれたばかりの赤ん坊を見て、泣いたのを覚えているよ。嬉しかったからだし、でも、それ以上に悲しかったからさ。あたしたちみたいなこんな親の子に生まれて、申しわけなくて、可哀想でならなかった。あんたが三歳になるまで、あたしは母親だった。あんたを連れて外へいくと、通りかかりの人がみな吃驚したみたいにあんたを見て、話しかけてくるのさ。あたしは、あんたの母親になれたことが、自慢だった。幸せだった」

「幸せ？」

思わず、お甲《か》はそむけていた目をお泉へ投げた。

お泉は涙の涸れた赤い目に、ときの彼方へ向けているかのような、彷彿《ほうふつ》とした笑みを浮かべていた。

「人でなしの母親が、いい加減なことを言ってると、思うよね。でも、本途に幸せだったんだ。幸せだったから、その幸せが、苦しくて、つらくて、恐ろしくてならなかった。そういうことって、あるのさ。熊三が稼ぎに出かけたあと、あたしは赤ん坊に乳を含ませ、赤ん坊のためだけを考えて、この子がどんな娘になるのだろうと考えて、熊三の戻りを待つ日々だった。あたしの腕の中で赤ん坊が健《すこ》やかな寝息をたてて、それが幸せなのに、苦しくて泣かない日はなかった。熊三の帰りは、いつも夜更けだった。日が暮れると、胸がどんどんと音をたてて鳴り始めてね。息ができなくなって、一生懸命、息を吸ったり吐いたりした。路地のどぶ板が鳴って、誰かが路地に入ってきた足音が聞こえたら、熊三が戻ってきたと思って心が躍《おど》ったけれど、でも、足音が消えるまで身体がすくんで石のように固まって動けなかった。ある日、町方が店に現れて、熊三はいるかと言われるときがくることが、恐かった。耐えられなかった」

お甲は、父親の帰りをひとりで待っていた幼いころを、思い出した。

熊三は昼ごろ出かけて、夜更けになって戻ってきた。お甲の晩飯ににぎり飯を拵え、これを食べて待っているんだぞ、と言った。お甲は寂しくて、ひとりおいていかれるのはいやだったけれど、我慢して、うん、とこたえた。

夜が更けてひとりで待っているとき、今におっ母さんが戸を開けるんじゃないかと思っていたのは、いくつぐらいまでだったろうか。

十歳でお父っつあんと一緒に出かけ、掏摸を初めて働いたころには、おっ母さんのことなんか、もう思い出しはしなかった。おっ母さんなんか、どうでもよくなっていた。

「その男は、熊三と深川の賭場《とば》で知り合いになった旅の博奕《ばくち》打ちだった。背の低い味噌《みそ》っ歯《ぱ》の、醜《みにく》い男だった。夕刻、熊三を訪ねてきて、まだ帰ってきてないって言ったら、そうかい、どうしようかなって迷っていたので、亭主の知り合いなら無下《むげ》にはできないと思って、よかったら待っていればと勧めた。変な顔をしてたけど、悪い男じゃなさそうだったし。夕餉《ゆうげ》の支度をして、一本つけて、三歳のあんたと三人でいただいたんだ。男はあんたを、めんこいめんこいと言って頭をなでて、あたしが酌《しゃく》をした酒を嬉しそうに呑みながら、熊三さんは幸せだな、器量よしの女房とこんなめんこい子がいてと、羨ましそうだった。それから、遠い遠い国を旅してきた話をしてね。九十九折《つづらお》りの山道をいき、真っ青な海が広がる海辺をいき、野中の一本道をひたすらいき、空には果てしない大空が広がって、話し相手は自分しかいない、そんな旅の物語だった。あたしはなぜか、涙が出そうになってね。あんたが寝てしまって、布団に寝かせると、男が、とんだ馳走《ちそう》になっちまって礼を言います、もう会えねえかもしれねえが、熊三さんによろしく伝えてくだせえと言って、帰りかけた。あたしはそのとき、思わず言ったんだ。あたしもいく、連れてっておくれってね。自分がなぜそれを言ったのか、今でもわからない。全部ちゃんと覚えてる。覚えてるけど、何もかもが夢中だった。どこでもいい。江戸を出て、旅に出ることしか考えられなかった。男はぼうっとして、言葉を失っていた。だからあたしはもう一度、はっきりと言ったんだ。あたしも旅に出るって。それからあたしは、何も持たず、何もかもを残して、何もかもを捨てて、幸せだった赤ん坊の母親をやめて、ただ一枚、手拭を吹き流しにかぶって、素性も知らない、どこへゆくかもわからない、惚れてなんかいない、どうってことのないその男と手に手をとって、路地を出たのさ。あたしは、布団に寝かせたあんたを、一度もふりかえらなかった。だって、あたしは、あんたの母親じゃなくなっていたのさ。熊三の女房でもなく、自分で自分がどうにもならない別の何かに、もうなっていたんだからね」

沈黙が流れた。

丸之助は、寄付きのあがり端に腰かけた恰好で、紺縞の半纏の背中を向け、石のように身動きしなかった。

お甲は、穏やかな口調で言った。

「おっ母さんの顔は覚えていません。でもね、あの夜のことは忘れちゃいませんよ。顔も思い出せないおっ母さんと、知らない男の人がいましてね。おっ母さんと男の人は、言葉を交わして、時どき笑っていました。わたしはいつの間にか寝ていて、目が覚めたとき、お父っつあんがわたしを、恐い顔をしてのぞきこんでいたんです。お父っつあんが、おっ母さんはどこへいったんだいと聞いたので、わたしはおっ母さんと男の人がいないことに気づいて、知らないとこたえました。布団の中からお父っつあんを見あげて、身ぶり手ぶり、素ぶりがとても心配そうに見えましてね。そしたら、おっ母さんの姿の見えないことがだんだん心配になって、恐くなってきたことを覚えています。お父っつあんが店を飛び出して、路地のどぶ板を鳴らして、遠くへ駆けていく足音が聞こえました。あたしはまたひとりとり残されて、おっ母さんおっ母さんと呼びながら泣きましたよ。あの夜を思い出すとね、おっ母さんの顔は思い出せないのに、今でも恐くて震えて泣いていた自分を思い出しますよ。忘れたいのに、忘れられないんですよ」

お泉の目からまた涙があふれ出て、ふっくらとした頰をいく筋も伝った。

喉を引きつるように鳴らし、泣き声をたてまいと、懸命に呑みこんでいるのがわかった。しかし、涙とともに隠していた齢《とし》がこぼれ出て、お泉は見る見る年老いていった。

「お父っつあんが亡くなったことは、知っているんでしょう」

お甲は、もうお泉から目を離さなかった。

涙を呑みこみながら、お泉は頷いた。柳葉色の小袖の胸元が、息をするたびにゆれていた。

「野州《やしゅう》の鹿沼《かぬま》で宿場《しゅくば》女郎になって、生きつないでいたころさ。いつ死んでもいいと、思ってた。風の噂で、江戸の熊手の熊三が牢で死んだと聞いたときは、ひとつひとつ、自分の生きていた証《あかし》が消えていく、そんな感じだった。その何年か前に、亀戸の親が亡くなっていたことを、それも日光《にっこう》の参詣《さんけい》にきていた同じ亀戸村の人に偶然会って、その人から聞かされていてね。小百姓の田畑を継いだ兄さんはいるけど、音沙汰はなしだし。熊三を、あたしが死なせたような気がしてならなかった。ああ、江戸に帰りたいと、しみじみ思った。でも、帰れない。自分で捨てた江戸なんだから、自分で何もかもを台なしにしたんだから。でも、誰かに教えてほしかった。あたしの幸せ、あたしの宝は、今どうしてるのって。父親をなくして、きっと涙にくれているんだろうね。さぞかし、遠い昔に行方をくらました母親を、恨んでいるんだろうねと……」

「一緒に逃げた、あの夜の男の人が、駒二郎というんですか」

「あの男とは、三月《みつき》も持たなかった。ただの博奕打ちの渡世人、そうなることしかできないつまらない男だった。遠い他国へ旅だつはずが、関八州《かんはっしゅう》の貸元《かしもと》をぐるぐる廻るだけの旅暮らしだとわかって、すぐに、一緒にいるのがいやになった。でも、あの男は何も悪くないんだ。あたしが巻きこんじゃっただけだから。それからいろいろあったけど、つまらない身の上話ばかり。ただ、身を持ちくずしていく薄汚れたときが流れただけさ」

「江戸へ、帰ってきたじゃないですか」

お甲が言ったとき、突然、お泉は胸に手をあてがい身体を丸めた。顔色が急に青褪《あおざ》め、眉間《みけん》に皺を刻み、苦しそうに喘《あえ》いだ。前のめりに、身体がかしいだ。

「おっ母さん」

お甲は思わず呼びかけていた。

すぐにそばへ寄って、かしいだ身体を支えた。小袖の下の身体は痩せて小さくなり、頼りなかった。お泉の島田の鬢《びん》づけ油が嗅げたが、うすらかながら、まぎれもない、母親の乳を吸っていたときのあの匂いの覚えが甦《よみがえ》った。

胸をきりきりと締めつけられた。

「お甲さん、おれが」

丸之助がお甲の腕の中から、お泉の頼りなげな身体を抱きとった。

「お泉、背中をさすってやる。横になるかい」

丸之助は、お泉の身体を自分の膝に横たえ、背中をさすった。

「このままでいい。すぐに治まるから」

お泉は、丸之助の腕にすがって、胸の痛みを堪えていた。

「お甲さん、帯を少しゆるめてやってくれるかい」

お甲は頷き、高雄《たかお》結びにした琥珀《こはく》の平織《ひらおり》の帯を解いてやった。

すると、お泉が片手を宙に泳がせ、お甲の手を探し求めた。

「お甲……」

喘ぎつつ、お甲を呼んだ。

「なんだい、おっ母さん」

お甲はためらわずにかえし、お泉の瘦せた手をにぎり締めた。

「ごめんよ。本途に、ごめんよ。とりかえしのつかないことを、してしまったん

「心配しないで。あれは嘘。わたしの身体のどこにも、入墨なんてないから。おっ母さんが産んでくれたときのままの身体だよ。御番所のあるお役人が、わたしが名人と言われていた掏摸の熊三のひとり娘だと、わたしの境遇を知って哀れんでくれてね。お奉行さまに願い出て、入墨は許されたんだよ。その代わり、御番所の御用聞を務めるようにお指図を受けたのさ。今は、お父っつあんみたいな掏摸を見つけたら、追いかける身になってしまった。あの世でお父っつあんは、どう思ってるかね。親不孝な娘だと、怒ってるかね」

「お父っつあんは、一度だって、怒ったことはなかった。それが定めならそれでいいと、お父っつあんならきっと言うよ」

お泉は、息を喘がせては苦しげに、言葉を絞り出した。

「お甲。お滝《たき》という女には、四歳と二歳の幼い子が、二人いるんだ。年老いたご隠居夫婦とご亭主の、六人暮らしでさ。内職をして、どうにか暮らしてきたけれど、ご亭主が病気がちで、薬料《やくりよう》のほかに借金の返済がとどこおって、暮らしがどうにもたたなくなってね。切羽つまって、お滝はご亭主と相談し、ご近所には知られないように、この春から藪の内で務めを始めた。そうするしかなかった。

仕方なかったのさ。身を売ってここで務め、どうにか借金をかえす目処《めど》がたったのに、お滝が行方知れずになった。ご亭主は途方に暮れ、子供らは母親を恋しがって、泣いているんだよ。こ、子供らに母親を、かえしてやりたい。お甲、子供らを、これ以上悲しませないでやって……」

「わかった、おっ母さん。子供らに母親を、かえしてやる。任せておくれ」

お甲が言うと、にぎったお泉の手にわずかな力がこもった。

日はいつの間にか大きく傾いて、対岸の浅草の空を赤く染めていた。

冬の夕方の冷たい風が吹き出し、川面に細波をたて、吹き流しにかぶった絣の上布をそよがせた。

お甲は、肩に流れる上布を指先でつまんで、大川端に佇んでいた。

丸之助が、紺縞の綿入れの半纏にくるまった肩をすぼめ、お甲から二間ほど離れた大川端にやはり佇んでいた。月代ののびた髷で、楢の落葉の髪飾りが風に震えていた。

土手下の枯れた葦《あし》に覆われた川原や水辺に、青鷺《あおさぎ》やかわせみが飛び交い、真鴨《まがも》やくいながが賑やかに鳴き騒いでいた。

竹町の渡し船が渡船場に舫い、今日の渡船はもう終わっていた。

荷を積んだ船が、上流の吾妻橋をくぐって、夕方の赤い空を映す大川を急いで漕ぎ下っていた。

「駒二郎さんを、知っているんだろうね」

お甲は物憂げな眼差しを対岸へ投げたまま、丸之助に訊ねた。

「知ってるよ」

丸之助も、大川へ目を向けたままこたえた。

「お泉の前の亭主さ。おれは、駒二郎親分から杯をもらった子分だ。駒二郎親分は、お泉が鹿沼の旅籠《はたご》で務めていたころの馴染みだった。中ノ郷界隈を縄張りにしている貸元の充助《みつすけ》親分とは義兄弟《ぎきょうだい》で、充助親分から藪の内の《ふせぎ役》をやらねえかと誘いがあったのさ。駒二郎親分は、鹿沼あたりの田舎の博徒《ばくと》稼業に見きりをつけて、お泉を連れて江戸に出てきた。それが八年前だった。おれもそのとき、親分と一緒に江戸へ出てきたんだ。さっき、お泉の話を聞いて合点がいったよ。お泉が、駒二郎親分に言ったんだろうね。江戸へ帰りたい、江戸へ連れていってくれって」

「駒二郎さんは、どうしたんだい」

「五年前、充助親分の一家に、厄介なもめ事があった。もめ事の埒が明かねえんで、駒二郎親分が充助親分の身代わりに立って、相手と喧嘩になり、その末に叩き斬ったのさ。駒二郎親分はお縄になっちまって、小塚原《こづかっぱら》で獄門《ごくもん》になった。お泉は駒二郎親分の首をちゃんと弔《とむら》うために、真夜中にひとりで小塚原へいって、番人の乞食に金をつかませ、首を風呂敷にくるんで藪の内まで持ち帰ってきた。あのときは手下のおれでさえ、朝起きてから、お泉が何をやったかを知って腰を抜かすほど驚いたぜ。お泉は坊さんを沢山集めて、盛大に葬儀をあげた。駒二郎親分の遺骨は、親分の郷里の鹿沼に、こっそり葬ってね。充助親分は、お泉の心意気を殊勝《しゅしょう》に感じ、駒二郎親分への恩がえしに、何不自由ない暮らしを申し入れたが、お泉はそれを断って、駒二郎親分の跡《あと》を継いで藪の内のふせぎ役を、今でも務めているってわけさ。充助親分は、お泉の好き勝手に藪の内をまかせていて、今の藪の内はお泉で持っているのさ。お泉は女郎衆に務めさせるだけじゃなくて、親身《しんみ》になって話を聞いて、世話も焼いてやるから、お泉母さんと、女郎衆はみんな呼んでるし、慕《した》ってるんだ」

「丸之助さんは、どうしておっ母さんの亭主になったの」

「どうしてかな……」

丸之助は、無精髭の生えた口元をおかしそうに歪めた。

「駒二郎親分は、喧嘩相手を斬ったあと、お縄になって首を打たれるのを覚悟してた。捕り方がくる前に、おれに言ったんだ。お泉を頼む、力になってやってくれってさ。承知しやしたと、親分に約束した。お泉は親分のおかみさんだけど、お袋か、歳の離れた姉ちゃんみてえな感じだった。ずっと一緒にいるうちに、だんだん情が移っちまった。ひとりだと、寂しいじゃねえか。それでかな。普通の男と女の、よくある話さ」

それで話は途ぎれた。お甲と丸之助は沈黙した。西の空の夕焼けが、二人の顔を染めていた。冷たい川風が川原の葦をなびかせ、鳥の声は止《や》まなかった。

「じゃあ、ここでね」

お甲は、丸之助に背中を向けた。

「お甲さん、お泉に言われているんだ。お甲さんの手先を務めろってさ。なんでも指図してくれ」

丸之助が、いきかけたお甲に声をかけた。

「ありがとう。助かるよ。明日の六ツ半（午前七時）ごろ、花房町に顔を出してくれるかい。町から町へと江戸中を嗅ぎ廻るのが、御用聞の仕事だよ。覚悟しておいで」

「合点、承知。お甲さんはこれからどちらへ」

「同じ御用聞を務める親分さんに、事情を話しとかないとね。表にも裏にも通じている親分さんだから、お滝の行方を捜す助けになると思う。大丈夫。表沙汰にしちゃいけないことは、表沙汰にはしない。それを守れないようじゃあ、御用聞は務まらないのさ」

お甲は丸之助に言うと、吹き流しをひるがえし、冬の夕焼けに燃える大川端の河岸通りを、両国橋のほうへ歩んでいった。

第二章　おはや

一

三ツ目之橋の三ツ目通りは、土塀が囲う諸大名の広い下屋敷の周辺に、小禄の御家人の組屋敷が、板塀や垣根《かきね》を隙間なくつらねる界隈だった。通りは竪川沿いの町家から離れた途端に、人の姿がまばらになって、一見、閑静《かんせい》な武家地が真っすぐに続いていた。

翌日の、朝五ツ（午前八時）を廻って間もない刻限だった。高曇りの空から寒《かん》気《き》が通りにおりて、通りかかった行商の吐息を白く見せていた。

表《おもて》火之番衆《ひのばんしゅう》御家人・遠山宏之進《とおやまひろのしん》の住居は、竪川沿いの緑町五丁目の辻をすぎ、半町ほど北へとった左手にあった。干《ひ》からびて土色に褪《あ》せた板塀が囲っていて、板葺屋根の引違いの木戸があった。

少しかしいだ木戸は、閉じ目の隙間から、敷地の中がのぞけた。

板屋根の上に、くぬぎが葉を枯らして瘦せ細った枝を広げていた。

お甲と丸之助は、かしいだ木戸をくぐった。

あまり手入れのされていない狭い前庭の先に、片引きの腰高障子が、ひっそりと閉じられている。身分の低い御家人の住居に、玄関式台《しきだい》はない。

表戸の左手に、濡《ぬ》れ縁《えん》と引違いの明障子が見えていた。

濡れ縁に面した庭は、草とりや掃除を怠《おこた》り、枯れ葉の散った荒れた様子で、縁の下にまで雑草が生えていた。

お甲は、表戸から訪ねるのを遠慮し、濡れ縁のほうへ廻った。

部屋を無造作に閉じた明障子に穴がひとつ開いていて、ふさいだ跡が目についた。人の声も物音も聞こえなかった。だが、それは用心深く、中から外をうかがっているかのような重苦しい沈黙だった。

「ごめんください」

お甲は声を抑えて、沈黙へ呼びかけ、間をおいて繰りかえした。

「留守かな」

と、丸之助が呟いたとき、障子戸が二、三寸（十センチ弱）ばかり、もたつく音をたてて引かれた。障子戸の隙間から、男の目が庭のお甲と丸之助の様子をうかがった。用心深いというより、人に見られることを恐れる素ぶりだった。

「誰だ」

男の目がお甲と丸之助の風体を怪しみ、ぞんざいな口調を寄こした。

お甲は辞儀をして、さり気なく言った。

「花房町の甲と申します。原庭町のお泉さんにうかがい、お訪ねいたしました。遠山宏之進さまでいらっしゃいますね」

「いかにも、遠山だ。原庭町のお泉さんに聞いたのなら、滝のことか」

「はい。こちらのお内儀さまの行方を捜すようにと、お泉さんより……」

「遠山さま、先だっては。藪の内の丸之助でやす。あっしも手伝わせていただきやす。お滝さんの行方をつきとめるために、力をつくしやす」

「しっ、声が大きい。隣に聞こえるではないか」

遠山は、丸之助が言うのを苛《いら》だたしげに咎《とが》めた。丸之助は、慌てて掌で口を覆い、首をすくめた。

遠山の口ぶりは、お甲と丸之助にいきなり訪ねてこられ、迷惑そうだった。戸の隙間から、なおもお甲と丸之助をねめ廻した。

「花房町の甲？　知らんが、あんたらにできるのか」

と、頼りない女ひとりと岡場所の若い者の、こんな胡散臭《うさんくさ》い者らに何ができる、という不審を露わにした。

お甲は声を忍ばせ、言いかえした。

「ご不審はごもっともです。けれど、お内儀さまの原庭町でお務めの事情が表沙汰にならないようにと、遠山さまがお望みですので、お泉さんは大っぴらにしないために、女のわたしに頼んだんです。女の身ですが、わたしは町方の御用聞を務めております。と申しましても、こちらにうかがいましたのは、町方の御用聞の務めとはかかり合いはなく、お泉さんの頼みを、わたしの一存でお請けしたからです。お内儀さまの一件が表沙汰になる心配はございません。ただし、わたしでは不満、あるいは心もとないとお考えでしたら、遠山さまのお望みに合わなかったようだと、お泉さんに伝えます。改めて、こういう人捜しに慣れた者に、頼みなおすことはできると思います」

戸の隙間から、遠山の目は動かなかった。お甲と丸之助を黙って睨みつけ、考えているようだった。おまえらのような者に用はない、迷惑だ、帰れ、と思っている素ぶりにも見えた。お泉は、ご亭主が途方に暮れていると言っていたが、遠山の様子はだいぶ違っていた。

ちぇっ、と丸之助が舌打ちし、つまらなそうに唇を尖らせた。櫛の髪飾りはつけていなかったが、今朝は無精髭を剃《そ》っていた。

お甲は、丸之助の様子を横目で見て、これじゃあ仕方がないね、と思った。思いつつ、すぐには立ち去りかねた。すると、

「入ってくれ」

と、遠山は言った。目の力が急に失せ、おどおどと宙を彷徨《さまよ》った。張りつめていた気が、堪えきれず、がっくりとしおれたような様子だった。周りを見廻す身振りを見せ、遠山は明障子を半間（約一メートル）ほど開けた。

薄暗い部屋の一角に積み重ねた、提灯が見えた。

部屋は四畳半で、火の気はなく冷えびえとしていた。黄ばんだ畳や、染みの浮いた間仕切の古びた襖や、破れた跡の修繕に貼った大きな紙へ、明障子を透かして庭側の淡い明るみが射していた。

遠山は、提灯張りの内職をしていた。できあがって重ねた提灯のほかに、作業中の提灯の型枠や張り紙の束が、襖側や壁ぎわの一角に積んであり、提灯張りの糊《のり》の臭いがかすかに鼻を突いた。

お甲と丸之助に坐るようにと、部屋の空いているところを手で指し、「お待ち

を」と、言葉つきも変えて部屋を出た。

家の中は、湿り気のある静寂に包まれていた。襖ごしに遠山と家人の素っ気ない遣りとりが聞こえきて、すぐに消えた。丸之助が、作りかけやできあがった提灯を見廻し、小声で言った。

「提灯張りの内職ですね」

「お武家も、暮らしをたてるのが、大変なんだね」

お甲はかえし、膝の上で冷たい手を擦り合わせた。遠山は、火の気もないこの部屋で、朝から提灯張りの内職をひとりでやっていたのだ。普段は、女房のお滝と二人で、提灯張りに励んでいたのだろう、とお甲は思った。

忙《せわ》しい足音が部屋に近づいてきて、いきなり、貼り紙をした襖が引き開けられた。幼い童子がふたり、手をつないで敷居に立ち、お甲と丸之助へ怒ったような顔つきを向けた。お滝には、四歳と二歳の子がいると聞いた。

「母《かか》をどこへやった。母をかえせ」

兄が甲高い声で言った。弟が、「かえせ」と懸命に兄を真似《まね》た。

兄は、歯を食い縛っていた。弟のほうは、歩き始めてまださほど間のない年ごろらしく、無邪気さと怯《おび》えをない交《ま》ぜにした目を、お甲から離さなかった。

お甲は、子供らへ頬笑みを投げかえした。

「坊っちゃん方、もう少し辛抱してくださいな。お母《かか》さまが少しでも早く帰ってこられるように、お父《とと》さまにご相談にきたのですよ」

だが、兄はまた、

「かえせ」

と、収まらない怒りを投げつけた。

おいおい、と隣の丸之助が呆れたように呟いた。

「おまえたち、何をしている。あっちへいってなさい」

遠山の叱る声が聞こえ、子供らは、わっ、と襖を開けたまま逃げ出した。下の子が泣き出し、祖母らしき女の声が、泣く子をかばっていた。

遠山が盆に碗を二つ載せ、開いたままの襖から部屋に入ってきた。不機嫌そうに青黒い顔を歪め、口元には無精髭がうっすらと生えていた。目が窪《くぼ》み、頬の痩《こ》けた痩身《そうしん》で、この寒い部屋で、うっすらと汗をかいたように、高い鷲鼻や額が光っていた。

茶托と碗をお甲と丸之助の前においた手が、やりきれなさに震えていた。自分に腹をたて、その腹だたしさを持てあましている様子だった。

「相済まぬ。子供のことゆえ、お許しいただきたい」

寒さをしのぐために重ね着した鈍茶《にびちゃ》の着流しが、着古して色褪《いろあ》せていた。むろん、無腰である。

「いえ」

お甲がかえし、二人は温い番茶を一服した。

「代々、表火之番衆を継いできました。番代わりをした父も、もう亡くなった祖父も、その前も火之番衆でした。と言っても、三番勤めです。明日は登城します。禄の低い貧乏御家人が、細々と家名を守ってきました。家名は長いのですが、貧乏も長いと、守る値打ちある家名なのか、わからなくなります」

遠山は腕組みをして、片方の掌で無精髭の生えた顎をなでた。

「三番勤めを、ご存じか」

お甲は頷き、碗を茶托に戻した。

「さようか。ならば、わかっていただけますな。火之番衆の職禄は七十俵《ぴょう》ゆえ、三番勤めだと、二十三俵余です。奉公人など雇える余裕はない。それどころか、日々の暮らしを守っていくのに、このとおり、内職をせねばならぬのです」

遠山は、顎に掌をあてたまま、傍らの紙を張りかけの提灯へ、頰骨の目だつ顔を物憂そうに向けた。

「これは、弓張《ゆみはり》提灯です。わたしらが紙を張った提灯に、提灯屋が注文の屋号を記して桐油《とうゆ》をひき、弓竹をつけてひと張り百七十文《もん》余で売るのです。わたしらの内職の代金は、ひと張り十文ほどにしかならない。登城せぬ日は、滝と二人で早朝から夕刻、日が暮れるまで提灯張りです。夜はやりません。行灯の明かりが暗いので、失敗するとかえって手間がかかる。それに、行灯の油代がもったいないですからな。これでは、武家は表向きで、生業《なりわい》は提灯張りだ。わたしの倅は、わが家名を継いで御城勤めをする傍ら、提灯張りの生業も継がねばならんのです。わ弟のほうはどうなることやら。弟のほうはいっそのこと、武士などとっとと捨てて提灯屋になり、火袋《ひぶくろ》を携《たずさ》え、提灯張替えの呼び声をあげて江戸市中を廻ったほうが、いいのかもしれませんな」

遠山は自嘲するように笑い、怠《だる》そうなため息をついた。

「そうは言っても、武士は捨てられん。仮令《たとえ》、三番勤めであっても、勤めていれば食う米がいただけ、二刀を帯び、武士の体面をつくろうことはできる。武士の体面すら失ったら、これまでのわたしは一体なんだったのか。なんのために家名を守ってきたのか。わたしらは生きていても意味のない、無用の者になってしまうのです。わたしらは、武士にすがりつくしかないのです」

「それで、お内儀さまは藪の内で？」

お甲がさり気なく訊くと、遠山は自嘲すら消して苦渋に顔を歪めた。

「わたしは、腹に持病がありましてな。先年、それが悪化して薬代のために、縁者を頼って借金をせざるを得なかった。縁者も貧しい。少しずつかえす約束が、持病の薬は呑み続けねばならず、借金をかえすどころか、あちらに頼っていくらこちらに頼っていくらと、増える一方で、二進も三進もいかなくなった。提灯張りの内職では、追いつかなかったのです。どこで聞きつけたのか、原庭町の藪の内の務めならと、滝が言ったのです。藪の内は、中ノ郷界隈の者にしか知られていない小さな岡場所で、客は近在の瓦職の職人が殆《ほとん》どだから、顔見知りが客でくることはまずない。瓦職の職人は金払いがいいし、武家の妻や女《むすめ》は珍しがられて必ず客がつく。ふせぎ役にお泉という女がいて、面倒見がよく、借金の形《かた》の年季奉公ではあっても、武家の女は通いの務め方も配慮してくれ、何人かの武家の女が通いで務めているらしい。ご近所には、妻は両親の世話で毎日里に通っていることにすれば気づかれない。これまでの借金をかえして、三年務めれば、わたしの薬代がまかなえるほどの蓄《たくわ》えが残る。三年だけ我慢してと……」

遠山はうな垂れ、いっそう声をひそめた。

「驚きました。なんと不甲斐ない、それでも武士かと思いつつ、本音は藁《わら》にもすがる気持ちでした。済まぬ、とわたしは言いました」

そして、また骨張った顎に掌をあて、無精髭を口元が歪むほど強く擦った。

「お内儀さまが藪の内の務めに通うようになったのは、この春でしたね」

「さよう。もうすぐ十ヵ月になります」

「泊まりもあると、聞きましたが」

「初めの数ヵ月は、午前に洗濯などを済ませてから出かけ、夕刻、戻ってきました。客がついて、夜更けになったときは、わたしが藪の内へ迎えにいきました。希に、客が泊まりになることがあって、ひとりで戻ることもありましたが。夏をすぎたころから滝も慣れて、もう迎えにこなくともよい、戻りが遅くなれば、藪の内で泊まり、翌日の昼間の務めを済ませて戻るので、わたしには子供の世話をしてほしいと言ったのです。滝が務めに通うようになってから、子供の様子が変わり始めましてな。子供なりに、母親の不在に不安を感じていたのでしょう。滝はそれを気にしていたのです」

遠山は膝に手をおき、前身頃《まえみごろ》の布をにぎり締めた。

お甲の脳裡で、先ほどの兄弟の様子と三歳だった自分の姿が重なった。何かが違うと、子供はすぐにそれを感じるのだ。

「お内儀さまのお知り合いで、親しくおつき合いをなさっている方の話を聞きたいのです。どなたか、ご存じの方を教えていただけませんか」

「だめだ。それはやめてくれ。絶対にやめてくれ。万が一にでも、滝の行方知れずの子細が上役の耳に入ったら、表火之番衆の勤めに障りがある。のみならず、代々受け継いできた遠山家の家名に、疵《きず》をつけることになる。身分の低い御家人の家柄であっても、わたしの代で、そんなことになってはならない。そんなことになっては、わたしは腹を切ってご先祖さまに詫びねばならないのだ。むろん、この界隈で滝のことを聞くのも困る。もしもこのまま、滝が戻ってこなければ、家名を守るために、わたしは上役には滝を病死と届けるつもりだ。それが武家というものだ。あんたらとは違う」

「そこまでの覚悟がありながら、どうして、お内儀さまに藪の内の務めをさせたのですか」

お甲はつい言いかえして、しまった、と思った。

遠山は苦渋に歪んだ顔をお甲に向け、すぐに目を伏せた。膝の上でにぎり締めた拳《こぶし》が、細かく震えた。

「さ、させたのではない。滝が言うて、くれたのだ」

「そうでしたね。申しわけございません」

と、お甲は頭を垂れた。

するってえと、と丸之助が口を挟んだ。

「お内儀さまのお里のほうには、お内儀さまの行方知れずを、どのようにお知らせになったんで？」

「同じだ。まだ知らせていない。だが、滝の里にはいずれ気づかれる。わたしから事情を話し、滝を病死と上役に届けることに、同意してもらわねばならない。だから、それまでは里へいかれても困る」

「えっ、そうなんですか？」

「遠山さま、確かなことはまだ、何ひとつ明らかではありません。お内儀さまのお里に知らせるのは、まだ早いと思います」

お甲が言うと、その言葉にすがるように、遠山はそむけた顔を頷かせた。

「そうか。お内儀さまのお里で話を聞けば、ひょっとしたら、何か手がかりが見つかるかもしれねえんですがね」

「丸之助さん、お里のほうは遠山さまにお任せしよう。こういう人捜しは、子供の迷子とは違うから、周囲にあまり知られていないのが、案外、都合のいい場合もあるんだよ。まずは、こちらのお屋敷から藪の内までの通い道を歩いてみないとね。遠山さま、お内儀さまの通い道は、おわかりでしょうか」

遠山は、お滝が近所の目を気にして、里へ通うふりをして通りを二筋西へ変え、それから北の中ノ郷へとっていると思う、と道筋を示した。

「暗くなってから、滝を迎えにいっていたときも、わたしもその道でしたので」

お滝の里は、浅草新堀川《しんぼりがわ》の組屋敷にあって、吾妻橋を渡り浅草広小路《ひろこうじ》へ出る道筋だった。

「道を変えることは、ありませんか。同じ道で同じ人に何度も遇《あ》わないように、ときには道を変えることなど」

「希に、戻りに横川町の河岸通りをとることもあったようです。長崎町《ながさきちょう》の南割《みなみわり》下水《げすい》の近くに医師がおり、そこでわたしの持病の薬をもらっております。戻りが明るいときなどに、そちらへ寄って戻ってくることがありました」

遠山は、物憂い口ぶりで言った。それから間をおき、「それと……」と小声で言い添えた。

「滝を捜していただく礼金は、いかほど支払えばよろしいか」

「お泉さんから頼まれて、わたしの勝手で請けたことです。遠山さまから礼金はいただきません。お気遣いなく」

「そういうわけにはいかん。滝の蓄えが、これまでの借金を返済しても、いくらかは残っております。それで払います」

それは、お滝が三年の務めで身を売った藪の内の借金につけ替えただけだった。務めはまだ、二年以上残っているのだ。

「遠山さま、本途に、おかまいなく。丸之助さん、いくよ」

「承知」

お甲と丸之助が座を立った。

だが、遠山は膝の上で拳をにぎり締めてうな垂れ、動かなかった。

二

お甲と丸之助が、三ツ目通りを西へ二筋を変えて中ノ郷へ向かい、南割下水に架かる橋を渡った同じころ、七蔵と樫太郎、そして、《よし床》の嘉助の三人は、竪川に架かる一ツ目之橋を南詰の弁財天《べんざいてん》門前へ渡り、竪川通りを亀井屋敷の隣の松井町《まついちょう》へ向かっていた。

七蔵と樫太郎は、一昨日昨日と同じ、鈍い黄茶色の革羽織と鉄色の半纏を着け、嘉助は紺と蒲色《かばいろ》の二筋縞の半纏を羽織っている。

冬らしく深々と冷える高曇りの空の下に、河岸地に舫う船が、鉛色《なまりいろ》に沈んだ川筋のずっと先までつらなっていた。

七蔵に嘉助が並んで話しかけ、樫太郎は後ろについて二人の話を聞いていた。

その朝、七蔵と樫太郎は、《よし床》の嘉助を訪ね、御為替御用達両替商・嶋屋の手代の惣三郎失踪にかかり合いがありそうな調べの内容を、両国橋と一ツ目之橋を渡って竪川通りへ出るまでの道々、嘉助から聞かされた。

お甲が昨夜、よし床を訪ねてきたと嘉助が言ったのは、そのあとだった。

「そうかい。お甲は昔の知り合いに頼まれ、そっちの用にかかわっているから、留守にしてたのかい」

「へい。昨日、あっしが暗くなって戻ったら、お甲が待っていましてね。義理があって、頼まれたらどうしても断れねえ知り合いらしいんで。どこの誰でどんな用かは、今は言えねえが、もしかしたら、あっしの助けを借りることになるかもしれねえと言っておりやした。だいぶ、わけありのようでやしたね」

「どこの誰のどんな頼みかも言えねえ、だいぶわけありの用かい」

「旦那のお務めの障りになるのは、面目ねえし心苦しいけれど、今度だけ大目に見ていただきてえから、あっしに旦那へ伝えてほしいと言われましてね。そういう用があるならしょうがねえ、旦那には伝えておくと言ったものの、お甲の様子がちょいと気がかりでやした」

「ほう、どんなふうに」

「何やら悩み事を抱えて、思いつめている様子に見えました。飯を食っていけとお米も勧めたんですが、うちですることがあるからと、断って帰っていきましてね。後ろ姿が物憂そうで、どうしたんだろうって、お米とも話しやした。そうそう、断れねえ用というのは、昔の稼業とかかり合いはありません、ですから、旦那や久米さまに、ご心配ご迷惑をおかけすることは決してありませんと、それも伝えてほしいと言っておりやした」

「昔の稼業か。そうだってよ、樫太郎」

七蔵は、後ろの樫太郎へ首をひねった。

「なら安心しました。でも、誰なんでしょうね。義理があって、頼まれたらどうしても断れないお甲さんの知り合いって。なんだか、そんなふうに聞くと、誰のどんな用なんだろうって、かえって気になりやす」

「ふむ。誰の、どんな用なんだろうな。おれも気になるよ」

七蔵の横顔がそう言って笑みを浮かべ、革羽織の肩が降りかかる寒気を払うようにひとゆれした。

と、そのとき、竪川通り前方に、黒羽織の町方を先頭に四人の男らが、七蔵らのほうへ向かってくるのが見えた。町方の後ろの三人は、手先を務める御用聞と奉行所の中間だと、すぐに知れた。

「旦那、多田《ただ》さんじゃありませんか」

嘉助が、南町奉行所定町廻り方の多田に気づいて七蔵に言った。

「そうだ。向こうはこの扮装だからだろう、おれに気づいていないがな」

七蔵もすでに気づいていた。

両者が竪川通りをすれ違うところまできて、七蔵のほうから声をかけた。

「多田さん」

すれ違っていきかけた多田が、誰だ？　と丸顔の中の細い目を吃驚したように見開いて七蔵に寄こした。

二人の御用聞と挟《はさ》み箱《ばこ》をかついだ紺看板に梵天《ぼんてん》帯の中間も、北町奉行所の七蔵と御用聞の嘉助と樫太郎に気づき、意外そうな会釈を寄こした。

「なんだ。萬《よろず》さんじゃねえか。吃驚させんな」

多田は途端に真顔をゆるめ、嘉助と樫太郎を見廻した。

「よくよく見ると、そっちは嘉助親分に樫太郎かい」

嘉助と樫太郎が多田に辞儀をし、顔見知りの御用聞らと言葉を交わした。

「わたしはだいぶ前から気づいていたんですが、多田さんが気づかずにいってしまいそうだったんで、素通りはねえだろうと思いましてね」

「そうかい。じつはおれも見たことのある男だなとは思ってた。ここら辺の顔利きじゃねえし、相談役の年寄と若い衆を従えて、貫禄も十分だから、どこの親分だったかな、どの組の鳶の頭だったかなとかさ。その拵えじゃあ、なるほど、そういうことかい。さすが、北町の曲者《くせもの》の夜叉萬に革羽織が似合うぜ」

北町の隠密廻り方の七蔵と南町の定町廻り方の多田は、馬が合った。仕事柄、互いの役目のうえで、手助けし合うことが多かった。

「そうですか。ありがとうございます。多田さんは、ここら辺の定廻りを？　それとも何かのお調べですか」

七蔵は、うっすらと笑みを見せ、町人が顔見知りの親しい町方に挨拶をするような口ぶりで言った。

「定廻りじゃねえ。気になることがあってな。ちょいと、訊きこみをしてただけさ。大した話じゃねえが、聞きたいかい」

「多田さんが気になることなら、わたしも気になりますよ」

「そうかい。おれはかまわねえが、そっちもなんの調べか、聞かせろよ」

「わたしのほうは勘弁してください。上から堅く命じられているんです。いいじゃありませんか。多田さん、聞かせてくださいよ」

「上ってえのは、お奉行さまかい」

七蔵はにこやかに頷いた。

多田は、仕方がねえな、という顔つきを寄こした。掌を丸い顎に当て、鉛色の竪川をちらりと横目で見てから、七蔵へかえした。

「そこのちょいと先の、南辻橋《みなみつじばし》から猿江町《さるえちょう》にかけての河岸地で、夜鷹が稼いでいる話は聞いたことがあるだろう」

「菊川橋《きくかわばし》のあたりですね」

「そうだ。あそこら辺は諸大名の下屋敷が多くて、町方の見廻りもほとんどねえから、江戸詰の勤番侍の客相手に、夜鷹らの稼ぎ場になってるんだ」

七蔵は頷いた。耳新しい話ではない。

「この春と夏に、菊川橋の袂《たもと》で稼いでいた夜鷹の失踪が、二件ばかりあったらしい。夜鷹が二人、姿を消したからって、それがどうしたって話だ。どうせ、稼ぎ場を変えたんだろうと、思うぐらいだしな。ところが、つい最近になって聞いたんだが、二人はかどわかされたって噂が、夜鷹らの間で流れているんだ」

「かどわかされたは、尋常じゃありませんね」

「尋常じゃねえとしてもさ、夜鷹なんて危ねえ裏稼業だ。客とわずかな代金を払う払わねえでもめて、命をとられた話も珍しくねえ。亡骸が十万坪のどっかに埋められたか、川に捨てられ海へ流されたかで、姿を消したら行方知れずだ。噂をしている夜鷹らの訴えでもありゃあ、御番所も調べるが、夜鷹らがあたしらの夜鷹仲間がかどわかされましたなんて、訴え出るわけがねえ。だから、その噂だけなら気にならなかった。気になったのはな、じつは、姿を消した夜鷹が、二人とも武家の女房らしいのさ」

多田はいく分声を落とし、七蔵へ向けた目を怪しく歪めた。

「ほう、武家の女房ですか」

「本所あたりの貧乏御家人の女房や女《むすめ》が、岡場所に身売りをしたり、武家の亭主が客引きをして、女房に河岸通りの石置場や材木置場で客の相手をさせる話を、聞いたことはあるだろう。たぶん、その類《たぐい》の武家の女房と思われる。女房を夜鷹で稼がせていた御家人のほうから、上役をとおして、斯く斯く云々と訴えが出された話は聞こえちゃいねえから、あてにはならねえが」

「噂が本途だったとしても、御家人は訴えを出せないでしょうね」

「出せねえだろう。おれなら、女房は病死したか、離縁して里にかえしたかにする。女房を夜鷹で稼がせていたと表沙汰になったら、武士の面目丸潰れだぜ」

「それで、気になった……」

「あてにならねえ噂でも、夜鷹が武家の女房なら、放っておくのもどうかと思ってさ。猿江橋と南辻橋の間の自身番《じしんばん》を廻って、噂を確かめた。町役人らに聞いた限りでは、まったくのあてはずれだ。町役人らは、夜鷹が出る話は聞いてるが、かどわかしの噂も武家の女房の話も、何も知らなかった」

「なら、噂をしてる夜鷹らに聞いてみるしかありませんね」

「そう思ってな、今日のところは引きあげてきた。だから、大した話じゃねえと言ったろう」

「ですが、武家の女房の夜鷹がかどわかされた噂は、確かに気になります」

「気になる。萬さんもどっかで噂にかかり合いのありそうな話を耳にしたら、真っ先におれに知らせてくれ」

「承知しました。必ず知らせます」

「頼むぜ。じゃあな。みな、いくぜ。萬さん、お奉行さまと上手くやりな」

多田は、御用聞と中間へ目配せして、一ツ目之橋のほうへ竪川通りを戻っていった。七蔵は、多田ら四人が竪川通りの人通りにまぎれるのを見送ってから、踵《きびす》をかえし、竪川通りをいきつつ嘉助に言った。

「この春と夏に、武家の女房の夜鷹がかどわかしにあったか。多田さんの話を、親分は聞いたことはあるのかい」

「暮らしに窮した御家人さんが、おかみさんを岡場所に身売りさせたり、夜鷹で稼がせる話は、希に聞きます。ですが、菊川橋のかどわかしの一件は初めてでやす。調べてみますか」

「できるかい」

「こういう調べは、お甲がいればいいんですがね。以前、夜鷹らの客引きをして小銭を稼いでいた地廻りがおりやす。そいつに聞けば、何か知っているかもしれと、嘉助は先にたち、亀井屋敷の町家と松井町一丁目の境の通りを南へ折れた。

「そうですね。明日知らぬ世でやす。おっと、こちらです、旦那」

の風に吹かれやすから。ちょいと油断していると、誰であれ、無常
「念のために、探ってみてくれ。なんだか、他人事《ひとごと》には思えねえ」

やせん」

三

松井町一丁目の表店の裏手に、高塀に囲われ、二階家の色茶屋が六軒ばかり並んだ岡場所があった。岡場所の南側に町家はなく、高塀と通りを隔てて、閑散とした武家屋敷がつらなっている。

岡場所の木戸わきの番小屋《ばんごや》をすぎ、色茶屋の金子屋《かねこや》を訪ねた。

七蔵は、金銀御為替御用達両替商・嶋屋の手代の惣三郎が、三年前と今年の夏と先月の三度、本所一ツ目の菓子処・石川に奉公する同郷の栄作を訪ねてきたのは、竪川周辺のどこかの岡場所で遊んだ戻りではないかと推量した。

惣三郎は、一切《ひとき》り金二朱《しゅ》ほどの色茶屋にあがったあと、おそらく気まぐれに、

同郷の栄作が奉公する菓子処の石川へ寄ったのではないか。

三年前、初めて岡場所にいって女郎と戯《たわむ》れ、その戻りに寄ったのだ。

惣三郎は仕事の話しかできない男だが、内心は、同郷の栄作に女郎と戯れた話をしたかったのかもしれない。若い男には、そういうところがある。

そして、今年の夏と先月の二度、栄作を訪ねたのは、どこかの岡場所の色茶屋に馴染みができ、お得意廻りを装って、しばしば出かけていたからではないか。推量があたっていれば、本所一ツ目に近いに違いない。

一ツ目の近くでは、弁財天と松井町一丁目の岡場所が知られている。岡場所でなくとも、盛り場の小路の煮売屋や料理茶屋でも、女をひとり二人ぐらいは屋根裏部屋などにおいており、一切りいくらで客の務めをさせる店もあった。

七蔵は嘉助に、惣三郎が嶋屋の奉公人には知られず、ひとりでこっそり出かけていた一ツ目の近くの調べを頼んだ。

七蔵の推量はあたった。

昨日一日の調べで、松井町一丁目の岡場所の金子屋に、惣三郎の馴染みがいることを、嘉助はつきとめたのだった。

岡場所の昼見世が始まる前の、午前の刻限だった。

七蔵は、菓子処・石川の栄作に言ったように、金子屋の主人にも亀島川の七蔵と名乗り、町内の老舗のご主人から頼まれ、老舗の女の連れ合いに惣三郎が相応しいかどうか為人《ひととなり》を調べていることにして、紙包みの礼金を差し出した。

金子屋の主人は、一重まぶたの細目が、案外、酷薄《こくはく》そうな痩身の男で、さいですな、と言うのが口癖だった。

「お気遣いいたみ入ります。では遠慮なく。さいですな……」

と、主人は紙包みを袖に仕舞って、七蔵の問いに機嫌よくこたえた。

「惣三郎さんはまだお若いですから、やはりご自慢なんでしょう。ご本人は内緒にしておられるようでしたので、わたしどもは知らぬふりをしておりますが、口ぶりの端々《はしばし》にそれとなく、少々自慢げに出されます。さいですな。本町の両替商に奉公なさっておられるのは、存じておりますよ。お店は嶋屋さんで、嶋屋さんと申せば、金銀御為替御用達の本町に大店《おおだな》をかまえておられます本両替商。そちらの貸付掛をお務めなのですから、頭の回転は速いし、仮令、お店者でも一流でございます。そこら辺の小店の商人の亭主とは、比べ物になりません。惣三郎さんの素ぶりが、歳の割に何かしら横柄《おうへい》に見えるのは、無理もございません」

主人は、惣三郎の金遣いについても、すらすらとこたえた。

「両替商に奉公なさっているからと言って、金遣いが違うなどということは、決してございませんよ。さいですな。両替商の奉公人らしさをしいて申せば、勘定に細かすぎるところでございますね。例えば、勘定をいたしますときに、わたしどもが請求いたします代金の内訳を一々細かくお訊ねになり、少しでも不審があれば質されまして、おこたえするのに冷や汗をかいたこともございます。お務めの代金は前払いでございますので、あとの代金は、お膳がいくら、お酒がいくら、慣例として申しあげましたご祝儀はいくらと、すべて、頭に入れておられて、算盤も使わずたちまち勘定なされて、これ以上のことはしていないはずだと、余計な出費は一切なさいません。それで女郎衆と馴染んで楽しいのだろうかと、思うこともありますが、それも若さゆえなのでしょうか、一途《いちず》に馴染みの女と戯れ、それを終えるとさっさとお帰りになる。ある意味、済ますことを済ませばただちに引きあげる、それでよいと、とても明快な遊び方でございます」

しかし、主人はそんな惣三郎を買っているふうであった。

「若い手代の身分ですから、給金はまだ低くとも、一途に奉公に励んで、仕事は仕事、遊びは遊びとけじめをつけ、遊びの中でも無駄遣いはなさらない惣三郎さんのふる舞いは、さすが、一流の大店両替商に奉公をなさっている手代はちがうと、感心しているのでございます。さいですな。今は、けちけちと金惜しみをなさいますものの、いずれ、お店の中で番頭、頭取と出世をなさった暁に、この金子屋でお大尽《だいじん》遊《あそ》びをしていただければと、惣三郎さんにそのように申しておるのでございます。はい」

　主人の話を聞いているところへ、惣三郎の馴染みの女が眠そうな顔をして店の間に出てきた。

　昼見世が始まるまでの午前は、女郎衆の勝手にできるときである。朝寝をし、粗末《そまつ》な朝飯をかきこみ、風呂に入り、自分の身の廻りのことをし、それから、昼見世が始まるまでに化粧をし、身拵えを済ませる。

　馴染みは、寝ているところを起こされたらしく、寝足りない様子で何度も欠伸《あくび》をした。寝乱れた島田をかきむしり、目をしょぼしょぼさせたが、それでも、惣三郎の人柄や金遣い、どういう気だての男かなどを話した。

　馴染みの話は、主人に聞かされたことと大きな違いはなかった。色茶屋の女と馴染みの客との、さほど珍しくもない話だった。

　だが、ひとつだけ、女は意外な話を口にした。惣三郎が、どうやら賭場でも遊んでいるらしい事情だった。

惣ちゃん……

と、女は馴染みの惣三郎を呼んでいた。

「惣ちゃんが、博奕《ばくち》で儲けた話をしたのを聞いたことがあります。惣ちゃんの頭の中には、他人《ひと》にはないいろんな才が一杯つまっていて、お金の勘定なんてお茶の子さいさい、お客から預かったお金を増やして差しあげる才覚、どんな商いでも自分に任せれば損はさせないし、博奕をやっても負ける気がしないって。あら、惣ちゃん、博奕もするのって聞いたんですよ。そしたら、やるよ、博奕で負けないようにするのは、むずかしい技じゃない、特に賽子《さいころ》博奕は、出目の傾向を正確に読んで、機会がくるまで抑えて、機会がきたら大胆に勝負に出る、博奕は勘じゃなくて勘定なんだ、だから今日も一刻ほどで儲けさせてもらった、ほらって、金貨やら銭を見せて言ってましたね」

すると、主人が感心した様子で質した。

「ええ、そうなのかい。知らなかったよ。惣三郎さんは賭場に出入りをしていたのかい。おまえ、なぜ黙ってたんだい」

「あんまり他人に言うんじゃないよ、自分はお客のお金を預かるお店に奉公している手代なので、博奕で小遣い稼ぎをしているとわかったら、番頭さんに大目玉を食って、もうここへもこられなくなるって言ってましたから。あたしは、博奕なんてやったことないし、惣ちゃんが博奕をやっててもどうでもよかったから、言いませんでした」

女は眠そうに言い、白粉《おしろい》の斑《まだら》になったぼってりした首筋をかいた。

「ふうん、負ける気がしないって惣三郎さんが言ってたんだね。さすが、大した自信でございますね」

主人が七蔵へ、薄笑いを寄こした。

「惣三郎さんは、どちらの賭場にお出入りなさってておられるんで？」

七蔵は女に訊いた。

「吉田町《よしだちょう》の、丹右衛門《たんえもん》親分の賭場だと思います。惣ちゃんは、とっても恐い親分さんなんだぞと、昔からよく知っている人みたいに言ってました。惣ちゃんと馴染みになってだいぶ日がたったころに、一度、博奕の話を聞いただけですけど、あの様子じゃあ、あたしと馴染みになる前から、丹右衛門親分の賭場に出入りしていると思いますよ。あのこれ、あたしに聞いたことは言わないでくださいね。きっと惣ちゃん、気を悪くしますから」

「申しませんとも。相手のご主人は、娘を嫁がせるのに、あくまでも、惣三郎さんの為人を、表のみならず、裏も知りたいと思っておられるだけです。人はみな表と裏があることは、ご承知のうえです。つまりそれほど、惣三郎さんがお気に入りなんでしょうね」

と、七蔵は言いつくろった。

金子屋を出て、松井町一丁目の竪川通りへ戻った。

鉛色の川筋が東西にのびる竪川に、精気の乏《とぼ》しい冬寒《ふゆざむ》がわだかまっていた。通りを東へとり、徳右衛門町一丁目から三ツ目之橋を、竪川北岸の緑町五丁目へ渡って、三ツ目通りをさらに北へ向かった。緑町の町家を抜けて武家屋敷地へ出ると、途端に人通りが絶え、閑散とした気配に包まれた。

三ツ目通りの両側は、諸大名の下屋敷や中屋敷が土塀をつらね、また小禄の御家人屋敷が、隙間なく甍《いらか》を並べている。三ツ目通りの先、南割下水を越えておよそ四町ほど北へとった吉岡町《よしおかちょう》の辻を東へ折れ、さらに、一町半ほどいったところが吉田町である。

高曇りの薄墨色を流したような雲は、通りの北の果てまでを覆い、黒い鳥影が雲の下をよぎっていた。

「吉田町の丹右衛門は、何度か名前を聞いた覚えはあるが、会ったことはねえ。嘉助親分はどうだい」

「三年ほど前でやすが、丹右衛門と顔を合わせたことがありやす。横川のあそこら辺の賭場を一手に仕きっている貸元で、前からかなり強引に縄張りを広げていて、周辺の貸元ともめ事の絶えないやくざだと、聞いておりやした。てめえの狙いの邪魔になる相手を始末した、と危ねえ噂を聞いたこともありやす。荒っぽい手を使うことにためらいのねえ、とにかく、いい評判はどこからも聞きやせんでしたね。そのあとは、旦那の御用聞から身を引いたもんで、丹右衛門の噂は聞いておりやせん」

「そういう男かい。惣三郎は、両替商の手代の身で、そんな物騒な貸元の賭場でよく遊んでいたもんだ。初めからちょっと危ねえ気はしたが、探れば探るほど、ますます危ねえやつだと、思えてきたぜ。どうやら、惣三郎の性根には、表には見えねえ、ねじれてこみ入ったところがありそうだ」

「旦那、もしかしたら、惣三郎が嶋屋の帳簿に穴を空けた三百両は、丹右衛門の賭場で擦《す》ったんじゃあ、ありやせんか」

樫太郎が言った。嘉助がうなり、七蔵は言った。

「いかにもだな、樫太郎。人の性根はねじれてこみ入っていても、やることは、わかりやすい欲にかられてってえのが、よくある筋書きだ。惣三郎は、博奕の借金をお店の金でたて替えたのかもしれねえ」

「三百両もの金を博奕で擦って、借りた金をかえせねえとなると、丹右衛門が穏便に済ますはずはありやせんからね」

嘉助が七蔵の言葉を受けて言った。

「じゃあ、やはり、惣三郎はお店の帳簿に三百両の穴を空けて、もう逃げるしかねえと観念して、何もかも打っちゃって姿をくらましたと見るのが、あたりまえなんですかね」

「そうと決まったわけじゃねえが……」

七蔵は言いながら、ありそうなことだしな、と物憂く思った。

「それと、旦那、丹右衛門は知らねえ相手には用心して、居留守を使うかもしれねえし、居たとしても、本気で話すかどうか、あてにはなりません。どういう名目でいきますか」

「ふむ。たぶん、丹右衛門に小細工《こざいく》は通用しねえだろう。行方知れずになった惣三郎を、嶋屋の主人の頼みを請けて捜していると言うつもりだ。ただし、嶋屋の主人は、手代の行方知れずという不祥事が世間に知られては、金銀御為替御用達本両替商の体面に疵がつくと考え、表沙汰にせぬよう、町方ではなく、亀島川の七蔵に内々に頼んだとな」

「わかりました。なら、あっしは丹右衛門に会うのはやめときます。丹右衛門はあっしを覚えているでしょう。あっしだって忘れちゃおりやせんし。御番所の隠密の調べと悟られて、野郎が用心して、聞ける話も聞けなくなったら、無駄足になります。隣の吉岡町に、知り合いの髪結床がありやす。あっしはそっちに寄って、丹右衛門の近ごろの噂や評判とか、拾い集めてみます」

「そうしてくれ。丹右衛門は、おれと樫太郎であたる。用が済んだら、髪結床へ寄ることにする」

三人は南割下水に架かる橋を渡り、東側に三笠町一丁目の町家、西側に武家屋敷のつらなる三ツ目通りを、なおも北へとった。

四

貸元・丹右衛門の店は、吉田町二丁目の往来を小路へ折れ、黒塀の上に見越しの松が、景気のよさそうな枝ぶりを躍らせていた。

黒塀に引違いの格子戸があり、格子ごしに、前庭のつつじの灌木《かんぼく》と両引きの腰高障子の表戸をたてた二階家が見えた。

七蔵と樫太郎は、格子戸をくぐり、前庭を通って表戸を引いた。

前土間に入ると、土間は暗い奥へ通路のようにのびており、土間の左側の寄付きから、通路を斜めに跨《また》いで階段が二階へあがっていた。

階段の裏羽目板をくぐって応対に出てきた着流しの若い衆に、嶋屋の主人・六兵衛より預かっている添書を見せ、丹右衛門へ取次ぎを頼んだ。

「ちょいとお待ちを、願えやす」

若い衆は少々訝りつつ、添書をとって奥へ消えた。

二人は前土間に残されたまま、だいぶ待たされた。天井でとき折り二階の物音が聞こえた。だが、店は物憂い静けさに包まれていた。

「いやに待たせますね。丹右衛門は留守なんですかね」

「留守なら、そう言うはずだがな」

七蔵と樫太郎がささやき声を交わしているところへ、左側の寄付きの腰付障子が引かれ、応対に出た若い衆ともうひとりの若い衆を左右に従え、紺帷子《かたびら》に茶染めの丹前《たんぜん》を広袖に手を通さず肩に羽織っただけの、恰幅《かっぷく》のいい男が現れた。

「お客人、丹右衛門親分です」

応対に出た若い衆が言った。

表戸の腰高障子を透《す》かして、寄付きに現れた丹右衛門を、曇り空の明るみが薄く照らした。でっぷりと突き出た腹をだらしなく締めた角帯が支え、帷子の前身頃が割れた間からのぞく肥えた臑《こ》や素足の指に、虫が這うような毛が見えた。

丹右衛門は、大きな目をくっきりと見開いて、土間の七蔵と樫太郎を不審を露わに睨みおろした。肉づきのいい手に長煙管を提げ、もうひとりの若い衆が莨《たばこ》盆《ぼん》を持っていた。

「あんたが、亀島川の七蔵さんかい」

丹右衛門は、喉のたるんだ肉を震わせ、立ったまま言った。

「お初にお目にかかります。七蔵でございます。この者は……」

七蔵と樫太郎は改めて辞儀をし、いきなり訪ねた不仕《ぶし》つけを詫びた。

「七蔵なんて名は聞いたことがねえ。だが、本町の両替商の嶋屋は知ってる。金銀御為替御用達を務める、本両替の大店だ。大店両替商の主人の添書があるから、怪しい者じゃございませんってわけだな。ふん、確かに、嶋屋の主人の添書を無下にするわけにもいかねえ。いいだろう。用を聞こうじゃねえか。ただし、昼から出かけなきゃならねえんだ。長話は困るぜ」

丹右衛門は、丹前の裾を畳に引き摺り、若い衆の提げた莨盆の火を長煙管につけた。煙管を二息吹かし、灰吹きに吸殻を落とした。

「畏れ入ります。わたくしは嶋屋のご主人とは、以前より少々所縁《ゆかり》がございまして、その縁で、ご主人より内々のある頼み事を請けたんでございます」

「うむ？　どういう所縁だい」

「大した所縁ではございません。あまり表だってではできない人との仲介や、ある人物の素行《そこう》など、例えば、あるお店の婿とりの相手の為人をしらべるとか、ある方をある方に、人知れずご紹介いたすとか、そういう仕事を、嶋屋のご主人から何度かいただいておりました」

「ははあん、そういう所縁かい。七蔵の名は知らねえが、どういう仕事か大体察しはついた。で、七蔵さんが嶋屋の主人からどんな用を頼まれたんだい」

「はい。それでございます。嶋屋に奉公をしておる手代に、惣三郎という者がおります。十代の初めの小僧のときより嶋屋へ奉公にあがり、修業を積んで手代につき、今では二十代半ばの働き盛りとなって、生真面目に奉公に励んでおりましたところ、どうやらその惣三郎が不始末を起こしたらしく、五日前、お店より忽《こつ》然《ぜん》と姿を消したんでございます」

「惣三郎さんが、どんな不始末を起こしたんだい」

「ああ、やはり、丹右衛門親分さんは惣三郎をご存じでございましたか」

「知ってるぜ。惣三郎さんはうちの上客だからよ」

「と申しますと、これの」

七蔵は壺《つぼ》をふる仕種をして見せた。

「七蔵さん、あんた、惣三郎さんがうちの賭場で遊んでいるのを聞きつけ、それで訪ねてきたんだな」

「さようです。嶋屋のご主人に頼まれましたのは、その惣三郎の行方捜しでございます。本来なら、町奉行所にお尋ね願いを申し入れるのが筋でございますが、手代の不祥事が表沙汰になって、御為替御用達の嶋屋の体面に障りがあってはとご主人は心配なさり、手前が頼まれたんでございます。それで、惣三郎が姿を消した事情は隠して、お得意廻りのお店や、江戸で奉公している同郷の幼馴染み、また岡場所の女郎衆にも訊き廻り、惣三郎が親分さんの賭場でも遊んでいたらしいと聞きつけ、もしかして、行方を探る手がかりになる話をお聞かせ願えるのではないかと、お訪ねした次第でございます。親分さんに包み隠さずお話しいたしましたのは、親分さんに腹を割ってお訊ねしたほうが、惣三郎の行方について何かお心あたりをお聞かせいただけるのではと、思ったんでございます」

「そりゃあ、そうだ。ご禁制の賭場で本両替商の手代が、こっそり遊んでいたと表沙汰になったら、御為替御用達の嶋屋の体面に疵がつくわな。大丈夫さ。うちの賭場だって、表沙汰にできるわけじゃねえ。お互いさまだ。誰にもばらしゃあしねえよ。おれは口が堅えんだ。で、惣三郎さんが起こした不始末ってえのは、どんな不始末なんだい」

丹右衛門はしつこく訊ね、また丹前の裾を引き摺って煙管に火をつけ、尖った唇から煙を吹かした。

「じつは、不始末については、嶋屋さんからお聞かせいただいておりません。本両替商に不始末など、断じてあってはならないことでございます。商いに失敗しお店に損失をかけただけなら、お店の者でも調べることはできます。それなら、商いにかかり合いのない者に頼んだりはしないと、嶋屋のご主人は申されておりました。このたびの惣三郎の不始末は、どうやらそうではないらしいのでございます。惣三郎のないしょ事の身勝手なふる舞いの末に、姿を消したと思われ、惣三郎が奉公務め以外では、どのような暮らしをこっそりと送っていたのか、それを探らねば惣三郎の行方はわかりかねるのでございます。ゆえに、わたくしが頼まれた、という次第でございます」

「なるほど。七蔵さんごときに、両替商の小むずかしい商いの仕組がわかるとは思えねえしな。だが、賭場やら岡場所の事情は、世間の表裏を知っている亀島川の七蔵さんのほうが、当然、詳しいだろうよ」

「ご明察、畏れ入ります。そういうわけでございますので、丹右衛門親分さんに、惣三郎が姿をくらました事情にお心あたりが何かございましたら、お聞かせ願いたいんでございます」

七蔵は、袖から出した白い紙包みを、そこでも丹右衛門の裸足の、毛が虫の這うように見える指先にそれとなくおいた。

「そんな端金《はしたがね》で、余計な気を遣われてもな。けど、気は心だ。遠慮なくいただくぜ。まあかけな。おめえら、お客人に茶を出さねえか」

と、若い衆に言いつけた。

「それでは遠慮なく……」

七蔵と樫太郎は、寄付きの落縁に浅く腰かけた。

丹右衛門は、寄付きのあがり端に胡坐《あぐら》をかき、紙包みをつまんで帷子の袖に入れた。若い衆が、茶托もない碗を運んできた。

七蔵はほんのひと口、温い茶を一服し、丹右衛門に言った。

「惣三郎には、松井町の岡場所に馴染みの女がおりました」

「そりゃあ、いるだろう。若い男だ。馴染みの女がひとりや二人いなきゃあ、身が持たねえぜ」

「その馴染みが、惣三郎から聞いたそうでございます。惣三郎の頭の中には、才が一杯つまっていて、お客から預かったお金を増やす才覚は誰にも負けないし、どんな商いでも自分に任せれば損はさせない、博奕をやっても負ける気がしないと。惣三郎は、博奕で負けないようにするのは、むずかしい技ではない、特に賽子博奕は、出目の傾向を正確に読んで、機会がくるまで抑え、機会がきたら大胆に勝負に出る、博奕は勘ではなくて勘定なんだと、博奕で勝った金を馴染みに見せびらかしたそうでございます」

丹右衛門が鼻先で笑った。

「ただし、あんまり他人に言うんじゃないぞと、自分は一流の両替商に奉公しているる身ゆえ、博奕で小遣い稼ぎをしているとわかったら、番頭さんに大目玉を食って、もうここへもこられなくなるとも、言っておりましたようで」

「勘定が達者だからって、それで博奕に勝てりゃあ世話はねえ。こういう賭場では、この客は上客だと見定めたら、初手は花を持たせるんだ。どこの賭場でもやってることさ。七蔵さんなら、それぐらいのことは知ってるだろう。初めに大勝ちしたもんだから、てめえには博奕打ちの才がある、博奕なんぞてめえのような才のあるやつにはむずかしくねえと勘違いし、その気になって、博奕にはまりこんで身を持ちくずす野郎もいれば、はたと気づいて、博奕は金輪際やらねえ、と足を洗う野郎もいる。だが、どっちの野郎にしても、大きな借金を抱えていることに違いはねえ。こっちも商売だ。気の毒だからと、借金を帳消しにするわけにはいかねえ。女房や女《むすめ》がいれば、岡場所に売り飛ばしてでも借金をかえしやがれと、懇々《こんこん》と言い聞かせることになるわけさ」

「ということは、惣三郎はやはり、親分さんの賭場でだいぶ借金を、拵えていたんでございましょうね」

丹右衛門は肥えた頰をふくらませ、ふうむ、とうなった。

「五日も行方知れずとなりゃあ、おれもちょいと気がかりだ。おい、手文庫《てぶんこ》を持ってこい」

と、応対に出た若い衆に言いつけた。

若い衆が素早く立って奥へ消え、すぐに金箱《かねばこ》のような木箱を提げてきた。丹右衛門は、箱の中から十数枚の借用証をとり出して見せた。どれも惣三郎が丹右衛門に差し出した借用証に間違いなく、二、三両の証書もあれば、一度に十数両を借りた証書もあった。

七蔵がそれを見ている隣で、樫太郎が証書の額をそらで勘定し、ええっ、と驚きの声をもらした。

「ふん、樫太郎さんはそらで勘定ができるのかい。さすがだな。そういう若いのは、うちでも仕事ができるぜ。七蔵さんの下働きがいやになったら、いつでもきな。樫太郎さんも驚いただろう。つまり、惣三郎さんの借金は、百両にまだちょいと足りねえ額ってことだ。おれとしても、これだけの借金をした当人が行方知れずになったとなりゃあ、穏やかな気持ちではいられねえ。どうりで、ここ一、二ヵ月は、三日にあげず遊びにきてたのが、しばらくご無沙汰だった。おめえらも、惣三郎さんを見てねえだろう」

丹右衛門が、左右の若い衆に言った。

「へい。もしかしたら、うちにきづらくなって、深川あたりに河岸《かし》を変えなさったんじゃねえかと、思っておりやした」

若い衆がこたえた。

「あるいは、両替商の仕事が冬場になって忙しくなったとかな。そう思っていたのに、まさか、行方知れずとはな。そいつは困った。この借用証は、誰がどう始末をつけてくれるんだい」

「親分さん、惣三郎がもっとも近くにこちらの賭場へ遊びにきたのは、いつでございましょうか」

丹右衛門は、煙管に刻《きざ》みをつめ、火をつけた。煙管を吸い、障子を透かして射す午前の日の中へ、白い煙を物思わしげに吹いた。それから、一方の手の指を折り、数えている素ぶりを見せた。

「そう言やあ、あれは確か、五日前だったな。惣三郎さんには珍しく、ふさぎこんだ様子に見えた。もともと、自分をさらけ出すような気だてじゃねえから、それほど気にもかけなかった。普段は大抵、昼の八ツごろにきて、七ツ半（午後五時）か六ツには引きあげるんだが、あの日きたのは夕方の七ツごろだった。それから二刻（四時間）ほど遊び、今日はついてねえから帰ると言って、五ツすぎに引きあげていったんだ。ついてねえのは、今日だけじゃねえけどよ。てえことは、あれから姿を消したってわけかい。おめえらはどうだ。何か知らねえかい」

若い衆らは、何も、と首を左右にふった。

「借金をした当人が行方知れずとなりゃあ、当人の奉公先のご主人に、ご相談申しあげるしかねえな。当人が勝手にご禁制の賭場で遊んで拵えた借金とは言え、使用人の日ごろの素行に気づかなかったのは、雇主として、少しは手抜かりの謗《そし》りはまぬがれねえだろう。嶋屋ほどの大店の主人なら、それぐらいの心得がねえわけがねえ。だが、そのときはこちらも、中人《ちゅうにん》を立てて、表沙汰にならねえようにに申し入れるつもりさ。亀島川の七蔵さんに中に立ってもらうのも、案外いいかもな。七蔵さん、そのときは頼むぜ」

「はい、その折りは……」

と、七蔵は頭を垂れた。

すると、丹右衛門は太い笑い声を、落縁の七蔵と樫太郎へ投げかけてきた。

「ははは、あまり、気乗りのしねえ様子じゃねえか。まあ、まだ五日だ。今日あたり、けろっとした顔つきで、お店に戻ってくるかもしれねえぜ。横川の入江町にも、大そう景気のいい本所一の岡場所がある。博奕に負けた憂さ晴らしに、ちょいと寄ったつもりの女郎屋の敵《てき》が気に入って、五日六日と居続けているとかな。

中には、ひと月も居続けするような大店の道楽息子の話も聞くぜ。今度、惣三郎さんがうちの賭場に現れたら、いつまでもこれじゃあ困りますぜと、そろそろ借金をかえす算段をしてもらわなきゃあ、こっちも手を打たなきゃならなくなりますよと、釘をさしておくぜ」

丹右衛門は、それでいいだろう、とあっさり話を打ちきり、若い衆に両腕を支えられて肥えた身体を持ちあげた。丹前の裾が、寄付きの畳を擦って、七蔵らをせせら笑うように、さらさら、と音をたてた。

横川の鐘つき堂の鐘が午の刻の九ツを報せるころ、吉岡町の髪結床を訪ねていた嘉助と落ち合った。

三人は報恩寺橋《ほうおんじばし》の通りを、西へとった。

横川に架かる報恩寺橋の通りは、東西に通っていて、二ツ目通りから南北に続く本所御竹蔵の裏通りへ通じている。

嘉助と並んで報恩寺橋の通りを西へ歩みながら、惣三郎の借用証の話をすると、嘉助は目を丸くして七蔵へ向いた。

「いくら本両替商だからと言って、一奉公人にすぎねえ手代ごときに、百両もの大金を、よく貸しましたね。形《かた》がありゃあ別ですが、小僧のころから嶋屋に奉公してやっと手代になったばかりの惣三郎に、それほどの形があるとは思えねえ。となると、丹右衛門は嶋屋の貸付掛の惣三郎なら、形がなくともまだまだ貸し付けても心配はいらねえと、踏んでいたんですかね」

「そうなら、貸付掛の務めが形ってわけだな」

「だんだんと高額の博奕にはまりこんで、お店の金に手をつけてしまい、いつの間にか、貸付の帳簿に三百両の穴を空けた。さらに百両の借金を拵えちゃあ、何もかも打っちゃって姿を消すしかなかった、てことでやすね」

「どうやら、惣三郎の行方知れずは、いかにもありがちな欠け落ちに、落ち着きそうだな」

そうなると、惣三郎はもう江戸にはいないだろうと、七蔵は思った。

「親分のほうはどうだい。丹右衛門の変わった噂は聞けたかい」

「相変わらず、悪い評判ばかりでやした。何しろ、お上《かみ》の取り締まりがねえもんだから、丹右衛門の手下らが、吉田町から吉岡町《よしおかちょう》を自分の家の庭みたいに好き勝手にわがもの顔に歩き廻って、表店の物を食っても買っても、代金は払わねえそうです。知り合いの髪結でも、おれは丹右衛門一家のもんだ、と言ってただで済むと思ってるらしいんで」

「それはひどいな。町役人はどうしているんだい」

「名主や家主らには、つけ届けは欠かさねえとか、抜かりなく賭場のあがりの某《なにがし》かを、町入用に納めているとか、町内の夜廻りを一切引き受け、丹右衛門が界隈に目を光らせているお陰で、住人はみな枕を高くして寝られるのだからとか、丹右衛門の賭場を御番所に訴えたら、あとの仕かえしが恐いからとかで、誰も苦情も訴えも出せねえようで」

「町役人らは丹右衛門の賭場に、目をつぶっているってわけだな。馬鹿野郎が。町方の見廻りは、どこを見廻っていやがる。どうせ、一々賭場や岡場所を取り締まっていたらきりがねえと、袖の下をにぎらされ、見逃がしていやがるんだろう。けど、親分、そいつは放っとけねえな。丹右衛門の賭場が吉田町のほかにどこにあるか、わかるかい」

「へい。横川の永隆寺《えいりゆうじ》と大法寺《だいほうじ》、中ノ郷の延命寺《えんめいじ》にも賭場があって、本所の御家人さんや向島《むこうじま》の百姓衆らをだいぶ集めて、竪盆《たてぼん》の大博奕が開かれていると聞きやした。それと、吉田町の店の奥の部屋では、多くてもせいぜい十人までの、界隈の旦那衆やお武家ならお旗本などの、上客だけの賭場が開かれており、ひとりの客の賭金がほかの賭場よりも、一桁《けた》か二桁違うそうで、丹右衛門は夜はその賭場で目を光らせているそうです。知り合いの髪結は、丹右衛門の手下が髪結にきた折りに、四方山話《よもやまばなし》の中で聞いただけだそうですがね。この上客なら大丈夫、と丹右衛門が見こんだら、次は違うところでもう少し大きな勝負をしてみませんかと、声をかけるそうです」

「ほう、そうかい。三百両の帳簿の穴に百両近い借用証になるまで、確かに、惣三郎は相当大きな勝負をしたみてえだな。もっとも、蔵前の札差らの賭場で、一回の勝負に数百両の金が遣りとりされているそうだから、それに比べりゃあ、丹右衛門の賭場なんぞ、とるに足らねえってことか」

七蔵は自嘲するように言った。すると、嘉助が七蔵の自嘲をさえぎった。

「それから、これも知り合いが手下から聞いた噂ですがね。丹右衛門は、もっと賭場を広げて客を増やすために、本所のさるお旗本と手を結び、お旗本のお屋敷内にけっこうな土蔵を造作《ぞうさく》し、そこで新たに賭場の開帳《かいちょう》を目《もく》ろんでいたそうで。武家屋敷なら町方は近づかねえし、旗本屋敷に土蔵が造作されて怪しいなんて、誰も思わねえ。普請《ふしん》はすべて丹右衛門が負い、お旗本には借地代として、寺銭《てらせん》を折半《せっぱん》にする約束で、前金もお旗本にはずんで、この秋には大勢を集めて賭場を開くはずだった。ところが直前になって、博奕場の噂がお旗本の上役にどういう筋でか聞こえたらしく、お旗本は、上役に云々《しかじか》の不埒《ふらち》な噂はまことではあるまいなと質され、震えあがった。で、たちまち博奕場の開帳は頓挫《とんざ》し、けっこうな普請は打ち壊され、元の更地《さらち》の庭に戻されやした。それで、丹右衛門は大きな損をこうむったが、くじけることなく、別のお旗本に賭場の話を持ちかけ、今はその談合が始まっているところだと、手下は自慢げに話したそうです」

「旗本屋敷の賭場じゃあ、町方は乗りこめねえ。中間部屋で賭場が開かれているのは、珍しい話じゃねえしな。旗本の名前は聞いたのかい」

「名前までは言わなかったそうで。ただ、この近くだってことだけで……」

七蔵は少々気になり、長い吐息をこぼした。

やがて、報恩寺橋の東西に通る道から、南北に走る御竹蔵の裏通りへ出ると、内藤山城守《ないとうやましろのかみ》の中屋敷の北西の角を南へ曲がって、二ツ目之橋のほうへと、七蔵らはなおも歩みを進めた。

五

それからほどなく、麻葉小紋の青摺りの小袖に塩瀬の帯をきゅっと締め、絣の上布を島田に吹き流したお甲と、紺縞の綿入れの半纏を羽織った丸之助は、内藤山城守の中屋敷の北西の角から、御竹蔵の裏通りへ出た。

お甲と丸之助は、お滝の行方を探る手がかりを求めて、遠山家の住まいのある三ツ目通りから藪の内までの、行き帰りの道を実際に歩き、さらに、希に戻り道になるらしい横川の河岸通りを、入江町まで念のためにたどってみた。

二人が入江町から報恩寺橋の通りまで引きかえし、西へ折れて、御竹蔵の裏通りに出たのは、横川の鐘つき堂が九ツを報せた四半刻《しはんとき》（三十分）後だった。

お甲は、島田にかけた絣の上布をそよがせ、往来を南から北へ見わたした。

「丸之助さん、午をだいぶ廻ったね。ちょっと休んでいこうよ。朝から歩き廻って、お腹も減っただろう」

「へい、お甲さん。腹が減りやした。盛《も》りの二、三枚でも、食いやすか」

丸之助は、内藤山城守の中屋敷の北西の角から北へ、往来の両側に軒を並べる町家を見やった。

高曇りの空の下、午の九ツをだいぶ廻ったその刻限になっても、朝からの冬寒はゆるまなかった。

「どうせ、御厩の渡船場から浅草へ出るんだから、大川端の出茶屋で焼き餅はどうだい。甘いきな粉と砂糖を添えたのをさ」

「ああ、昨日の子供らのいる出茶屋だね。餅は腹持ちがいいから、ちょうどいいや。お甲さん、焼き餅にしやしょう」

お甲は、丸之助が言い終わらぬうちに、往来を北へ歩き始めていた。

二人は、御厩の渡船場から浅草へ渡り、新堀川沿いの裏店に住む初老の男を訪ねるつもりだった。男は眼鏡売りの行商で、日ごろより、

「めがね屋でございい。めがねの玉のとり換えはよう……」

と売り声を響かせ、浅草界隈から吾妻橋を渡って中ノ郷や、横川より西の武家屋敷地を売り廻っていて、藪の内の近くを通りかかった折りには、たまに一切り二朱で遊んでいった。

行商は、藪の内に務めていたお滝に見覚えがあった。三ツ目通りの御家人の女房と気づかれ、お滝はうろたえたが、そうなってはつくろいようがなく、どうか

このことは誰にも内緒にしてほしいと頼んだのがきっかけで、行商は藪の内で遊ぶときは、必ずお滝を相手にするようになっていた。

お滝のただひとりの馴染み、と言ってもいい男で、行商から年寄用の眼鏡を買ったお泉に、「あの男にも訊いてごらん。何か、手がかりがつかめるかもしれないよ」と教えられていた。

三ツ目通りの遠山家のご近所のみならず、お滝の知り合いや遠山家の縁者にすら一切訊きこみができないため、お滝の行方を探る手がかりは、何も見つかっていなかった。

雲をつかむような、手ごたえのなさだった。

これじゃあ、手の打ちようがないね。いっそのこと旦那に事情を話して、手を借りようか。お甲は、思わなくもなかった。だが、お泉がそれを知ったら、

「誰がそんなことを頼んだ。勝手なことをするんじゃないよ」

と、顔を真っ赤にして怒るに違いなかった。

お甲と丸之助は、大川端の河岸通りに出た。

御竹蔵の堀沿いの裏通りを北へゆけば、石原町の町家と武家屋敷地の間を抜けて、大川端の、外手町、番場町と続く河岸通りにいたる。

高曇りの空を映して、大川は鉛色にくすんでいた。

ただ、風はなく、冷たい石のような寒気が川面を覆っていた。上流の竹町の船渡しでも、下流の御厩の船渡しでも、大勢の客を運ぶ渡し船が、鉛色のなめらかな川面に小さな波紋を残して漕ぎ進んでいた。

河岸通りの下の、枯れた葦の覆う川原や川縁の水草の間で、じぇっ、じぇっ、と鴫《しぎ》が鳴き騒いでいた。

お甲は、河岸通りを御厩の船渡しのほうへ歩みを向けた。

河岸通りの通行人はまばらだったが、外手町の物揚場の船寄せに、荷船がつながれたばかりらしく、大勢の軽子らが、入れ代わり立ち代わり、物揚場の石段を上り下りしていた。軽子らはみな、寒空に袖なしの胴着を着け、胴着の下は下帯ひとつに素足には脚絆《きゃはん》と草鞋《わらじ》だけの寒々しい恰好だった。

軽子らは、薦《こも》にくるんだ大きな船荷をかつぎ、河岸通りに土蔵造りの店をかまえる、陸奥白川藩阿部家蔵屋敷へ運び入れていた。

軽子が荷運びするかけ声が物揚場を賑わせ、係留した荷船の船頭が、土手に出てきた羽織袴の役人風体の男と、次の荷の段どりを声高に言い交わしていた。

物揚場と隣り合わせて、栃の木の下に小さな稲荷の祠が祀ってあり、切妻《きりづま》の茅葺屋根の出茶屋が、その先の大川端に見えている。

葭簀をたて廻した板庇に、《お休み処　やき餅くさ餅》の旗が眠っているかのように垂れ、煙出しの窓からは、薄い煙が茅葺屋根を伝って、高曇りの空へのぼっていた。古い赤樫の木が、葉を枯らした枝を茅葺の屋根の上へ伸ばして、絵の中の風景のような大川端の出茶屋を雨風から守っていた。

たて廻した葭簀の間に、昨日と同じ黄枯茶の着物に襷をかけ、島田に手拭を姉さんかぶりにした女の立ち働く姿が見えた。

お浅とお柴の姿は、見えなかった。だが、どこかで心地よく鳴る小鈴の音が、お甲の耳をかすかにくすぐって、物憂い思いをほぐした。

「子供らの鈴が鳴ってら。昨日の小鈴ですね」

丸之助が、前をゆくお甲に言った。

お甲は、丸之助へ横顔を向けて頬笑んだ。そして、出茶屋の葭簀をたて廻した板庇をくぐった。

土間の奥の一角の、煙出しの前の炉端で餅を焼いている亭主の隣で、女が菜箸《さいばし》を使って焼き餅を皿に盛っていた。

お甲は、焼き餅の香ばしい匂いが嗅げる板庇下の土間に佇み、吹き流しの上布

をとって女と目を合わせた。女は小さな笑みをはじけさせ、その笑みのまま、

「おいでなさい」

と、しっとりとした声を寄こした。

餅を焼いているねじり鉢巻きの亭主が、女の肩ごしにお甲と丸之助へ「いらっしゃい」と、小声をかけたのが聞こえた。

昨日はよく見なかったが、改めて見ると、亭主は痩せて背の高い、大人しそうな若い男だった。ねじり鉢巻きで、無理やり亭主らしく見せていた。

「女将《おかみ》さん、お茶と、焼き餅を二皿、あ、丸之助さんは二皿ぐらいいけるね」

お甲は丸之助に確かめ、

「焼き餅を三皿、くださいな」

と、女に投げかえした。

「はい。焼き餅を三皿ですね。お茶はすぐにお持ちします」

女はお甲に言って、きな粉と砂糖を添えた焼き餅の二皿を盆に載せ、店の間の二人連れへ運んでいった。出茶屋の客は、旅の商人風体のその二人だけで、前土間と板庇の下に、花茣蓙を敷いて並べた三台の縁台も空いていた。

お甲と丸之助は、昨日と同じ大川寄りの縁台に腰かけた。

店の間の二人の客に焼き餅の皿を出した女は、店の間の炉にかけた茶釜の湯を、柄杓《ひしゃく》で土瓶にそそいだ。茶釜の薄い湯気が、店の間の屋根裏へゆるゆるとのぼっていき、煙出しの前の炉端の亭主は、お甲と丸之助の餅を焼き始めていた。

お浅とお柴の、小鈴の音がどこかでなおも聞こえている。

物揚場の荷運びが終わり、軽子らが物揚場の石段に腰かけ、休憩していた。荷をおろして空になった船の船頭と、土手の羽織袴の役人が、まだ声高に言い合っていて、石段に腰かけて休憩している軽子らが、二人の遣りとりに、とき折り笑い声を川原へまいていた。

ほどなく、女が香ばしい湯気のたつ茶を淹れた碗を運んできた。

「昨日はありがとうございました。子供たちが本途に喜んで。どうぞ。今日は寒いので、少し熱めにしてあります」

頰笑んだ女の白い歯が、薄く紅を塗った唇の間からこぼれた。

「あんなもので喜んでくれて、こちらも嬉しいですよ。子供たちの鈴の音が、楽しそうに聞こえますね」

お甲は周りへ目を向け、幼子が唄うように鳴る鈴の音を探しながら、熱めの茶を一服した。

と、物揚場の軽子らの笑い声が、またどっとあがった。

「まあ、まだやってる」

女が物揚場を見やって、おかしそうに呟いた。

「なんですか、あれは？」

「そちらの阿部さまの蔵屋敷に、今朝、届くはずの荷物が昼近くまで遅れたそうなんです。それで、当初の段どりが組めなくなったと、蔵屋敷のお役人さまが荷を運んできた船頭さんに苦情を、さっきから仰っているんですけれど、船頭さんは、そもそもお国からの荷送が遅れたのだから、そちらの段どりの融通《ゆうずう》の利かないところがよくないと、ああやって言い合っているんです。つい半刻前まで、軽子さんたちが、荷物が届くまでここでお茶を飲んだり、弁当などを使ってましたから、ほかのお客さんの入れるところがなくて、お断りしてたんですよ。ようやく荷物が届いて、やっと暇になりました。でも、あそこでお役人さまと船頭さんが、さっきからああやって……」

女はお甲と顔を見合わせ、おかしそうに笑った。

「焼けたよ」

餅を焼いていた亭主が、女を呼んだ。

「はい」

女はすぐに、亭主の傍らへ戻っていった。

足の不自由な亭主は、炉端で身体をゆらして、お甲がとり出した皿に焼き餅を並べた。女は亭主に並びかけ、それにきな粉と砂糖を添えて、盆に載せた。

盆を持ってふりかえりかけたとき、出茶屋の裏手からお浅とお柴が、父親と母親の並ぶ土間をすばしっこく通り抜けて、前土間へ入ってきた。姉妹の頭の丸い束ね髪には小鈴が結《ゆわ》えてあり、足どりに合わせてはずむように鳴った。

幼い姉妹は、それが楽しそうである。

「あらあら……」

女は盆を手にした恰好で、姉妹が母親の邪魔になるのも気づかず通り抜けるのを譲った。亭主が子供たちを目で追い、

「おまえたち、母《かか》の邪魔をしちゃあだめだぞ」

と、優しい口調でたしなめた。

はあい、とお浅が言い、はあい、とお柴が真似て言った。

お甲が、姉妹へ笑みを向けた。隣の丸之助は、膝へ片肘をついて上体を前にかしがせ、

「よう。昨日もらった髪飾りは大事に仕舞ってるぜ」

と、姉妹にちょっとおどけた声をかけた。

二人が縁台にかけたお甲と丸之助を見つけ、小鈴の音とともにはじけるような笑顔を見せた。

「おばちゃん、あのね……」

と、姉のお浅が言いかけた。

だがそのとき、お浅の言葉が不意に途ぎれた。

お浅とお柴は、呆然とした顔つきを板庇の下の空へ投げた。二人の鈴の音が、止まっていた。そして、子供たちの後ろで、女は盆を提げたまま身をこわばらせ、子供たちと同じ空を見つめていた。

女の後ろで、亭主が足の不自由な身体をかしげ、訝しげな眼差しを同じように投げていた。

店の間の二人の客も、焼き餅の箸を止め、土間のほうへ不審そうな目つきを寄こした。ひとりが口の中の焼き餅を咀嚼《そしゃく》し、ひとりが茶を呑んだ。

炉にかけた茶釜から、湯気がゆるゆるとのぼっている。

お甲は、こわばった女から目を離せなかった。わけもなく、見てはならない女の裏側を、隠していた真実の顔を、捨てきれないおのれの正体を、こわばった女の姿に見てしまった気がしたからだ。

だが、それはほんの短い間だった。

「お甲さん……」

丸之助が、女から目を離せないお甲のすぐ後ろでささやいた。

お甲は丸之助のささやきに気づいて、子供たちと女が見つめている空へ、目を移した。

桑色《くわいろ》の着物に黒茶色のたっつけ袴、黒足袋に草鞋がけ、額に鎖《くさり》を縫いこんだと思われる白鉢巻き、白襷で両袖をきりりと絞り、両袖の下に手首まで覆う下着の鎖帷子が見え、黒鞘《くろざや》の佩刀《はいとう》二刀も重々しい中年の侍が、葭簀の間を通って板庇の下に立っていた。

侍は両わきへ拳をおろし、ひそめた眉の下の、窪《くぼ》んだ眼窩《がんか》に光る目を、まばたきひとつさせず、子供たちの後ろで身をこわばらせる女へ、その束の間、凝《じ》っと向けていた。

すると、河岸通りのほうから今ひとり、大川端のほうからもまたひとりが、声もなく、板庇下の土間へ踏みこんできた。そして、建物の裏手からさらにひとりが、これは六、七尺（約二メートル）の物見槍《ものみやり》を手にして、亭主の後ろへ迫った。

足の不自由な亭主は、戸惑いながら、その侍と向き合った。

亭主の身体が土間の棚にぶつかり、鉢がひとつ落ちて土間で割れた。

新たに現れた三人は、初めの侍とほぼ同じ扮装に拵え、まるで逃げ場をふさぐような立ち位置を占めた。ただならぬ気配に、

「な、なんだい、何が起こるんだい」

と、丸之助が侍らを見廻して呟いた。

初めの侍が、一度、両わきの拳を大きく開いて、またにぎりなおした。

それから、女から目をそらさず歩みを進め、縁台にかけたお甲と丸之助の前を通った。一瞬、侍はお甲を見おろしたが、すぐに女へ目を戻し、二歩、三歩を踏み出して、そこで歩みを止めた。

お浅とお柴が、小鈴を怯えたように鳴らし、慌てて母親の後ろへ隠れた。

「拙者、菅沢周《すがさわしゅう》太郎長矩《たろうながのり》。わが父・菅沢竜左衛門《りゅうざえもん》の敵《かたき》・はや。身に覚えなしとは言わさん。武士の意義をたて申すによって、覚悟はよいか」

菅沢周太郎はさらに一歩を踏み出し、腰の刀の柄《つか》に手をかけた。

「同じく、拙者、塚本武勝《つかもとたけまさ》。わが父・塚本丈一郎《じょういちろう》の敵・はやを追ってすぎた遺《い》

恨《こん》の歳月、ついに満願成就《まんがんじようじゆ》のときがきた。いくぞ、はや」

河岸通りから踏みこんだ塚本武勝が、同じく抜刀の体勢をとった。

「それがし、仙石勘蔵《せんごくかんぞう》。松江《まつえ》城下にて無明流《むみようりゆう》道場を開いておる。田部《たべ》権ノ助《ごんのすけ》の女《むすめ》はや、おまえが卑怯《ひきよう》にも手にかけた菅沢竜左衛門、ならびに塚本丈一郎はわが友、菅沢周太郎、塚本武勝、両名はわが無明流道場の門弟《もんてい》である。これも武士の習い、武士の意地、両名の敵討ちを助太刀《すけだち》いたす」

仙石勘蔵は、大川側から踏みこんだ初老の男だった。

「拙者、中山余四郎《なかやまよしろう》。同じく仙石勘蔵先生の門弟にて、このたび、わが師とともに菅沢どのと塚本どのの敵討ちの助太刀に、推参《すいさん》いたした」

裏へ通じる土間で、亭主と向き合った中山余四郎が物見槍で身がまえ、叫ぶように言った。

おはやは、眼前の菅沢から左右の二人、そして背後のひとりを見廻した。

四人の中で頭《かしら》だった様子の菅沢は、頬骨が高く、眼窩は窪んで、長い旅の果てのやつれが相貌《そうぼう》に見えた。しかし、まだ三十すぎの年ごろに思われ、日に焼けた肌が浅黒く、骨格の逞しい侍だった。

おはやも男子並みの背丈はあったが、菅沢に比べれば、痩身が若竹《わかたけ》のように心細く見えた。

お浅とお柴が母親の両わきに寄り添い、震えていた。

二人の髷に結えた小鈴が、りり、とか細い音をたてていた。

物揚場では、出茶屋の中で起こりつつあることに誰も気づかず、船頭と役人の遣りとりが続き、軽子らの笑い声が起こった。

おはやの胸が大きくはずんでいた。

「菅沢周太郎、塚本武勝、無明流の仙石勘蔵、おまえたちの名は聞いていた。いつか、このようなときがくると思っていた。武士の意義をたて、武士の意地をとおすゆえの敵討ちと言うなら、いたし方あるまい。けれど、ここは町家の店の中。かかり合いのない町家の方々に、迷惑がかかる。側杖《そばづえ》を食わす事態にもなりかねない。せめて、外へ出でよ。往来にて人を遠ざけ、お相手いたす。見てのとおり、ここにはわが子、わが亭主もいる。わが子、わが亭主を盾にして逃げはせぬ。外に出でよ。長くは待たせせぬ」

菅沢は、しばしの間をおいたが、塚本と仙石、中山のそれぞれへ目配せし、頷き合った。それから、

「よかろう。外にて待つ。身支度を調《ととの》え、潔《いさぎよ》く出てこい。遅れるな」

と言い捨て、数歩後退《あとずさ》り、踵をかえして外へ出た。ほかの三人も菅沢に倣《なら》い、それぞれ後退り、出茶屋の外へと姿を消した。

「こ、これから、斬り合いが始まるのかい」

丸之助はうろたえて言ったが、お甲はひたすらおはやを見守っていた。

おはやは、亭主へ向きなおって盆をわたすと、土間に跪《ひざまず》き、お浅とお柴を両腕に抱きとめ、二人の耳元でささやき、亭主を見あげて何かを言った。

しかし、お甲におはやの声は聞こえなかった。

ただ、姉妹は母親の腕の中に凝っとくるまれ、亭主は戸惑いながらも懸命に頷いたのが、見えただけだった。

やがて、おはやは姉妹を亭主のほうへ押し退《の》けるように手放して立った。姉さんかぶりをとりながら店の間へあがって、炉のそばの客の前を進み、店の間の奥へいった。

店の間の奥に間仕切の襖があって、おはやは襖を引いた。

奥は小さな納戸のような部屋になっていて、おはやは部屋へ入り、襖を閉じた。

しばらく途ぎれ途ぎれに物音が続いてから、部屋は静かになった。

ほどなく、襖が開かれ、再び店の間に姿を現したおはやは、並べ縞の中幅帯《ちゅうはば》を強く締め、黄枯茶の小袖に襷をかけた姿は同じだったが、島田をほどき、きりきりと絞った手拭で後ろにしっかりと束ねた髪を、背中に長く垂らしていた。

そして、左手で前身頃の布地を、白足袋の上に臑が少し見えるほど裾短につかみ、右手には黒鞘に黒撚糸《ねんし》の柄の小太刀を提げていた。

おはやは、店の間の古い畳をしならせ炉のそばをすぎ、前土間へおりた。

店の間の客は、焼き餅の皿と箸を手にした恰好のまま、一片のたじろぎも見せぬおはやを見あげて、声もなかった。

「母っ」

とお浅とお柴が駆け寄ろうとするのを、亭主が姉妹の手をしっかりと握って離さなかった。子供らも、ただ事ではない何事かを母親のふる舞いに感じたのか、それ以上、母親を呼ばなかった。父親の手にすがって、真っすぐに進んでいく母親の後ろ姿を目で追っていた。

おはやは、草履を履《は》かず、白足袋のまま、縁台のお甲と丸之助の前をすぎ、板庇にたてかけた葭簀の間を抜けて、四人の男らの待ちかまえる往来へ出た。

「こいつは凄《すげ》えや。本気だぜ」

丸之助がおはやを追いかけ、出茶屋を飛び出した。店の間の二人も前土間におり、河岸通りへ走り出た。

河岸通りが急に騒がしくなり、通行人が駆け出す姿が葭簀ごしに見えた。物揚場のほうでも、物提場の石段に坐っていた軽子らが、なんだい、何事だい、という様子で、土手にあがってくるのが、やはり葭簀ごしに見えた。

出茶屋の中には、お甲と、亭主と、亭主が手をにぎるお浅とお柴が残った。

亭主は、石のように固まって、燃える怒りと決意を秘めた冷たい目を、店の外へ投げていた。亭主の両手にすがる姉妹は、恐ろしいことが起こりそうな予感に怯えつつ、自分たちを残して出ていった母親の姿を見失うまいと、懸命に目で追っていた。そのとき、

「われら、敵討ちでござる。藩よりの認可書を、得ております。町奉行所にも届けを出しており、断じて狼藉《ろうぜき》にはあらず。手出し口出しは、ご無用でござる。われら、敵討ちでござる」

と、物見槍を携えた中山余四郎が、河岸通りに集まり始めた見物人らへ、大音《だいおん》声《じょう》で繰りかえした。

六

おはやは、出茶屋の板庇にたて廻した葭簀の間を抜け、河岸通りの大川端へ歩みを進めた。

数間先に物揚場と、茶色い葉を散らした栃の木の下に稲荷の祠があって、そこから出茶屋までは土手の上の小さな明地になっていた。

おはやの左手が、高曇りの空の下に鉛色の流れを横たえた大川、右手は河岸通りを隔てて外手町の表店が軒を並べている。

おはやは、前身頃を裾短になるまでつかみ、白足袋の上の臑へ黄枯茶の裾よりわずかにこぼれる蹴出しの赤も鮮やかに、右手に黒光りのする鞘と、黒撚糸の柄に竪丸形無文《むもん》の鍔《つば》の小太刀を平然と提げ、外連味《けれんみ》なく踏み出していた。

踏み締めるひと足ごとに、落葉がささやき声をたてた。

手拭を絞り束ねて背中へ垂らした長い黒髪が、おはやの歩みに合わせ、震えるようにゆれていた。

正面に菅沢周太郎、右手河岸通りのきわに塚本武勝、左手の大川端に灰色の流れを背にして仙石勘蔵が待ちかまえていた。

見物人がぞくぞくと明地の周囲に駆け集まり、また、物揚場の軽子らもただならぬ気配に気づいて、次々に土手上へあがってきた。

慌てて店先へ出てきた河岸通りの表店の亭主や女房らが、声もなく大川端の光景を見守っている。

そこへ、出茶屋の裏手より河岸通りをとって駆けつけた中山余四郎が、物見槍を突きあげ、敵討ちの口上を喚《わめ》きたてた。

敵討ちの口上に、河岸通り界隈の武家屋敷の侍たちもまじった老若男女の間から、騒然としたどよめきが起こった。

小太刀を提げてはいるものの、地味な小袖を着けた町家のほっそりとした若い女房が、物々しく武装した四人の屈強な侍風体の敵討ちの相手というのは、どう見ても不似合いだったからだ。

第一、仮令、敵討ちであったとしても、四人の武装した侍らと、細身の町家の若い女房が小太刀でひとりというのでは、女房はたちどころに斬り刻まれるに違いなく、これでは敵討ちというより、なぶり殺しも同然に思われた。

ましてや、河岸通りの住人たちは、物揚場のそばの大川端で、出茶屋を長年営んできた先代の老夫婦に、足の不自由な大人しい倅がいて、六年か七年前、老夫婦が言うには、郷里の遠い縁者らしい器量のよい娘が倅の嫁にきて、働き者の女房は子供を二人儲け、老夫婦が亡くなったあとも、大人しい亭主を助けて大川端の出茶屋をつつがなく営み、親子四人のささやかな暮らしを続けていた、その器量よしの女房が、なんと、四人の侍らの敵討ちの相手として対峙《たいじ》しているのだから、みなあまりの驚きに、ひそひそ声の言葉すら失っていた。

しかし、御厩の渡しの船も、大川を上り下りする荷船も、大川端で斬り合いが始まりそうな気配に気づかず、高曇りの空の下の川面に浮かんでいる。

土手下の川原では、じぇっ、じぇっ、と鴫が鳴いている。

「いざ、はや。わが父の恨みを晴らさん。覚悟はよいか」

菅沢が、体軀をのびやかに反らして抜刀した。

「やいやい、はや。卑怯なる闇討ちにて、わが父を斬った報いを今こそ受けさせる。もはやこれまでと観念しろ」

菅沢に続いて塚本が抜刀し、大川側の仙石が、ゆったりとした仕種で抜き放った白刃を、高曇りの空へ躍らせた。

そのとき、はやは右手の小太刀を唇に薄紅を塗った口元へ持ちあげ、小太刀の下《さ》げ緒《お》を口に咥《くわ》え、右手で柄をにぎりなおし、平然と抜いた。そうして、咥えた小太刀の鞘を、傍らへふり捨てた。

はやは、左手につかんだ身頃をさらにたくしあげ、右足を一歩前へ踏み出した。両膝を折って身を低くしながらやや前へかしげ、銀色にぬめる小太刀の刀身を、右手を真っすぐに伸ばして、正面の菅沢へ突きつけた。

そして、言った。

「闇討ちとは笑止《しようし》。菅沢竜左衛門も塚本丈一郎も、父の敵と勝負を挑んだわたしに、高が小娘と侮《あなど》り、見くびって、嘲笑《あざわら》っていた。わたしは手もなく、二人を打ち果たしたのだ。言うておく。闇討ちではない」

「この期におよんで、なおも偽るつもりか。おまえの父親は不正を犯し、その罪を問われ、お上の公正なるお裁きにより斬首《ざんしゆ》となった。われらの父親は、おまえの父親の不正を見抜き、お上に訴えたにすぎん。自分の父親の罪に目をつむり、われらの父親を父の敵と命を狙うのは、理不尽なる逆恨《さかうら》み。はやや、われらの父親を闇討ちにしたふる舞い、断じて許さぬ。断固、討ち果たす」

正眼《せいがん》にかまえて、菅沢が言った。

おはやの小太刀の切先と、菅沢の正眼の切先が、今にも触れそうなほど、両者は接近していた。塚本と仙石も、河岸通り側と大川側より、明地を覆う落葉に摺《す》り足を鳴らし、迫りつつあった。

「菅沢周太郎、おまえこそ偽りを言っている。わが父は、勘定方組頭の菅沢竜左衛門と、同じく勘定方頭取助役・塚本丈一郎の指図を受ける、石高三十石の勘定方下役にすぎなかった。その三十石すらも、お借り米が天引きとなって、わずか二十五石余。われらが家に不正なる金品がもたらされたことなど、一度としてない。わが父は、上役より指図を受け、ひたすら正直に、生真面目に務めていた。仮令、貧しくとも、分相応に暮らすことは武士の務めと、心得ていたからだ。わが父に、不正なる勘定を命じたのは、上役の菅沢竜左衛門と塚本丈一郎ではないか。父はそれを断り、菅沢竜左衛門と塚本丈一郎の不正を糺《ただ》そうとした。菅沢周太郎、塚本武勝、おまえたちの父親のふる舞いを、思い出してみよ。その父親の下で、おまえたちがどのような暮らしをしていたか、考えてみよ。どちらが不正を犯していたか、身に染みてわかるはずだ」

「黙れ黙れ。政《まつりごと》もわからぬ女の分際で、埒もない戯言《ざれごと》をぬけぬけと。無礼なる雑言《ぞうごん》はこれまでだ」

菅沢の正眼が迫り、おはやの小太刀の刀身を、小さく鋭く横へ払った。

だが、おはやの体勢は動かず、ただ真っすぐに向けていた小太刀を素早く下げて、菅沢の払いを空《むな》しく流すと、即座に小太刀を戻し、また菅沢へ切先を真っすぐに突き出した。

菅沢は、小太刀を払ったその一瞬に、最初の一撃を見舞うつもりだった。しかし、それより速く鋭いおはやの動きに機先《きせん》を制《せい》せられ、打ちこむ機会を失っていた。

足が前へ出ず、むしろ、一歩を引いていた。

おはやは、菅沢のためらいを逃さず、一歩を進めてなおも言った。

「菅沢周太郎、理非《りひ》を糺し、おのれが火《ひ》の粉《こ》をかぶるのが恐いか。おまえたちは嘘つきだ。嘘をつき、わが父に自分らの不正の罪をかぶせ、のうのうと生き長らえようとした。そのために、わが田部家は改易《かいえき》となった。おまえたちの父親は、討たれて当然だった。言うておく。主を討たれ面目を失った菅沢家も塚本家も、倅の敵討ちが成就して、面目を施すことはない。わたしはおまえたちに、易々《やすやす》と討たれはしない。菅沢周太郎、塚本武勝、おまえたちの偽りが勝つか。真実が勝つか。わが小太刀が応える。いざ」

「おのれ、慮外者《りよがいもの》」

菅沢が叫んだとき、中山余四郎は河岸通りより出茶屋の板庇下を抜けて、おはやの背後へ廻っていた。中山は板庇にたてた葭簀の間を抜けて、おはやの背後から落葉を蹴たてて突進《とっしん》を図《はか》った。

「後ろ」

見物人の間から、女の声が飛んだ。

次の瞬間、中山が物見槍を「やあ」とおはやの背中へ突き入れた。

おはやは、機敏に身を畳んで反転し、物見槍の穂先《ほさき》に空を突かせ、身体の流れた中山の脇腹を鋭く斬り抜けた。

中山は、わっ、と奇声を発し、前へつんのめった。そのため、中山の体軀が、正面から一撃を試みた菅沢と交錯《こうさく》し、菅沢の動きが遅れた。

落葉を舞い散らして中山が転倒したとき、おはやへ次に打ちかかったのは、仙石勘蔵だった。

「とう……」

仙石の太い喚声《かんせい》とともに、刃がうなって打ち落とされた。

おはやはふりかえり様《ざま》、それを激しく払いあげた。

一刀を払いあげられ、仙石が一歩退いて刀を戻した瞬間、おはやは、束の間の差で袈裟懸《けさがけ》を見舞う塚本の懐へ飛びこんでいた。

塚本はおはやの敏捷《びんしょう》な動きに懐をとられ、互いの熱気を伝え合うほど両者が肉薄したため、袈裟懸は、おはやの肩を柄で打ったばかりだった。

物《もの》の怪《け》のように眉をひそめたおはやの顔面が、塚本のすぐ目の前に迫り、束ねた髪が跳ねて、塚本の顔面を弄《なぶ》った。

しまった。

と思ったときは、手遅れだった。

おはやの左腕が、柄をにぎった塚本の両腕をからめとって動きを止め、瞬時もおかず、小太刀を首筋へ深々と食いこませた。

塚本の悲痛な絶叫が、寒気を引き裂いた。

河岸通りを埋めた見物人のどよめきが沸きあがった。塚本の首筋より、血飛沫《ちしぶき》が赤い煙のように吹きあがり、おはやの顔にかかった。

そのとき、菅沢がおはやへ激しく斬りかかった。

間髪容れず、おはやは塚本の両腕をからめとった恰好で、塚本の身体を軸に素早く廻りこんだ。

そのため、菅沢の一撃は流れ、跳ね廻る束ね髪を、切先でわずかに斬り散らしたばかりだった。

しかも、おはやは塚本の身体を盾に、菅沢へ勢いよく突進を図った。塚本の身体に隠れて突進してくるおはやを攻めあぐね、菅沢は、だらだらと後退を余儀なくされた。

と、そこへ仙石の二の太刀が、傍らよりおはやへ再び襲いかかった。瞬間、それを予期していたおはやは、塚本の首筋を引き斬りにして、木偶《でく》のようになった身体を仙石へ突き退けたのだった。

仙石は、抗《あらが》う力を残していない塚本の身体をよけた。だが、おはやへ見舞った一撃に狂いが生じ、刃は空を斬ってうなった。

次の瞬間、おはやの薙《な》ぎ払った一閃《いっせん》に、仙石は額を薄く裂かれた。仙石は顔をそむけ、刀をふり払いながら、追い打ちをさけて数歩、退《ひ》いた。

すると、おはやは仙石にかまわず、菅沢へ片手正眼に小太刀をかえし、摺り足を進めていった。

おはやの足下で、落葉が小鳥のように舞いあがった。

その凄まじい攻勢に、河岸通りを埋めた見物人の間から、再び驚きのどよめきが沸きあがった。

菅沢は後退を止め、見る見る迫ってくるおはやへ、先手の袈裟懸を見舞った。

かん。

と、おはやは易々とそれを払い、鋭いかえしを菅沢の眼前へ走らせた。

菅沢は、身を仰《の》け反《ぞ》らせて再び後退し、後退しつつも懸命に打ちかえし、斬りあげ、斬りさげたが、その都度打ち払われ、攻めかえされ、ただ後退を続けるしかなかった。

菅沢の後退は追いつめられ、栃の木の幹に背中をどしんとぶつけた。栃の木の幹に、動きをいきなりさえぎられ、菅沢の体勢が乱れた。

すかさず、おはやは鋭い一撃を浴びせかけたが、咄嗟に、菅沢は稲荷の前へ転がり、かろうじて身を逃がした。そのとき、

「後ろっ」

と、また女の声がかかった。

声と同時に背後よりの一撃に気づき、おはやは身をかがめた。

「やっ、とう」

野太い喚声が再びあがって、背後より打ちかかった仙石の一撃が、おはやの頭の一寸上の栃の幹を、乾いた音をたてて咬《か》んだ。

すると、栃の幹を咬んだ刃が抜けず、ほんの一瞬、仙石の動きが止まった。

う、とうめいた仙石のわきへ、おはやは素早く跳ねあがりつつ身をかえし、斬りあげに一閃した。

袖を絞っていた襷の革紐が切れて、吹き飛んだ。

仙石は、幹を咬んだ刀を残して、きりきり舞いながら、悲痛な声を大川へ響きわたらせた。

おはやは、よろけた仙石を、片手上段《じょうだん》よりの追い打ちの一撃で仕留めた。

わずかにかすれ声を喘がせ、右へ左へと土手へよろけた仙石は、最後は倒木のように大川へ転落した。

堤端の川面に激しい水飛沫がたち、川原で鳴いていた鴫の一群が、驚いて飛びたった。一旦沈んだのち、川面へ黒い亡骸《なきがら》が静かに浮きあがると、飛びたった鴫の一群は、何事もなかったかのように、すぐにまた川原へ集まってきて、じぇっ、じぇっ、と鳴き始めた。

しかし、おはやは瞬時もおかず、菅沢へ身がまえていた。

片手一刀の小太刀を真っすぐ正眼に向け、右足を一歩踏み出し、左手で前身頃を裾短になるまでつかみあげ、両膝を軽く折って身を低くした。

対する菅沢は、物揚場の石段上まで退き、八相《はっそう》にたてなおした。

地面を転がったため、土で汚れたたっつけ袴や上着に、落葉が散っていた。鉢巻きの下は汗が光り、顔はいっそう黒ずみ、肩を大きくゆらし息を喘がせた。

物揚場の軽子らは、石段上で斬り合いが始まるのを恐れて、みな河岸通りのほうへ逃げていた。

石段下の船寄せに船をつけた船頭も、斬り合いの側杖を食わぬよう、物揚場から船を離し、川原の鳴や、船寄せの周りに浮かぶ小鴨ばかりが騒いでいた。

おはやは小太刀を突きつけ、石段上の菅沢との間を縮めていった。

菅沢は八相にかまえた掌を、開いたり閉じたりした。

おはやがさらに間をつめるのに従って、菅沢はおはやの周りを廻るように、河岸通りのほう、横へ動き始めた。

おはやは、菅沢の廻りこみを許さぬよう、間を保ったまま、同じ河岸通りの方角へ転じていった。

と突然、菅沢が駆け出し、おはやはそれに合わせて、素早く立ち位置を変え、

二人は河岸通りの中ほどへ走り出た。

河岸通りを埋めていた見物人らは、わあっ、と河岸通りの南北に分かれ、表店

の住人らは、慌てて店の奥へ引っこんだ。

二人は睨み合い、しばしの間、動かなかった。

明地に倒れた塚本武勝は、もう微動だにしなかった。腹を裂かれた中山余四郎は、物見槍を捨て、両腕で腹を抱え、呻吟《しんぎん》していた。

無明流道場主の仙石勘蔵は、大川へ転落し、すでに骸《むくろ》となっていた。

町家のどこかで、犬がしきりに吠えたてた。川原のほうから、鴫の鳴き騒ぐ声も聞こえてくる。

菅沢には、思いもよらぬ展開に違いなかった。おはやが娘のころから小太刀の使い手と、松江城下で言われていたのは知っていた。

それにしても、これほどまでとは思わなかった。

怒りよりも怯えが、背筋を冷たく這っていた。

しかし、菅沢は憎々《にくにく》しげに言った。

「おのれ、はや。これまでだ」

おはやは、こたえなかった。ただ凝っと身がまえていたが、やがて再び、菅沢との間を縮め始めた。

「いよいよ最後だぜ」

「どっちだ、強えのは」

「あの女だ。滅法《めっぽう》強えぜ」

見物人がざわめき、口々に言い合った。

そのとき、小鈴の音が、りり、りりり、と明地のほうで鳴った。

おはやは片手正眼にとり、前身頃を一方の手で裾短にたくしあげ、臑まで見える白足袋を、一歩、一歩、よどみなく、静かに踏み出していた。

黄枯茶の小袖の裾に、赤い蹴出しが、わずかにのぞいていた。

菅沢が自らを奮《ふる》いたたせ、おはやへ歩み始めた。

両者の間がたちまち縮まり、菅沢の動きがいっそう速まった。

「おおおっ」

雄叫《おたけ》びをひと声発し、菅沢の体軀がおはやの頭上へ躍りあがったかに見えた。

その途端、おはやの踏み出した左足が膝をつき、次に踏み出した右足の片膝立ちの体勢で、八相より躍りあがって斬り落とした菅沢のわき腹を、ただ一閃に斬りあげたのだった。

たん、と身体が鼓《つづみ》を打つような音をたてた。

菅沢の流れた一刀と身体の傍らを、おはやがすれすれに交錯した一瞬、両者は背中合わせに停止した。

見物人らが息を呑み、小鈴の音が震えている。

菅沢のわき腹から鮮血が、大きく裂かれた上着と下に着こんだ鎖帷子をもろともに押し出して吹きこぼれ、菅沢の体軀は、つっかい棒がはずれて潰れるようにかしぎ、果敢《はか》なく倒れていった。

見物人の喚声が、河岸通りにどっと沸きあがった。

その喚声の中で、おはやは小太刀をおろし、早くも鮮血が地面に広がり始めている菅沢のそばへ歩み寄った。そして、俯《うつぶ》せになった横顔をのぞきこんだ。薄く目を見開いているものの、菅沢の目に、命の火は燃えつきかけていた。

「菅沢周太郎どの、もはやこれまで。止《とど》めを刺しますか」

おはやは言葉を改め言ったが、菅沢は土色に褪せた唇を弱々しく震わせたのみで、言葉をかえすことはできなかった。

おはやは、止めを刺さず、片手をたてて黙礼した。それから立ちあがって明地にいき、捨てた小太刀の鞘を拾い、小太刀の血糊を袖でぬぐって鞘に納めた。

出茶屋の外に、亭主に手をとられたお浅とお柴が、ただ一途に、不安げに、大きく目を見開いておはやを見つめ、一瞬もそらさなかった。

今にもこみあげそうな涙を、おはやは堪えた。

河岸通りの東西を埋めた見物人らは、なりゆきを最後まで見届けるため、おはやと亭主と子供らを見守っていた。

「あんた、隠していて、ごめんね」

おはやは亭主に言葉をかけた。

足の不自由な、大人しく人のよさそうな亭主は、自分にはどうすることもできない定めに向き合い、悲しげな沈黙でこたえた。

「わたしはもう、ここにはいられないの。ずっと、いられないとわかっていたけれど、あんたは優しい夫で、子ができて、嬉しくて、わたしは……」

おはやは、それ以上の言葉を呑みこんだ。束の間をおき、

「子供たちを、頼みます」

と身をひるがえし、背中の束ね髪が躍るようにゆれた。

その刹那《せつな》、おはやは目の前に立っているお甲を認めた。

お甲は、麻葉小紋の青摺りの袖を左右に広げ、まるで童女が通せん坊をするかのように立ちはだかっていた。

「あんた、子供を捨ててどこへゆく気さ」

お甲は、きれ長な目を怒りをこめて見開き、おはやをぎゅっと睨みつけ、鉄火《てっか》な口調で言った。

「あ、あなたは……」

おはやは、お甲へ慈悲を乞《こ》うような目を向けた。

「わたしは、いかなければなりません。あなたにはわからない」

と、立ちはだかったお甲をよけていこうとした。

すると、お甲は両手を広げたまま、おはやの行く手をふさぐように、また立ちはだかった。

「冗談じゃない。勝手なことを言うんじゃないよ。子供の母親が、子供を捨てていく用なんて、どこにあるって言うんだい」

お甲はどかなかった。

おはやは戸惑っていた。何かを必死に堪えて、お甲と見つめ合った。

「あんたは母親になったんだ。母親になったのなら、母親として生きなきゃいけないのさ。犬畜生だって知ってる、生き物ならあたり前に知ってることさ。母親が子供を捨てていくなんて、お天道さまが許さないよ」

しかし、おはやはお甲から顔をそむけて身をひるがえし、通りの反対方向へい

きかけた。すると、

「おかみさん、いっちゃあだめだ」

と、丸之助が見物人の中から飛び出し、腰をかがめた恰好で両手を広げ、おはやがゆくのを押し止めた。

「お甲さんの言うとおりだ。おかみさんは、あの子らのおっ母さんなんだぜ。第一、その恰好で、どこへいくんだい。どこへもいけやしねえよ。すぐに咎められるだけさ」

おはやは、お甲と丸之助の間で動けなくなった。

丸之助からお甲へふりかえり、「あなたは……」と、かすかに呟いた。

「戻りなさい。子供たちのところへ、戻りなさい」

お甲が激しく言った。

途端、かえり血を浴びたおはやの頰に、赤い涙の筋が伝った。それから、滂沱《ぼうだ》とあふれ出る涙が、おはやのかえり血を洗い始めた。おはやの身体が震え、咽《むせ》び泣く声が河岸通りに流れた。そのとき、

「母《かか》、母……」

お浅とお柴が駆け寄り、おはやの両腕にすがりついた。

「母、どこにもいっちゃあ、だめ」

「いっちゃあだめ」

姉妹が懸命に言った。

おはやは、くずれるように膝を折り、お浅とお柴を両腕に抱き締めた。お浅とお柴の頰へ交互に頰を摺り寄せ、咽び泣き、そして嗚咽《おえつ》した。

七

外手町の自身番は、御竹蔵の裏通りに、間口二間半、奥行き三間半の店をかまえ、瓦屋根の上には二間の物見の梯子《はしご》が空へのび、梯子の上にどこかで起こった火事を報せる半鐘を吊るしてある。

戸外に玉砂利が敷かれ、上がり框《がまち》を閉じた腰高障子に、外手町の町名が記してあって、突棒《つくぼう》、刺股《さすまた》、袖絡《そでがらみ》の三つ道具は、入り口のわきにたてかけてある。

裏通りの向かいは、御家人屋敷が並び、その並びの南側に、幕府《ばくふ》船手《ふなて》頭《がしら》筆頭《ひっとう》の向井《むかい》将監《しょうげん》の本所屋敷が、表長屋門をかまえている。

曇り空はかわらず、夕方が近づいて、寒さがだんだん増していた。

お浅とお柴は、腰高障子の戸の前で、紺縞の綿入れの半纏を着た丸之助と遊んでいた。誰かにもらったのか、三人は竹とんぼで遊んでいて、丸之助が幼い姉妹に遊び方を教えていた。

姉のお浅は、竹とんぼを飛ばしてすぐに遊べるようになったが、妹のお柴はまだ上手くできず、丸之助がお柴のぷっくりとした人形のような白い手に、日焼けした大きな手を添え、

「こうだよ。ほら、できたできた」

と、ほんの少し飛んだだけでもお柴を喜ばせた。

お浅が竹とんぼを拾い、お柴にわたして言った。

「お柴。もう一度やってごらん」

うん、とお柴は頷いて竹とんぼを手にしたものの、ふと、自身番のほうが気になって、戸口へ走っていき、上がり框に膝をついてよじのぼり、腰高障子を恐る恐る引いて中の様子をうかがうのだった。

自身番の中は、四畳半の部屋で、火鉢に炭が熾《おこ》って、お柴にはむっとするような熱気がこもっていた。町役人さんたちが何人もいて、母は町役人さんたちに囲まれてこちら向きに坐っていたが、顔を伏せて、とても悲しそうに見えた。

まだお話は、終わらないのかな。町役人さんたちが、母をどこかへ連れていったらどうしよう。

お柴はそんな不安にかられて、胸が苦しくなった。

けど、母の隣にあのおばちゃんがついて、母に何かを話しかけ、母が頷いているのを見て、お柴は少しほっとできた。

あのおばちゃんはいい人だもの、あたしたちから母をとりあげたりしないもの、とお柴は思っていた。

「お柴、おいで。大丈夫。母はいるよ。母のお話が済むまで、遊ぼ」

お浅が後ろから、お柴の肩に手をかけた。

お柴は、自身番の中の母から目を離さず、うん、とお浅に頷いた。そして、お浅が腰高障子をゆっくり閉じていって、隙間から見えなくなるまで、母の姿を目で追い続けた。

南本所外手町の自身番の当番・作右衛門《さくえもん》は、お甲が室町の嘉助親分とともに、北町奉行所隠密廻り方・萬七蔵の、御用聞を務めていることを知っていた。

作右衛門は、一刻（二時間）ほど前、河岸通りで敵討ち騒ぎがあって、三人の侍がほぼその場で絶命し、ひとりが腹を裂かれて大怪我を負った一件の収拾に、店番らを指図してあたっていた。

　とりあえず、自身番の入り用で三体の亡骸を収める早桶《はやおけ》を用意し、怪我人は医者に診せて手あてをさせた。侍たちが松江藩とわかって、松江藩の上屋敷へ事の子細を知らせに人をいかせ、また町奉行所にも届けを急いで出し、当番方の出《しゅっ》役《やく》を願い出たのだった。

　厄介なのは、おはやの調べだった。

　何しろ、物揚場の出茶屋の女房で、二人の子の母親で、働き者で器量よしで、先代の老夫婦と同じ郷里・信濃《しなの》の遠縁の者と聞かされ、宗門改《しゅうもんあらた》めはいずれとり寄せるということでそのままにしていた。

　けれど、町内でもよくできた女房と評判だったおはやが、あろうことかあるまいことか、遠縁の者というのは偽りで、武家の女で、しかも、敵持ちの身とわかり、作右衛門はどのような扱いにすればよいのか、戸惑うばかりだった。

　ましてや、敵持ちが町家の、しかも貧しい出茶屋の女房で、その町家の女房にかえり討ちに遭ったほうが、武装した屈強な四人もの侍という顛末《てんまつ》が、作右衛門にとっては首をかしげるしかない、前代未聞の出来事だった。

　こういう場合、大抵、敵が討たれ、討った者らの処遇をどのようにするかは聞かされていたけれど、敵討ちをする方がかえり討ちに遭うという成りゆきは、聞いた覚えはなかった。

そこにたまたま、顔見知りのお甲が居合わせ、一件の一部始終を見たし、おはやの逃走を押し止めた経緯を知って、おはやの話を訊くのに同じ年ごろのお甲がいたほうがよかろうと考え、お甲に助力を頼んだ。

ともかく、作右衛門はおはやを自身番へともない、一体、いかなる事情があったのか、おはやの話を訊くことにした。

「作右衛門さん、おはやさんは罪人ではありません。子供たちもおります。罪人のような扱いは、しないでください」

お甲に言われ、

「はい。ごもっともですとも。話を何も聞かぬうちに、罪人と決めてかかるつもりはありません。おはやは、町内でも評判の、子供らのよき母親でした。子供らに、そのような母親の姿を、見せたりはいたしません」

と、作右衛門はお甲を安心させた。

自身番の四畳半に、当番の作右衛門に店番二人が、おはやと隣に坐ったお甲と向き合っていた。おはやとお甲の後ろに間仕切した引違いの腰付障子があり、四畳半の一方の壁の上に、外手町、と記した提灯がかけ並べてある。

その提灯の下においた文机に、町雇いの書役を兼務する定番がついていた。

店番は四人いたが、ひとりは町奉行所へ届けにいき、ひとりは松江藩へ子細を知らせに向かっていた。

陶の火鉢に炭火が熾り、五徳にかけた鉄瓶が湯気をのぼらせていた。

「おはや、では話してくれるかい。あの四人は、松江藩の、敵討ちの認可書を持っていた。敵討ちの相手はおまえだ。おはやの生国《しょうごく》は、松江だね」

作右衛門がきり出し、おはやは黙然と頭を頷かせた。

黄枯茶の小袖はかえり血で汚れていたが、顔や手に散った血飛沫の跡はぬぐいとられ、整った顔だちが青褪めて冴え冴えとしていた。

作右衛門は、町家の女房ではなく、武家の女とわかって見るおはやが、なんと凛々《りり》しいと、改めて思っていた。

「わが父は、出雲《いずも》松江藩松平家勘定方の下役を務めておりました。田部権ノ助と申します。一家は、祖父母にわが母、十歳齢の離れた弟、そしてわたくしの、さやかな暮らしでございました」

と、おはやは話し始めた。

勘定方下役の職禄は三十石ながら、年来の藩の台所事情の悪化により、もう何年も前から、禄の一割五分のお借り米が通常のことになっていて、田部家の禄は二十五石余となり、一家六人の暮らしは楽ではなかった。

おはやが物心ついたころより、母は父が勤めに登城したあと、町家の店より裁縫の内職を請けて、家計を少しでも助け、おはやも母の手伝いをして、幼いころから裁縫を身につけた。

おはやが十一歳のとき、弟の進十郎《しんじゅうろう》が生まれた。

そのころから、おはやは母の手ほどきを受けながら、母が目を瞠《みは》るほど裁縫の腕を上達させ、子守に追われる母を助けて、内職に励んできた。

一方、父の権ノ助は、勘定方下役ながら、小太刀の使い手だった。

権ノ助は、主家に仕える武家の者は、仮令、女であっても武芸の心得がなければならぬ、とおはやの幼いころから、四書《ししょ》などの素読《そどく》とともに、住居の庭で小太刀の稽古をさせていた。

おはやは、内職の裁縫の合い間に、木刀よりもはるかに重い生木の素ぶりを、日に何千ぶりと決めて欠かさぬよう、父に命じられていた。

十三歳をすぎたころから、おはやの背が伸び始め、十四、五のときは、男子並みの背丈になっていた。

また、おはやの身体には知らぬ間に力が漲《みなぎ》り、自分でも驚くほど、俊敏な動きができ始めた。そして、そのころから、小太刀の稽古をつける父に気づかれぬよう、手加減を加えるほどにもなっていた。

十七歳のとき、家中で有力な家臣同士の間で、主家の世継ぎを巡るお家騒動があった。父のような下役が藩の騒動にかかわることはなかったが、両者のいがみ合いや刃傷《にんじよう》沙汰《ざた》などの噂が、しばしば聞こえた。

ある日、内職の裁縫を仕あげて、母に代わって町家の店に届けた戻り、ある家臣の若党が使いに出かけた途中、殿さまの世継ぎを巡って、若党の主と対立している若い家臣らにつかまり、口論の挙句《あげく》、刀を抜くほどの争いになった。

多勢に無勢で、若党は手に怪我を負わされ、逃げることもできず、なおも乱暴狼藉を受けていた。

そこへ通りかかったおはやは、見すごすわけにはいかず、若党をかばって家臣らを相手に小太刀をふるった。

得物《えもの》は、若党の差していた小刀を使った。

血の気の多い若い家臣らは、小娘ごときと侮った。また、下級の勘定方下役の家の女《むすめ》とわかっていっそう嘲弄《ちようろう》し、思い知らせてやると襲いかかった。

ところが、みなおはやに散々に打ち負かされ、ほうほうの体で逃げ去る始末だった。

おはやはそのとき、こんなものかと思うほどの手ごたえのなさに、内心、驚いていた。斬り伏せることはできたが、むろん、手加減した。

それがあってから、家中において、おはやの噂がひそかに広まった。

身分の低い勘定方の下役の女に、無類の小太刀の使い手がいる、という噂だった。田部権ノ助の娘だ、あの田部権ノ助にそんな娘がいたのか、とおはやの名は城下に知れわたっていた。

だが、おはや自身はそんな噂は知らず、貧しい暮らしに追われる日々を送っていただけだった。十歳下の弟の進十郎が、父の番代わりをしてつつがなく勘定方に就くため、母とともに内職に励む日々が、変わらずに続いていた。

それから、あの十九の春がきたのだった。

その春、勘定方の遊興による支出が数年前より多額にのぼり、目付役の内偵が進められているらしい。今に厳しい処罰が、勘定方の誰かに下されるのではないか、という噂が勘定方下役の間に流れていた。

とは言え、勘定方下役にはかかり合いのない噂で、その誰かの名は、みな口には出さないもののわかっていた。

ある日、勘定方組頭・菅沢竜左衛門と頭取助役・塚本丈一郎に、田部権ノ助は呼ばれた。二人の用は、権ノ助が上役より命じられてつけていた帳簿の、ひそかな書き換えであった。

菅沢竜左衛門と塚本丈一郎は、自分たちが繰りかえしてきた遊興の支出が、目付役の吟味により不正と断じられるのを恐れ、証拠隠滅を謀《はか》ったのであった。

「組頭さまの命であっても、それはいたしかねます。平《ひら》に、平に、ご容赦を」

と、権ノ助は断った。

菅沢と塚本は、目付の吟味が終わればまた元どおりであり、そのときは権ノ助の役目を昇進させ、表高のほかにも表には出さない禄を約束し、その手付金すら差し出してきた。

それでも、権ノ助は断固拒《こば》み、二人の前から急ぎ退散した。それから数日、権ノ助はこのような不正を知りながら放っておいてよいものかと、思い悩んだ。

ところが、数日がたって、まったく思いもかけず、権ノ助に身に覚えのない不正の疑いがかけられたのだった。

菅沢と塚本は、代々の知己《ちき》である藩の重役を介して、自分たちの遊興の不正を白状したうえで、不正を企てたのが、帳簿をつけていた田部権ノ助であり、自分らは田部の甘い誘いにそそのかされ、権ノ助とともに不正に手を染めた、と配下の権ノ助を首謀者に仕たてたのだった。

すなわち、不正の子細をすべて白状する代わりに、自分たちには寛大《かんだい》な裁きを求めたのである。

権ノ助は捕縛され、厳しい詮議《せんぎ》を受けた。

この場合詮議とは、証拠および証人の証言に基づいて、実事《じつじ》を明らかにするのではなく、疑いをかけられた者が白状するかしないかである。

権ノ助は、疑いは事実無根、と潔白を主張した。

だが、権ノ助の主張は認められなかった。不正を言いたてる証人が二人もいたうえ、古い家柄の二人の後ろ盾に藩の重役がついていたため、同じ勘定方下役の朋輩《ほうばい》らは、権ノ助の無実は明らかと知っていながら、誰も権ノ助を救おうとはしなかった。

捕縛から一ヵ月後の春の終わり、権ノ助は打ち首の断罪を受けた。田部家は改易となり、おはやの老いた祖父母と母と、まだ十歳にならない弟の進十郎は、石見津和野《いわみつわの》の母の縁者を頼って、旅だったのだった。

しかしながら、おはやは数代続いた田部家の後始末を理由に松江に残り、父の朋輩らの話を訊いて廻って、父の無実を確かめた。朋輩らは権ノ助に同情を寄せたが、みなかかり合いになるのを拒んだ。

しかも、菅沢と塚本の二人は、禄を減じられたものの、役目はそのままに据えおかれていた。

権ノ助の断罪から、さらにひと月がたった夏のある日、おはやは、菅沢竜左衛門と塚本丈一郎の勤めの帰途に立った。そして、

「父の敵、菅沢竜左衛門、塚本丈一郎、覚悟」

と、正々堂々の勝負を挑んだ。

「狼藉者。かえり討ちにしてくれる」

菅沢竜左衛門と塚本丈一郎は、おはやを小娘と見くびって、斬り合った末に、瞬時のうちに斬り捨てられた。その子細は、二人の従えていた中間らが、のちの藩の調べにおいて証言し、家中に知れわたった。

「ああ、やはり、はやがやったか」

と、家中では大きな評判になった。

おはやは、即座に国元を出奔《しゅっぽん》し、放浪の旅に出た。むろん、母や弟のいる津和野にいくつもりなど、毛頭《もうとう》なかった。必ずや、菅沢と塚本の長男の周太郎と武勝が、敵討ちに追ってくるであろうことはわかっていた。

一家の主である父や兄を討たれた倅や弟は、父や兄の敵を討たなければ、家督を継ぐことはできなかった。

すなわち、自分が周太郎と武勝に討たれれば、菅沢家と塚本家を継がせることになる。そんなことは、断じてさせない、彼《か》の者らに斬られはせぬ、わが生涯を孤独な流浪の身においても、逃げ遂《おお》せると、おはやは心に誓っていた。

わたくしの身はなき者と思い諦《あきら》めてくださるように……

と、おはやは旅の途中より母に手紙を送り、事の子細を伝えた。

おはやは西国から東国へと下り、江戸を目指した。

江戸を目指したのは、子供のころ、父親の権ノ助が江戸屋敷に勤番だったとき、知己になったある武家の話を覚えていたからだ。

その武家は、本所という土地で剣術の道場を開いていて、剣をとおして、父と親交を結んだ。父は、おはやがいつか江戸へ出ることがあったなら、その武家を訪ねるとよい、田部権ノ助の女と言えばすぐにわかるだろう、頼りになるわがよき友だと言っていた。その武家を、頼るつもりだった。

おはやは、持っていたわずかな路銀《ろぎん》をぎりぎりまで使わぬようにして、旅の先々で、少しでも手間代を稼げるような、たった一度でも食べ物が得られるような、そういう働き口を求め、旅を続けたのだった。

宿場町の日雇いの人足らにまじって、力仕事もした。自分が周りからどのように見られているかなど、おはやは気にかけなかった。

女の身を売ることは、まったく考えなかった。松江城下にも、そういう場所があって、そういう女たちがいることも知っていた。

だが、おはやは、菅沢竜左衛門や塚本丈一郎を思い出し、仮令、どれほど飢えても、あんな男らに身を売る仕事だけは、絶対にしたくなかった。あんな男らは我慢ならない。あんな男らに身を売るくらいなら、盗賊になったほうがましだ。おはやはそう思っていた。

それでも、その気になれば女ひとりとて、どうにかなった。

世間知らずで無鉄砲な若さが、おはやを突き動かした。おはやの身体には力が漲っていて、必ず生き抜いてみせると、自分に言い聞かせ、奮いたたせた。

およそ二年の放浪をへて、おはやは江戸へたどり着いた。

そして、本所のその武家を訪ねた。ところが、武家はすでに亡くなっていて、道場は閉じられ、そこは明地になっていたのだった。

武家を頼りに、きりつめきりつめ、ようやく江戸へ着いた。路銀はすでに使い果たし、丸二日、何も食べていなかった。

おはやは、途方に暮れた。

どうしよう。お腹が空いて堪らない。なんとかしなければ、これではいき倒れになってしまう。諦めたわけではないけれど、あまりにつらくて涙が出た。

どこを彷徨っているのかもわからず、本所の武家地や町家を歩き廻って、いつしか大川端に出た。おはやは力がつきて動けなくなり、土手に坐りこみ、大川を上り下りする船を、ただ呆然と眺めていた。

ふと、いっそこのまま大川に身を投げてしまおうか、と考えたりもした。

そのとき、不意に声をかけられた。

「そこの旅の方、おまえさん、どうかなさったかね。どこぞ、具合でも悪いのかい。それとも、お連れさんを待っているのかい」

見ると、紺木綿の着物の裾をからげた年配の男が、おはやを気になる様子で見守っていた。男の言葉つきは、穏やかで優しかった。おはやの気持ちがゆるみ、思わず泣き笑いのような顔になって、首を左右にふった。

「そうかい。若い女のひとり旅なのかい。それは大変だ。ここで一刻以上も坐りこんでいるもんだから、どうしたのかと思ってね。長旅で、疲れているのかい。おらは、そこの出茶屋の者だ。よかったら、うちで休んでいったらどうだい」

男の後ろのほうに、茅葺屋根の上に青い木々が繁り、店の前の板庇に葭簀をたて廻した出茶屋が見えた。店の煙出しから淡い煙がのぼって、板庇に、《お休み処やき餅くさ餅》と記した旗が、ゆるやかにひらめいていた。

焼き餅の香ばしい匂いがあたりに流れているのが、それでわかった。気づかなかったが、おはやはずっとその匂いを、嗅いでいたのだった。おはやは、自分がまだ生きていることに思いいたり、胸が熱くなった。

「あの、わたし……」

おはやは言いかけた。

「なんだい」

出茶屋の亭主が、笑みを消さずに優しく言った。

「や、焼き餅を、いただきます。あの、焼き餅を、ください」

おはやは、そのときはわれを忘れて言った。

「そうかい。すぐに支度をするよ。こっちへおいで」

亭主が、皺の多い優しそうな手をかざして、おはやを手招いた。

葭簀をたてた板庇の下に、姉さんかぶりの女房と思われる年配の女がいて、やはりおはやを見ていた。

出茶屋にほかの客はいなかった。

「まあ、おかけ」

亭主に勧められ、おはやは縁台に腰かけた。

「清吉《せいきち》、お客さんだよ。焼き餅をひと皿、頼むよ」

亭主が、前土間の奥の一角に据えた炉端で、鉢巻きをして餅を焼いている倅の清吉に言った。

「わかった。旅のお客さんに焼き餅を、ひと皿……」

炉端から、清吉がおはやを見て言った。

年配の女房が、香ばしい焼き餅にきな粉と砂糖を添えた皿と、温かい茶を盆に載せて運んできた。

「どうぞ、お食べ」

女房の笑顔が、おはやのためらいを払った。おはやは、焼き餅を貪《むさぼ》り食べた。たちまち平らげた。

「お客さん、もっといけそうだね。すぐに焼けるよ」

炉端から、清吉がまた言った。女房が、草餅の皿をおはやの前に出し、

「これは残り物だから、おまけですよ」

と言った。草餅にも貪りついたおはやを見て、亭主が笑って言い添えた。

「旅の方、慌てなくていい。喉につまると大変だからね」

それでもおはやは、草餅を頬張った。

頬張りながら、なぜだか自分でもわからず、涙が次々とこぼれ、頬を伝い始めた。おはやは、涙を堪えられなかった。

さらに二皿の焼き餅を、おはやは平らげた。何杯かの茶を呑み乾《ほ》し、しばしの間、肩をゆらして考えていた。

やがて、おはやは縁台を立って、亭主に言った。

「旦那さん、わたしにはお支払いする代金がありません。本途にごめんなさい」

おはやは土間に膝をつき、手をついて、顔を伏せた。

亭主も女房も、炉端の倅も黙っていた。

「嘘を言うつもりでは、ありませんでした。でも、あんまりお腹が空いて、一昨日の朝から何も食べていなかったのです。つい……でも、お餅の代金は、働いてかえします。力はあります。男の人にも負けません。重たい物の荷運び、餅つき、力仕事なら任せてください。皿洗いやら、掃除も洗濯も、指図していただければなんでもやります。裁縫もできます。どうか、それで」

おはやは、顔もあげられなかった。

するとと、亭主の優しげな声が、おはやの頭をなでるように聞こえた。

「旅の方、放っておけなかったから、声をかけたんだ。ただそれだけだ。代金など気にしなくていい。江戸へきたばかりだね。江戸へはどんな用があって、きたんだい。今夜の宿は、大丈夫なのかい」

「わが名は、はや、と申します」

おはやは、土間に手をつき、顔を伏せたまま言った。

八

当番の作右衛門は腕組みをし、片方の掌で顎を擦りつつ、低くうなった。

「ふむ。なるほどね。すると、十吉《じゅうきち》さんとお浜《はま》さんも、亭主の清吉も、おはやが武家の生まれで、何かわけがあって江戸へ出てきたのはわかっていたけれど、そのわけも素性も訊ねずに、遠縁の者ということにして住みこませ、で、いつしかおはやと清吉が懇《ねんご》ろになり、お浅とお柴が生まれてってわけかい」

おはやは、目を伏せて頷いた。

十吉とお浜は、おはやを救った出茶屋の先代の老夫婦である。すでに、二人は亡くなっている。

「昔から、先代は物好きな夫婦だとは、思っていたんだ。それにしても、清吉とは所帯を持ってもう長いのだし、二人の子もいる間柄なんだから、自分の生いたちを、清吉に訊かれなかったのかい」

「清吉さんは、わたしが話さなければ、何も聞きません。話したくなければ、話さなくていいよと、そういう人です」

「そうだ。確かに、清吉はそういうところがある。気が優しくて人への気遣いができるし、頭もいいし、足さえ不自由でなければ、出茶屋の亭主で収まっている男ではないと思うんだがね」

「でも、清吉さんは、大川の鳥や魚や、木や草花や虫のことは、とてもよく知っています。あの人は、とても物知りです」

ぷっ、と作右衛門は吹いた。

「妙な亭主自慢だね。もっとも、鳥や魚や虫のことを知っていても、あんまり、出世の役にたつとは、思えないがね」

「木や草花もです」

「ああ？　そうかい。木や草花もな。わかったわかった」

文机に向かって筆を執《と》っている書役をかねた定番と二人の店番が、肩を細かくゆすってくすくす笑いをこぼした。

「ともかく、大体の事情はわかった。聞いた限りでは、おはやのふる舞いに曇りがあるとは思われない。だとしても、わしら下々の町役人が、おかまいなしと、ここで勝手に決めるわけにはいかない。御番所のお指図を仰ぐことになる。まあ、入牢《じゅろう》ということにはなるまい。御番所のお指図が出るまで、おそらく、町内預かりというところだろう。気になるのは、松江藩のほうだ。松江藩との間で、面倒なことにならなけりゃあ、いいんだがね」

おはやは膝の上で手をにぎり締め、目を伏せている。

お甲は、おはやの手に手を重ねた。

二人は顔を見合わせ、頰笑みを交わした。

「大丈夫。きっと、上手くいく。きっと……」

お甲が言い、おはやは頷いた。

そのとき、北町奉行所より出役《しゅつやく》した当番方が自身番に着いたらしく、戸外の玉砂利が鳴った。

当番方は、裃姿の与力一名に黒羽織の同心一名、紺看板の奉行所中間と尻端折りの手先が一名ずつだった。与力がお甲を真っ先に見つけ、

「おお、お甲ではないか。なんだ、この一件にかかり合いがあるのか」

と、意外そうに声をかけてきた。

「これは、山本《やまもと》さま、お役目ご苦労さまでございます。偶然なのですが、この一件に少々所縁がございまして、当番の作右衛門さんのお許しをいただいて、同席いたしております」

お甲が言った。

「ほう、さようか。萬は承知していおるのか」

お甲が、隠密廻り方・萬七蔵の御用聞を務めていることは、町方はみな知っている。

「いえ。萬の旦那にはお調べのあとで……」

「ふむ。よかろう。それで、敵持ちの侍はどこにいる。四人を相手に、ひとりでかえり討ちにした豪傑《ごうけつ》は、奥か」

と、間仕切した引違いの腰付障子を指差した。

腰付障子の奥は三畳の板間になっていて、ほたがとりつけてある。

「いえ。山本さま。お甲さんの隣におります、おはやでございます」

作右衛門が言って、おはやを手で指した。

おはやが畳に手をつき、山本に頭を垂れた。

「ええ、おはや？　女？　女が侍四人を相手に、ひとりで斬り廻ったと言うのか。嘘だろう」

「いいえ。偽りではございません。大勢の者が見ております」

当番方与力の山本助則《すけのり》は、敵討ちの相手が女とは知らされていなかった。ひとりで四人をかえり討ちにしたと聞いたとき、凄腕の侍と思いこんだ。

「そうなのかい」

と、山本はおはやを見おろし、しばし呆然とした。

その夜の六ツ半すぎ、七蔵と樫太郎が呉服橋《ごふくばし》の北町奉行所から、亀島町北の屋敷に戻ると、台所の板間にきった炉を、住みこみのお梅《うめ》とお文《もん》のほかに、お甲と連れの丸之助という若い男が囲んでいた。

飼い猫の白い毛並みの倫《りん》は、早速、初めて見る丸之助に目移りして、膝に乗ってなついていた。

「よう、お甲。やっと現れたかい。嘉助親分から聞いた。ちょいとわけありの用を抱えていて、こっちの仕事には手が廻らねえんだってな」

七蔵は勝手の土間に入って、板間のお甲へ真っ先に声をかけた。

「旦那、申しわけありません。とっくの昔にかかり合いのなくなったはずのかかり合いが、腐れ縁みたいに、まだ引っかかっていましてね。そっちの方がつき次第、お務めにもどりますので、しばらく、わがままをお許し願います」

「昔のかかり合いが引っかかっているなら、仕方がねえ。こっちは大丈夫だが、熊三の生業とのかかり合いじゃねえんだろう」

倫が丸之助の膝から飛び降り、土間を跳ねて七蔵の腕の中へ飛びこんだ。

七蔵は倫を抱きかかえて、刀をはずし、板間にあがって炉を囲んだ。

「お父っつあんとかかり合いが、ないわけじゃありませんが、お父っつあんの生業とはまったく違うことです。旦那にも、久米さまにもご迷惑をおかけすることではありません」

「ふむ。嘉助親分から聞いたから、心配はしてねえんだがな」

七蔵は、倫の白い毛をなでながら言った。

「大丈夫っすよ。お甲姉さんのことだから、抜かりはありやせんよ」

樫太郎が、炉を隔てて向き合ったお甲の隣の丸之助へ、笑みを投げた。

丸之助はお甲の隣で膝をそろえ畏まり、樫太郎に笑みをかえした。

「旦那さま、お膳の支度をしますか」

お梅が訊き、七蔵は飯は済ませてきたからと、茶を頼んだ。

「お梅さんは坐ってて。わたしが……」

十四歳の若いお文が、素早く勝手に立って茶の支度にかかった。炭火の熾った炉の金輪に、大きな黒い鉄瓶がかかっている。土間と板間に灯した行灯が、更けてゆく冬の夜を、薄明かりでくるんでいた。

「で、そっちの男前の兄さんは、初めてお目にかかるが、どなたただね」

七蔵は、お甲の隣で畏まっている丸之助に言った。

「へい。あっしは丸之助と申しやす。お甲さんから、萬七蔵の旦那がどのようなお役人さまか、うかがっておりやした。ちゃんとするんだよって、言われておりやす。お見知りおきを、お願いいたしやす」

七蔵の懐の倫が、何やら意味ありげに、にゃあん、と鳴いた。

丸之助は七蔵へ辞儀をし、のびた月代の前髪を決まりが悪そうに払った。

「こっちこそ、よろしくな。こっちは、樫太郎だ。お甲と同じ、この若いのもおれの御用聞を務めている」

「樫太郎でやす」

「丸之助でやす」

若い二人は、声をはずませた。

「丸之助さんは、わたしに所縁のある、ある人の旦那さんなんです。じつは、そのある人にちょっと頼まれ事をして、丸之助さんの助けを借りて……」

お甲は、母親のお泉のこと、中ノ郷原庭町の藪の内のこと、そして、本所の御家人・遠山宏之進の妻お滝の、他人には知られてならない務めと失踪についても話さず、人捜しをしているとだけを伝えた。

「そうかい。話の筋の読めねえところが、お甲のわけありの、わけの濃さを感じさせるじゃねえか。いいさ。話ができるようになったら、そのときに聞く。助けがほしかったら、いつでも言ってくれ。力になるぜ。で、今夜はそれをわざわざ伝えにきたのかい」

言いながら、こんな言い方をするお甲を、七蔵は珍しいと思った。自分の知っているお甲とは違う女を、見ているような気がした。

どうした、何があった、お甲……

七蔵は、倫の白い毛並みをなでた。

すると、お甲は心持ち膝を乗り出す仕種を見せた。

「今日の昼間、本所外手町の大川端で、敵討ちがあったんです。敵討ちに現れたのは支度を調えた侍が四人。敵の相手は、大川端で出茶屋を営む亭主の女房で、二人の幼い子の母親です」

「ほう？」

七蔵が、意外そうな顔つきをお甲に向けた。

「えっ、女の人？　女の人が敵の相手なの。そんな……」

お文が、七蔵の前に茶碗をおいて言った。お甲はお文に笑いかけ、

「お文ちゃん、吃驚した？　本途はね、わたしも吃驚したんだよ」

と言った。

お文は大きな目を見開き、唖然《あぜん》としていた。

それから始めたお甲の話を、七蔵は何もかえさず聞き入った。樫太郎も、お梅もお文も、そして丸之助も、誰も口を挟まなかった。

ただ、倫だけが、とき折り、つまらなそうに鳴いた。

第三章　悉皆屋《しっかいや》

一

翌日の夜明け前、暗いうちから吹き始めた木枯らしが砂村新田《すなむらしんでん》から広がった海辺の蘆荻《ろてき》を騒がせ、黒いうねりが波だつ波打ちぎわに、簀巻《すま》きにされた一体の亡骸が打ち寄せられた。

見つけたのは、そんな風の夜も休まず漁に出ていた深川の漁師だった。

亡骸を見つけた漁師は、急ぎ深川まで漕ぎ戻って町役人に知らせ、町役人から月番の北町奉行所へ届けられた。

当番方の検視《けんし》の同心が仕たてた船が、砂村新田の海辺へ向かった。

船は大川から海へ漕ぎ出て砂村新田の海辺までいき着くのに、びゅうびゅう、と吹きつける木枯らしと荒々しい波にもまれて苦労した。

簀巻きの縄はだいぶゆるんでいたものの、簀巻きの所為で亡骸は魚の餌《えさ》になることをまぬがれ、また、冬の冷たい海によって姿形の傷《いた》みや腐乱が遅れ、さらに、着衣のお仕着せが、本町の御為替御用達の本両替商・嶋屋のものとわかった。

亡骸を船に乗せ、大川をさかのぼって永代橋《えいたいばし》の船番所まで運び、嶋屋の番頭や同僚の手代らを呼んで亡骸を見せ、惣三郎に間違いなしと確かめられた。

夜の明けぬうちに、亡骸が嶋屋の手代らしい、との知らせを久米から受けた七蔵は、樫太郎を従えて永代橋の船番所へいき、嶋屋の番頭や同僚の手代らとともに、惣三郎の亡骸を見せられた。

惣三郎の亡骸は、土左衛門《どざえもん》ではなかった。土左衛門になる前に、首を絞められて殺害されており、身体中に受けた暴行の跡も痛々しかった。

そうかい。惣三郎は殺されていたのかい。てえことになると、惣三郎がお店の帳簿に穴を空けた三百両は、惣三郎を手にかけた下手人《げしゅにん》が、てめえの懐に仕舞いこんだってわけだな。

「樫太郎、いくぜ」

七蔵は船番所を出た。

「旦那。どちらへ」

樫太郎が七蔵の背中に訊き、夜明け前の大川を見やって七蔵は言った。

「室町だ。嘉助親分に、働いてもらわなきゃあならねえ。樫太郎は、今日はそのまま嘉助親分につけ。おれは室町から一旦、奉行所に帰り、昨夜のお甲の頼みを久米さんに伝える。お甲のほうの一件も、放っておけねえ。久米さんに会ってからおめえらと落ち合う。嘉助親分の考え方次第だが、落ち合う場所は、たぶん、入江町になるだろう。それから、そういう予感がするだけだが、今日はちょいと厳しい成りゆきになりそうな気がする。樫太郎、覚悟しておけ」

「承知しやした」

七蔵と樫太郎は、永代橋の船番所から、北新堀町《きたしんぼりちょう》の土手蔵の建ち並ぶ往来をとった。北新堀町の往来から箱崎橋《はこざきばし》を渡り、小網町《こあみちょう》の往来をとって、思案橋《しあんばし》、荒布橋《あらめばし》を、大店の土手蔵の白壁がどこまでも続く米河岸へ渡った。

その朝、七蔵が呉服橋の北町奉行所に入ったのは、五ツすぎだった。

四ツ（午前十時）から始まる公事《くじ》の詮議に出頭する町人らが、冷たい木枯らしの吹く中、はや次々と表門をくぐっていた。

表門長屋の同心詰所では、今朝の、嶋屋の手代の簀巻きにされた亡骸が砂村新田の海辺で見つかった一件と、昨日の本所の大川端であった敵討ちの一件が、同心らの間で、すでに話の種になっていた。

七蔵が同心詰所に入るとすぐに、下番が呼びにきた。

「萬さま、久米さまのお呼び出しです。内座之間でお待ちです」

「おう。すぐいく」

七蔵は、勢いよく立ちあがった。

久米の呼び出しは、大抵、内座之間である。破風造《はふづく》りの大庇《おおびさし》の表玄関から、玄関式台、玄関之間の廊下へあがって、大白洲《おおしらす》裁許所《さいきよしよ》のある左のほうへとり、例繰方《れいくりかた》詰所、詮議所の杉戸が続く廊下を右手へ折れ、中庭を矩形《くけい》に沿って溜之間《たまりのま》、次之間、そして内座之間がある。

中庭の夾竹桃《きようちくとう》が、風でざわめいていた。

厳しい木枯らしと冷えこみの所為か、毎朝、陽射しを浴びて飛び交う雀が、今朝はなりをひそめている。

内座之間に、久米はまだきていなかった。

七蔵は、床の間に向かい、明障子を背に端座した。風が吹きつけ、明障子を細かく震わせた。すぐに、忙しなげな摺り足が次之間に入ってきたのが、間仕切の襖ごしにわかった。

「済まん済まん」

と、継裃の久米が間仕切の襖を引き、小刻みな足どりを見せた。

「お奉行さまの登城のお支度を手伝いながら、嶋屋の惣三郎の亡骸が見つかった今朝の一件を報告していた。お奉行さまが憂慮なされ、萬《まん》さんの調べの進み具合をいろいろ訊ねられて、長引いた」

久米は床の間を背に、七蔵と対座した。

「もしかして、とは思っていたが、思ったとおりの顚末になりそうだな」

と、脇差と一緒に差した尺扇《しゃくおうぎ》を抜きとり、浅黒い骨張った手で軽くにぎった。

「こうなっては、嶋屋の惣三郎の一件はすぐに知れわたりますね。少々、騒ぎになるかもしれません。たぶん、惣三郎を始末した下手人は、まさか、亡骸が海辺に打ちあげられるとは、思っていなかったでしょう。惣三郎を行方知れずにしておくはずが、手違いが起こったと思っているでしょうね。それとも、まだ知らせは入っていないかな」

「下手人は、やはり、吉田町の丹右衛門かね」

「決めてかかるわけにはいきませんが、丹右衛門ならやりかねない、そんな感じでした。気の荒そうな手下らも、だいぶ抱えていそうですしね。ただ、丹右衛門には、惣三郎を消す理由がありません。丹右衛門は惣三郎に、百両近い貸しがあります。惣三郎を消してしまうと、貸した金が丸々かえってこなくなる。丹右衛門が、みすみす損になるようなことを、するとは思えません。わたしなら、三百両ぐらいまでは、惣三郎を借金漬けにしてもいいと思いますがね」

「惣三郎は、貸付の帳簿に三百両の穴を空けた。実際に、そうなったんじゃないのかい」

「さあ、どうでしょうか。何か、久米さんのほうでわかったことが？」

「昨日の、旗本屋敷の賭場のことで、わかったことがある」

「お聞かせ願います」

久米は唇を歪め、膝へ閉じた尺扇を突き、扇の要に浅黒く骨張った手を重ねた。

昨日の午後、七蔵は奉行所に戻り、久米に嘉助が聞きつけた吉田町の丹右衛門の噂について、相談を持ちかけた。

本所のさる旗本と丹右衛門が手を結び、普請はすべて丹右衛門が負って賭場になる土蔵を造作し、寺銭は折半にする約束で、賭場を開くことを目ろんでいたのが、直前に旗本の上役の耳に入って目ろみは頓挫して、丹右衛門が大きな損をこうむった、という噂が本物か、本物だとすれば旗本は誰か、丹右衛門はどれほどの損をこうむったのか、その調べを久米に頼んだのである。

久米は言った。

「嘉助の聞いた噂は、本物だった。旗本の名は西尾修理《にしおしゆり》。船手組《ふなてぐみ》の向井将監の配下で、本所の向井将監の船手屋敷に詰め、大川方面の船舶と舟運《しゆううん》を管理する船手頭のひとりだ。自分の屋敷は、三ツ目通りの三笠町一丁目の北側にある。この夏ごろに屋敷内の一角に、かなり立派な総二階の蔵の普請が始まった。さすが、船手頭は羽ぶりがよいと、近所の武家の間で評判になっていたのが、普請がだんだんできあがってくると、どうやら、その蔵で賭場が開かれるらしいと、噂がたち始めた。そりゃあ、そうだ。蔵の造作がだんだん見えてくるに従って、吉田町の貸元・丹右衛門の出入りが頻繁に見受けられるようになった。そういうことか、どうりで羽ぶりがいいはずだと、界隈の武家の間では言われていたらしい」

「それが、船手頭筆頭の向井将監さまの耳に入ったんですね」

「いかにも、そうだ。先月の終わりごろの、普請はすっかりできあがって、お金持ちの客に明日には賭場の開帳、というときに西尾は向井将監に呼びつけられ、なんたる不届き、旗本ともあろう者が屋敷内で賭場を開くなど、以ての外、と厳しく叱責された。即刻とり払うべし、さもなくば切腹を命ずるぞ、とまで言われたそうだ。西尾修理は慌てて丹右衛門にこの話はなかったことにすると伝え、その日のうちに蔵はとり壊された」

「丹右衛門は、蔵の普請の費用やら賭場を開くまでの支度で、だいぶ損をこうむったでしょうね。どれほどの損だったのでしょうか」

「と言っても、築城したわけではない。所詮は、屋敷内の一角に建てた土蔵だ。丹右衛門の賭場の、一日の寺銭の稼ぎがどれほどかは、知らんがな。この話は昨夕、船手組の西尾の朋輩から、《し乃《の》》で少々酒を呑ませて聞いたのだ。萬さんのためだ。し乃の代金を惜しんでなどいられない」

と、久米は身体をかしげ、畳を尺扇で軽く打った。

鎌倉河岸《かまくらがし》の料理屋《し乃》は、日本橋や神田の商人や手代、職人の親方、また駿河台下の旗本などが、客の接待、商いの用や仕事の談合などに利用する、少々値の張る料理屋で、久米が馴染みにしている店である。

久米は続けた。

「朋輩の名は、当人のために伏せておくよ。で、だ。朋輩が言うには、どうやら、西尾は、賭場を開くにあたって、丹右衛門よりかなりのまとまった額の礼金をわたされていたそうだ。礼金は、おそらく、三百両だ」

「三百両？」

「なぜ三百両かは、わからん。賭場の話が消えてから、朋輩が西尾から内密だぞと言われて聞いたのだから、確かだ。丹右衛門が、賭場を開く地面をお貸しいただけるのなら、斯く斯く云々の礼金をお支払いする用意がある、と言ったのだ。旗本屋敷なら町方に踏みこまれる心配がない。必ず儲かる。だから、自分も賭場に融資をして利息を稼ぎたいという者が、三百両を丹右衛門に預けたらしい。三百両もの礼金を、目の前にいきなり見せられたら、西尾の腹は決まるだろう」

「そうか。なるほど、三百両の融資ですか」

七蔵は、思わず呟いた。

「むろん、賭場の開帳が頓挫して、西尾は礼金を全額、丹右衛門にかえした。丹右衛門は融資した者に戻しているだろうがな」

「丹右衛門は戻さず、自分のこうむった損の穴埋めに使った。残りは自分のものにした。あの男なら、そういうことを、平気でやりかねません」

「もしも、その三百両が、御為替御用達両替商の嶋屋が、江戸城に収めるまでの節季払い、二季払いの猶予期間に運用する公金の一部だったとしたら、わずか三百両であったとしても、丹右衛門も融資した者も、ただでは済むまいな。嶋屋だとて、どのような咎めを受けるかわからない。そういう三百両だと知ったとしたら、丹右衛門は融資した相手と、どのように話をつけるかね」

「話などつけますかね」

「なら、口をふさぐかい。簀巻きにして、砂村新田沖に捨てるとか」

「久米さん、嘉助親分と樫太郎に、本所へ向かわせ、丹右衛門の周辺を探らせています。わたしもこれから本所へ向かい、嘉助親分らと合流します。惣三郎の亡骸が見つかったんです。一気に事態が進むかもしれません。ちょいと、騒がしくなるかもしれません」

「わかった。お奉行さまには伝えとく。人手はいるかい」

「それは、探索の進み具合によって、改めて知らせます」

久米は、ふむ、と頷き、尺扇を袴に差した。

「それと、久米さん、今ひとつ、お力を借りたいご相談があります」

立ちあがりかけた久米が、腰をおろした。

「じつは昨晩、お甲が八丁堀の屋敷にきましてね。ある敵討ちの話を始めたんです。父親の敵討ちです。敵討ちをするほうは、身支度を調えた侍が四人。屈強な男らだったようです。敵として討たれるほうは、亭主持ちで二人の幼い子を抱える出茶屋の女房です」

「ああ、聞いた。本所の外手町であった、昨日のかえり討ちの一件か。夕べは船手頭に会うために《し乃》へ早めに出かけたから、その話は今朝知ったよ。しかし、今朝は惣三郎の一件で一杯だったしな。結局、詳しくは聞いてない。ただ、屈強な侍四人が町家の女房ひとりを、父親の敵と討ち果たすのは、相当のわけありなんだろうな」

「しかも、侍四人を町家の女房ひとりが、かえり討ちにしました」

「侍四人が町家の女房ひとりにか。そんなことが、あるのか」

久米は掌に尺扇をあて、訝しそうに鳴らした。

「昼間の、大川端の敵討ちです。界隈の住人や大勢の通りかかりの前で、凄まじい斬り合いが始まったそうです」

「その敵討ちとお甲に、なんのかかり合いがあるんだい」

「お甲が、敵討ちが始まったとき、その出茶屋に居合わせました。一部始終を目《ま》のあたりにしたんです。出茶屋の女房は、おはやと言います。お甲は、おはやを助けてやってほしいと、言いにきたんです」

「もしかすると、おはやは元は武家の女か」

「そのようです。敵持ちの身でありながら、国元から江戸へ逃げてきて、出茶屋の亭主の女房に収まり、二人の子の母親になった」

「ふむ。敵討ちは藩の認可書があり、町奉行所にも届けが出してあったと聞いたぞ。正々堂々の敵討ちの末に、おはやが四人をかえり討ちにした。かえり討ちに遭った敵討ちは、二度は認められてはいない。かえり討ちにしたおはやが、罪に問われることはないが。国元で罪を犯していたなら、話は別だが」

「お甲は、おはやから子細を聞いております。どうやらおはやは、罪を犯した者として、藩からも追われているようです」

「罪を犯したおはやを、助けてやってほしいと、お甲は言うのかい」

「罪を犯したと言っても、罪にもいろいろありますから」

七蔵はさり気なく言った。

「ふん、萬さんらしいことを言う。よかろう。お甲がおはやを救いたいというわけを、聞かしてくれ」

久米が言うと、風が吹きつけて中庭の夾竹桃を騒がせ、内座之間の明障子を寒そうに震わせた。

二

午前の四ツすぎ、七蔵は紺看板に挟み箱をかつぎ、梵天帯には木刀を差した中間の堀助《ほりすけ》を従え、北町奉行所を出た。

今日はもう、白衣に黒羽織の定服である。

木枯らしの吹きすさぶ中、横川の入江町の自身番に着いたのは半刻後だった。

嘉助と樫太郎は、七蔵の到着を待っていた。

入江町は、竪川から横川に入る北辻橋《きたつじばし》から長崎橋《ながさきばし》とも呼ばれる北中之橋《きたなかのはし》にいたる、横川西河岸の町家である。入江町の南に横川の時の鐘屋敷があり、北側は長崎町にいたる。

自身番は西河岸地の物揚場のわきにあって、間口三間、奥行き五間半、部屋が六畳間の、町家にしては広い番所だった。

というのも、入江町の鐘つき堂の下から河岸通りにかけて岡場所があって、昔は局見世《つぼねみせ》ばかりだったのが、今では女郎衆の務め代が昼夜二分ずつの、吉原の遊女と変わりない見世もでき、裏路地が縦横《じゅうおう》に入り組み、女の数も千人を超えて、入江町の岡場所は本所一の遊里と言われていた。

客は、本所界隈の町人のほかに、物揚場の人足ら、本所の御家人や横川の東方に屋敷をつらねる諸大名の下屋敷の勤番侍らも多く、気の荒い侍同士のもめ事やごたごた、喧嘩が絶えず、自身番には、四、五人の当番と店番のほかに、町雇いの定番や書役も、常に三、四人は詰めていたからである。

嘉助は、七蔵が自身番の部屋に坐るのも待たず、気が急《せ》くように言った。

「お指図どおり、河岸通り一帯の訊きこみをしたところ、いい具合に、この入江町の女がそれらしき船を見かけたという話が聞けやした。昼見世の化粧をしなきゃならねえそうで、一旦、見世にかえしやしたが、今、女を呼びにやりやしたんで、すぐにきやす」

「そうかい。こっちも久米さんから、丹右衛門の旗本屋敷に賭場を開く目ろみが頓挫して、損をしたというあの話をだいぶ詳しく聞けた。親分が聞いた噂は、本途だった。旗本屋敷の賭場と惣三郎とのかかり合いが疑わしい、そういう裏事情もだんだんわかってきたぜ」

「おう、そうですか。となると、大詰めが近づいてきた気がしやすね。旦那、旗本屋敷の賭場と惣三郎とのかかり合いの事情というのを、聞かせてください」

「ふむ。惣三郎の例の三百両の件だがな……」

七蔵が嘉助と樫太郎に話していると、鐘つき堂の鐘が午の九ツを報せ、それからほどなく、戸外の玉砂利に下駄を踏む音がして、店番にともなわれた白粉の濃い女が姿を見せた。

山吹の襲色目《かさねのいろめ》を着けた女が、爪紅《つまべに》をつけた素足で自身番の部屋にあがると、脂粉と紅の香が、自身番の男ばかりの六畳間にたちこめた。当番や店番が見守る中、女は定服の七蔵と向き合って手をつき、

「春本屋《はるもとや》のかいと申します。お役目ご苦労さまでございます」

と、島田に結った髪をゆらした。

「おかいさん、こちら北町の萬さまだ。さっき、あっしらに話したことを、もう一度、旦那に話してくれるかい」

嘉助がおかいを促した。

「春本のおかい、萬だ。よろしくな。おまえ、船を見たんだってな」

七蔵は、早速きり出した。

「はい。嘉助親分に訊ねられて、ああ、あれかなと思い出して、先だって見かけた船のお話をしました」

「先だってというのは、いつごろのことだい」

「六日前の夜更けです。夜の四ツがすぎていたころだったと思います。そこの河岸通りの鐘つき堂の手前で、見かけました。鐘つき堂まで、お客さんを見送ったんです。鐘つき堂の手前までしかいけないんです。それ以上足をのばしたら、ご主人に叱られます。お客さんを見送って戻りかけたら、長崎橋のほうから、北辻橋のほうへいく船を見かけたんです」

「夜更けの四ツすぎか。六日前ってえことは、今日で七日目だな」

おかいは、白く細い指を折って少し考えてから、

「そうです。今日で七日目です」

とこたえた。

「どんな船だった」

「よく見かける、荷船です。ここら辺の河岸場に沢山泊まっている、普通の。筵《むしろ》をかぶせた荷物が、さなに寝かせてあって……」

「筵をかぶせた荷物が、さなに寝かせてあったんだな。船に乗っていたのは、船頭ひとりかい。それとも、何人かがいたのかい」

「艫の船頭さんが櫓を漕いで、ひとりが棹を突いていました。舳の人が提灯で川

筋を照らしていて、船荷のそばにもひとり坐っていました」

「すると、四人、乗っていたってことか。みな男かい」

「はい。四人とも手拭で頬かむりをしてましたけど、みな男です」

「おかいさん、そのひとりがおかいさんの馴染みだったんだろう」

嘉助が口を挟んだ。

「以前、春本屋にあがったことのあるお客さんでした。名前は三五郎《さんごろう》さんです。吉田町の丹右衛門親分さんの身内で、まれに春本屋にきて、馴染みというほどではありませんけれど、あっしが務めたこともあったんで、覚えていました。ここ二月《ふたつき》ほどきてないんで、三五郎さんじゃないの、ここんとこお見限りねって、河岸通りから声をかけたんです。そしたら、四人が吃驚したみたいにこっちを見て、提灯の明かりしかない暗がりでも、恐い顔で睨まれたのがわかったんで、それきりでした」

「三五郎は何か、言いかえしてきたかい」

「何も。三五郎さんは知らんぷりで、たぶん、あっしなんか、覚えていなかったんでしょうね。船はそのままいってしまいました。何さって、思いましたから、あっしは覚えています」

「ほかの三人も、丹右衛門の身内なのかい」

「三五郎さんしか、知りません」

「船は横川を真っすぐいったかい。それとも、竪川へ曲がったかい」

「北辻橋をくぐってから、竪川を四ツ目之橋のほうへ曲がっていきました。そっから先は……」

おかいは、黄と下が緑の襟元から伸びた白い首をかしげた。

「旦那、竪川を真っすぐ漕ぎ進んで、中川《なかがわ》へ出る。あるいは、竪川から横十間川《よこじっけんがわ》へ折れ、次の小名木川《おなぎがわ》を横ぎって岩井橋《いわいばし》をくぐり、八右衛門《はちえもん》新田の用水を通って中川へ出れば、砂村新田沖まで目と鼻の先でやす。新田の用水を使えば、小名木川の中川口の船番所を通らずとも、中川へ出られます」

「夜更けの用水なら、人目にもつかねえしな」

七蔵は腕組みをして言った。

それから、おかいを引きとらせ、七蔵はしばらく考えた。

自身番の当番と店番、定番、嘉助、樫太郎、中間の堀助も七蔵を見守っていた。

横川の川面を走る冷たい北風が、自身番の腰高障子を、がたがた、としきりに鳴らしている。

嘉助が、七蔵の考えを察したかのように言った。

「旦那、次はあれですか」

七蔵は腕組みの恰好をくずさず、顎の無精髭を掌でなでた。

「そうだな、親分。そういうことなら、あとは丹右衛門にもう一度、話を聞くしかねえだろう。それから、手下の三五郎の話もな」

「それしか、ありませんね」

「南茅場町《みなみかやばちよう》の大番屋《おおばんや》まで、丹右衛門と三五郎にきてもらおうじゃねえか」

「承知しやした。御番所の捕物出役を待ちやすか。それとも……」

「捕物出役は日が暮れてからだ。ここで日暮れまで待つのは、じれったい。それに、丹右衛門は油断のならねえ男だ。惣三郎の骸が見つかったことを知って、案外、江戸をずらかる算段を廻らしているかもな。それも気にかかる。おれたちでやれねえか」

「なら、すぐに人手を集めて、丹右衛門の店の周辺を見張らせやす」

「どれぐらい集められる」

「六人か七人、そろえやす」

「それにおれたちが四人」

七蔵は、嘉助から樫太郎と中間へ向き、自身番の町役人らを見廻した。

「町役人さんらも、後づめで手を貸してもらえるかい。相手は吉田町の貸元・丹右衛門と手下の三五郎だ。丹右衛門と三五郎は、知ってるな。荒っぽい手を使う事態になるかもしれねえ」

「承知いたしました。至急、人手を集めます」

年配の当番が、張りつめた顔つきを見せた。

「いや。騒ぎが大きくなって、丹右衛門に気づかれてはまずい。この人数と嘉助親分の集める者らで乗りこむ」

すると、定番のひとりが、「あの、お役人さま」と七蔵に声をかけた。

「うん？　なんだい」

「吉田町の丹右衛門の賭場は、横川の永隆寺と大法寺、中ノ郷の延命寺にございます。丹右衛門は昼の八ツすぎ、手下を三人ほど引き連れ、永隆寺と大法寺、それから中ノ郷の延命寺に廻って賭場を見廻り、夕暮れどきに吉田町の店に戻ってくる日課を、毎日繰りかえしております。雨が降っても雪が降っても、今日のような風の日でも、必ず見廻りに出かけます。丹右衛門は物騒なやくざですが、あれで案外、まめな性分の男でございます。法恩寺橋《ほうおんじばし》界隈の者らは、毎日、ほぼ同じ刻限に丹右衛門と手下らを見かけますので、みな知っております。たぶん、右腕の三五郎も連れていると、思われます」

「八ツすぎに、手下を三人ほど連れてか。八ツまで半刻余だ。嘉助親分、手下が三人ほどというのは、邪魔が少なくて都合がいいな」

「いいですね。狙い目ですぜ」

「丹右衛門らは、法恩寺橋を渡って、賭場へいくんだな」

「はい。普段と変わりなければ。今日はこの風ですから、法恩寺の参詣客も少ないと思います」

定番はこたえた。

「よし、決めた。親分、樫太郎、丹右衛門と三五郎を法恩寺橋でふん縛《じば》るぜ」

「承知。樫太郎、支度にかかる。いくぜ」

「合点だ」

嘉助と樫太郎が自身番を飛び出していった。

法恩寺橋は、清水町《しみずちよう》と新坂町《しんさかちよう》から南本所出村町《でむらちよう》へ東西に渡す、横川に架かる橋である。横川の東西両岸から、袖の土手が川中へせり出し、長さ七間（約十三メートル）、幅二間の反《そ》り橋である。

法恩寺橋を南本所出村町へ渡った先に、堀を廻らした古刹《こさつ》の法恩寺がある。

冷たい北風が横川の川面を、ささくれだった波をたてて吹きすぎ、法恩寺橋をうなりながらくぐり抜けていった。昼下がりの陽射しと空は、風にまきあげられた砂で黄色く見えた。

この風で、橋の人通りは目だたず、川を往来する荷船も、風が収まるのを待って清水町の河岸場に船を泊めていた。河岸場の船寄せに並んだ船が、川波にゆられて船縁をぶつけ、年寄の小言《こごと》のような音をたてていた。

法恩寺橋西の清水町の河岸地に自身番があって、七蔵と紺看板に梵天帯の中間の堀助、入江町の年配の当番に率いられた店番ら町役人が五人。また清水町の町役人らも捕物の助っ人に加わって、こちらは四人。みな三つ道具などの得物を手にして、自身番に身をひそめて丹右衛門らを待ちかまえていた。

また、入江町の定番の三人が、清水町の河岸場の船に乗りこんで、丹右衛門らが横川へ飛びこんで逃走を図った場合に備えていた。

嘉助と樫太郎、そして嘉助がそろえた総勢九人は、法恩寺橋東詰の出村町側にある橋番屋《はしばんや》に身をひそめていた。

風で人通りの少ない所為か、法恩寺の烏が横川へ飛んできて、川縁の餌を漁《あさ》って法恩寺橋の周辺を、賑やかに飛び廻っていた。

とき折り、突風のように吹く風が、法恩寺橋の欄干《らんかん》に止まった烏の羽を、虫がたかっているかのように震わせていた。

八ツ近くになり、吉田町の丹右衛門の店を見張っていた男が、清水町の自身番へ知らせにきた。

「丹右衛門と三五郎、それに手下が二人、店を出てこちらに向かっておりやす」

「承知した。橋番屋の嘉助親分らにも伝えろ。走るんじゃねえぞ。気づかれねえようにな」

見張りは、身をすくめて風に吹かれながら、法恩寺橋を渡っていった。

「手はずどおり、おれと堀助が前へ出る。町役人さんらは、橋の袂《たもと》を固め、ぴしゃっと蓋をしてくれ。通りかかりがいたら、それが通りすぎるまで、丹右衛門らに手は出さねえ。いいな」

町役人らは、気を昂《たか》ぶらせた様子で頷いた。

「堀助、おれの後ろを頼むぜ」

「はい。お任せを」

堀助は、気が張っている所為か、肩で息をしていた。

腰高障子の隙間から橋の袂を見守っていると、やがて、草履を荒っぽく擦る数人の足音が近づいてきた。

七蔵は、黒羽織をとって子持ち縞の白衣を尻端折りにし、腰の二刀に並べて差した朱房《しゅぶさ》の十手《じって》を、帯の後ろに差しなおした。

「見えました。四人です」

堀助が言った。七蔵は戸の隙間から確かめた。

「あれだ。いくぞ」

七蔵と堀助が先に出て、侍と供の中間が河岸通りをのどかにゆくような突き袖の恰好で、法恩寺橋のほうへとった。

丹右衛門と手下らは、橋の袖から法恩寺橋に差しかかっていた。

焦茶《こげちゃ》の着流しに濃鼠《こいねず》の羽織を羽織っていて、裾が風になびく羽織からぼってりと腹を突き出して、悠然と歩んでいた。

三人の手下らは、それぞれ、縞や黒の半纏を羽織っていた。

丹右衛門らは、七蔵らが後ろから橋のほうへくるのを、まったく怪しんでいるふうではなかった。橋板に雪駄を鳴らし、反り橋をのぼっていくと、橋の欄干に止まっていた烏が、慌てて飛びたった。

幸い、丹右衛門らと、あとからいく七蔵と堀助のほかに、法恩寺橋の通りかかりはなかった。

七蔵と堀助は、丹右衛門らのあとから橋に差しかかった。

「丹右衛門、賭場の見廻りかい」

三間ほど後ろから、橋の天辺《てっぺん》に差しかかった丹右衛門に声を投げた。

丹右衛門と三人の手下が歩みを止め、ふりかえった。

「誰だ、てめえ。気安く声をかけやがって」

羽織の裾を風になびかせ、丹右衛門が喉のたるんだ肉を震わせた。

「なんでえ、さんぴん」

手下のひとりが、着流しの身頃をたぐりあげて臑毛を見せ、身体をゆすって進み出てきた。

「昨日、あったじゃねえか。もう忘れたかい」

七蔵が手下ごしに言葉を投げると、丹右衛門は太い首をかしげ七蔵を睨んだ。

「ああ、てめえ、亀島川の七蔵か」

「思い出したかい。安心したぜ。おめえが通りかかるのを、待っていた」

「てめえ、何もんだ。侍みてえに、二本なんぞ差しやがって」

「そうさ。これでも二本差しなんだ。ほんの端くれだがな。こういうもんだ」

と、帯の後ろから朱房の十手を抜いた。

続いて、堀助が梵天帯の木刀を抜き、わきに身がまえた。

手下らが、丹右衛門の左右へ慌てて退きさがった。

「ちくしょう、て、てめえは、町方の腐れだったか」

丹右衛門が喚いた途端、河岸地の自身番から、突棒、刺股、袖搦、六尺棒《ろくしゃくぼう》などを手にした七、八人が次々に走り出てきて、七蔵と堀助の背後の西詰をふさぐように固めた。また、清水町の河岸地に泊めていた、定番らの乗りこんだ船が、艫の船頭が棹を突き、波のささくれだった川中へ乗り出した。

定番らは六尺棒を携え、ひとりは漁師のような網を抱えていた。

一方、法恩寺橋東詰の橋番屋からは、嘉助と樫太郎を先頭に、これは総勢九人が六尺棒や木刀、竹棒を手にし、ばらばら、と足音をたてて橋の袂に群がった。

嘉助と樫太郎は、鍛鉄《たんてつ》の黒十手をにぎっていた。

「お、親分、こっちにも、きき、きやした」

手下のひとりが、うろたえて言った。

「丹右衛門、久しぶりだな。おれを覚えているかい」

嘉助が袖をまくりあげて、威勢よく言った。

「そうか。腐れのけつを舐め廻っていやがる、犬の嘉助か」

「思い出してくれて、嬉しいぜ。おめえに話を訊かなきゃならねえ御用があるんだ。それと、そっちの三五郎、おめえにも御用がある。大人しくしやがれ」

「な、なんだと」

三五郎が懐に手を入れた。

「くそ。慌てんじゃねえ。腐れ、おれが何をしたってんだい。ご禁制の賭場が気に入らねえのかい。冗談じゃねえぜ。賭場ぐれえ、江戸中、どこにでもあらあ。いいか。うちの賭場にはな、幕府のお歴々《れきれき》もくるんだ。まずは、そっちからふん縛りやがれ」

「心配すんな。賭場のとり締まりじゃねえ。昨日、言ったろう。おめえに訊かなきゃならねえのは、嶋屋の惣三郎の身に何があったかだ。丹右衛門、惣三郎はおめえの賭場を出てから、姿を消した。おめえの賭場を出てから何があったか、洗いざらい、ぶちまけたらどうだい」

「しゃらくせえ。惣三郎の間抜けがどこへ消えようが、おれの知ったことか。知らねえもんは知らねえと、ほかに言いようがねえだろう」

「知らねえのはそれだけかい。いいか。惣三郎の骸がな、今朝早く、砂村新田の海辺に打ちあげられたぜ。息の根を止められてから簀巻きにされて、おそらくは中川から沖に運ばれて、捨てられたんだ」

丹右衛門の顔に、一瞬、驚きの表情がよぎった。

「丹右衛門、おめえ、それも知らなかったのかい。耳が遅いぜ」

七蔵は、丹右衛門と並んだ三五郎を、十手で指した。

「おいそこの、おめえが三五郎か。おめえ、惣三郎の亡骸を中川から砂村新田沖へ、運んだんじゃねえのかい。おめえ、見られたんだぜ。横川で簀巻きにした惣三郎の骸を船に乗せて、運んでいるところをだ。どうやって中川へ出て、沖へ運んだか、番所にしょっ引いて、事細かに何もかも白状させてやる。少々、痛え目に遭うだろうがな」

「そうはいくか」

三五郎が甲高く叫んだ。真っ先に、懐に呑んでいた匕首《あいくち》を抜き、遮二無二《しゃにむに》ふり廻しながら、反り橋を東詰へ走りおりた。

「ひっ捕えろ」

七蔵は、丹右衛門を目指して駆け始めた。

堀助が、七蔵の後ろから木刀をかざして追いかけた。

丹右衛門も匕首を抜き放ったが、二人の手下らは七蔵を恐れ、三五郎とともに嘉助と樫太郎へ突進した。

三

樫太郎が三五郎と最初にぶつかった。

「どけえっ」

三五郎は逃げる一心に違いなかった。樫太郎へ遮二無二に匕首をふるい、怯んだ隙にあとの雑魚《ざこ》を蹴散らして、逃げ道をきり開く腹と思われた。

だが、樫太郎は匕首を十手で、かちん、と激しく払った。素早く十手をかえして、三五郎の額をしたたかに打ちすえた。

顔をそむけながらも、三五郎も負けずに樫太郎の腹を蹴り飛ばした。

樫太郎がよろめいて退《さ》がったところへ、樫太郎に代わって、二人が三五郎へ、わあわあ、と喚きつつ竹棒の雨を降らせた。

三五郎は、少々の打撃は浴びても逃げ道さえきり開けばと、懸命に左右へ払いながら逃れようとしたが、竹棒に打たれ、たちまち顔中血だらけになった。

堪えきれず後退しながら、竹棒のひとりの肩を匕首で疵つけた。

一瞬、打ちかかる手がゆるんだ隙を突き、橋の欄干へとりすがって横川へ身を投げようと図った。

三五郎の体軀が、欄干を軸に回転して落下しかけた。

そこへ、追いすがる樫太郎が欄干から身を躍らせ、三五郎の首筋へ猿のようにしがみついた。

「わあ」

からまり合った二人の身体が、川面に叩きつけられ、けたたましい水飛沫をたてた。

「樫太郎っ」

仲間らが、次々と横川へ飛びこんだ。定番らを乗せた船が、落ちたぞ、落ちたぞ、あそこだ、と騒いで波を蹴たてた。

鳥がその上をしきりに飛び廻り、鳴いている。

それよりも早く、七蔵は丹右衛門へ迫り、丹右衛門も匕首をふり廻し、破れかぶれの捨て鉢という体で、七蔵へ斬りつけた。

七蔵の十手が、丹右衛門の匕首をはじきかえした。

「大人しくしやがれ」

と、十手をかえし、丹右衛門の肉の盛りあがった肩に叩きこんだ。

丹右衛門はものともせず、肥満した身体に似合わぬ敏捷《びんしょう》な動きで、再び七蔵へ斬りつけにかかる。

七蔵は身を反らせ、ぶん、とうなる匕首に空を斬らせた。

すかさず、丹右衛門が匕首をかえしてふりあげた瞬間、嘉助の放った北町の白い捄縄が、丹右衛門の手首にからみついた。

嘉助は、三五郎と二人の手下を樫太郎らあとの者に任せ、ひたすら丹右衛門に向かって東詰より走りあがっていた。若いときから、捄縄は得意だった。

「御用だ」

丹右衛門の手首に、くるくるとからみついた縄を、勢いよく引いた。

「ああっ、腐れ犬め」

丹右衛門が匕首をにぎった右手を引かれ、怒りに顔を歪めて罵《ののし》った。

そのこめかみへ、七蔵は十手を叩きつけた。丹右衛門は顔をそむけたものの、

すぐに丸太並みの太い左腕をふり廻し、

「野郎っ」

と、七蔵の顔面をかすめるように払った。

「やるじゃねえか」

言いながら、二打目の十手を浴びせた。

丹右衛門は苦痛の声を堪らず放ち、七蔵の手首をかろうじてつかんだ。

七蔵は手首をつかませたまま、片方の手を丹右衛門の太い腕に巻きつけ、抱きかかえるようにひねり潰しにかかる。

一方の丹右衛門の右腕を、嘉助が巻きとり、これもねじりあげた。

左腕を七蔵、右腕を嘉助に骨が軋《きし》むほどに締めつけられ、丹右衛門は絶叫を甲走らせた。しかし、なおも倒れず、二歩三歩と反り橋を下ってよろめいた。

そこを、七蔵に足をからめられ、四歩目は宙に浮いて、橋板が震えるほどの勢いで倒れこんだのだった。

西側の橋詰を固めていた町役人らが、風の中に喚声をあげた。その後ろに、騒ぎを聞きつけた野次馬が集まっていて、これも一斉にどよめいた。

東詰のほうでは、丹右衛門の二人の手下が、嘉助の集めた気の荒い男らに痛めつけられ、か細い泣き声をもらしていた。

「もうその辺にしとけ」

嘉助が、丹右衛門の上になって右腕をねじった恰好で、男らに言いつけた。丹右衛門は倒れてもまだ、嘉助と七蔵を払いのけようと、喚きつつもがいていた。

ただ、匕首はもう落としていた。

「堀助、丹右衛門を押さえろ。親分、丹右衛門を縛れ」

七蔵が堀助と嘉助に命じた。

「合点だ」

嘉助は丹右衛門の腕を後手にして締めつけ、七蔵に代わって丹右衛門に覆いかぶさった堀助が、丹右衛門の左腕を思いきり背中へねじった。

「あ痛、あたたた……」

丹右衛門の悲鳴が続いた。

七蔵は跳ね起き、欄干から横川へ身を乗り出して叫んだ。

「樫太郎、樫太郎はどこだ」

ちょうど、三五郎がぐったりとして、船に引きあげられたところだった。

三五郎を押しあげた三人の男らが船端に浮かんでいて、橋の上の七蔵を見あげた。その中の樫太郎が、七蔵に言った。

「へい、旦那。あっしはここです」

吹きつける風にも負けず、黄色い空を背に何羽もの鳥が飛び交い、なおも鳴き騒いでいた。


それからほどなくして、横川の北の業平橋《なりひらばし》のほうから漕ぎ進んできた一艘の茶船《ちゃぶね》が、まだ捕物騒ぎの余韻《よいん》が収まらない法恩寺橋をくぐった。

艫の船頭は、紺木綿の綿入れの半纏を細紐で何重にも締め、下は黒の胴着、股引に黒の脚絆、素足に草鞋履き、月代を伸ばし放題の頭を頰かむりに拵えて、清水町の河岸通りの人だかりを見やりつつ、櫓をゆるやかに漕いでいた。

船頭は、川筋を吹き荒《すさ》ぶ冷たい木枯らしや、ささくれだった波で船がゆれるのも気にするふうはなく、こけた頰と高い頰骨の上に光るきれ長な険《けわ》しい目を、河岸通りを縛られて数珠《じゅず》つなぎになっていく四人の男らと、黒羽織の定服を着た背の高い同心へ向けていた。

船頭は、縄を受けて歩む男のひとりが、吉田町の貸元・丹右衛門とわかって、小さな驚きを覚えていた。

「ほう、丹右衛門にも年貢の納めどきがきたわけか。丹右衛門ほどの男を昼日中《ひるひなか》に縛りあげるとは、あの同心、相当の男と見える」

男は櫓を操りつつ、呟いた。

河岸通りにも、船がくぐったばかりの法恩寺橋にも、見物人がだいぶ集まっていた。砂ぼこりを巻きあげた黄色い空に、鳥の黒い影が舞っていた。

男の船には、衣服をつめた大きな柳行李《やなぎごうり》が二つ、並べてある。

男の生業は悉皆屋《しっかいや》だった。

悉皆屋とは上方で盛んになり、染屋《そめや》とも言った。

着物の染色、染返し、洗張《あらいは》り、湯通し、幅出し、しみ抜き、防水、紋描《もんがき》、など衣服を調える一切を請け負う稼業だった。

男は、本所の竪川と横川、深川の小名木川沿いの岡場所や色茶屋、町家の芸者らに得意先を持ち、毎日、「お召物のご用はございませんか」と、その茶船で川沿いの得意先を廻っていた。

男の名は、百次《ももじ》、と言った。歳のころは三十代の半ばを三つ四つすぎて、四十歳に近かった。

百次の生国やいつごろ江戸に出てきて悉皆屋をはじめたのか、それを知る者は、得意先の中にいなかった。ただ、仕事が丁寧で腕がいいという以外、誰も百次の詳しい素性を知らなかった。

百次の船は清水町をすぎ、長崎町と津軽《つがる》家下屋敷の間を渡す長崎橋とも呼ばれる北中之橋、さらに漕ぎ進んで北辻橋をくぐったところから竪川を東へ折れ、新辻橋をすぎた。

竪川沿いに、北側の柳原町、茅場町に差しかかり、四ツ目之橋、横十間川もすぎて、五橋町《ごのはしまち》の五ツ目之橋の船着場に船をつけた。川の南岸は、深川の広大な木置場ができる以前からの木置場である。

五ツ目之橋を中心に、南北に五ツ目通りが亀戸村や小梅村《こうめむら》、柳島村《やなぎしまむら》を通っているが、五ツ目之橋は貞享《じようきよう》元年にとり払いになっており、橋の名前だけが残って、今は船渡しである。

五ツ目通りを南へとれば、亀戸村の五百羅漢《ごひやくらかん》寺にいたり、周辺は竪川沿いの町家をのぞけば、のどかな百姓地が広がっている。

百次は船着場に船をくりつけ、大きな柳行李を長い手で支えて両肩にかつぎ、土手道にあがった。土手の道端に日本橋よりの一里塚《いちりづか》がたてられ、《五ツメはし東はしもおささくらみち》と記してある。

柳行李を両肩にかつぎ、背の高い頑丈そうな身体をややかしげ、百次は五ツ目通りを半町ほど北へとった。そして、そこから東方の亀戸村と五橋町の境の往来へ曲がった。

すぐに、町家と往来を挟んで市橋《いちはし》家、岩城《いわき》家、立花《たちばな》家の下屋敷の土塀が続き、屋敷地をすぎると、北側に亀戸村の田畑がはるばると広がり、南側の竪川沿いの町家の途ぎれた場末にいたった。

亀戸村の田畑に午後の西日が降り、ぼんやりと霞んだ冬空に風がうなっていた。敷地を隔てる垣根もなく、欅《けやき》やすだ椎《じい》、楢などの茶色い葉をわずかに残しただけの雑木林に囲まれた、百姓家ふうの茅葺の切妻屋根が、木々の間に見えていた。

百次は往来から、風にゆれる雑木林の細道へ踏み入った。枯れ葉を踏んで四半町ほどいくと、林の中に、百姓家の主屋と矩形に戸前の明地を囲んで、大きな二階家ほどの納屋《なや》が建っていた。

百姓家も納屋も、古びた茅葺屋根の建物だった。

百次は迷いなく、両肩の柳行李を納屋へ運んでいった。

納屋の重たげな樫の引戸を引くと、つん、と鼻を突く染料の臭いがした。納屋は広い土間になっていて、染料を入れていると思われる桶《おけ》や空の大きな盥《たらい》が、壁ぎわに並び、着物を解いた布地を洗張りした板が何枚も凭《もた》せかけてあった。一角には、布地の湯通しのための大鍋をかけた竈も見えていた。

樫の木戸の正面に、段梯子が天井の切落し口にかかっていた。切落し口には天井の上の部屋へ開く蓋が覆っていて、上の部屋からは引き開けられぬように、分厚い閂がかけられていた。

男は二つの柳行李を土間の隅に重ねると、頬かむりの手拭をとり、半纏を締めつけた腰ひもに挟んだ。

長くのびた月代が、男の額にかかっていた。頬がこけて日に焼けた浅黒い顔はどこかしら空《うつ》ろに見え、ただ、強く結んだ唇が何かの痛みを堪えているかのように、異様に歪んでいた。高い頬骨の上に光る目は、きれ長で大きく鋭かったが、ひと重のこれは拵え物のような冷めた光を湛《たた》えていた。

背は高く手足も長かったが、柳行李の荷物をおろしても、のばした身体は左に少し傾いて、男の内面を少々歪《いびつ》に見せていた。

それから、段梯子に戻って梯子を苦しげに軋《きし》らせ、ゆっくりとのぼった。切落し口の蓋の閂をはずし、上へ開いた。明かりとりの両開きの板戸を閉じた隙間から、一条の外の光が射しているものの、部屋は暗く、この屋根裏部屋には薬種問《やくしゅ》屋に似た乾いた臭気《しゅうき》がこもっていた。

朝からの風が、明かりとりの板戸を、がた、がた、と叩き続けていた。

百次は部屋にあがり、切落し口の蓋を閉じた。

暗い部屋の中には、幅出しの伸子《しんし》をつけた着物の布地が、壁と壁の間に、いく枚も張り渡してあった。隙間から射すほんのひと筋の光を頼りに、布地をひとつひとつくぐって、屋根裏部屋の床板を鳴らした。

すると、部屋の一角にうずくまった影が、怯えたように動いた。影の動きに併せて、鎖が重たげな音をたてた。

百次は怯えた影の前まできて歩みを止め、冷やかに凝っと佇んだ。

だんだん、暗がりに目が慣れて、猿轡《さるぐつわ》を咬まされ手鉄《てがね》に縛《いまし》められた女が、百次を怯えた目で見あげていた。女の手鉄は、隅の板壁に太い鎖でつながれていて、その鎖が、女が動くたびに、壁板に触れ、床板を冷たく擦った。

「お滝、大人しくしてたか」

百次の潰れた声が、暗がりをかきむしるように流れた。

猿轡を咬まされたお滝は何も言えず、ただ怯えて部屋の片隅へ身を縮め、鎖が床に擦れてくぐもった音をたてた。

「もうだいぶたった。そろそろおまえをどうするか、決めねばな」

潰れた声が言い、お滝の怯えた呼気が逃げまどうように乱れた。

「雪隠《せっちん》に連れていってやる。ここはお客さまの大事な衣服を綺麗に甦らせる仕事場だ。薄汚い夜鷹のおまえに、汚されては堪らん」

潰れた声が、喉を引きつらせて笑った。

鎖を重たげに鳴らし、手鉄の錠をはずした。

「立て」

百次の長い指が、お滝の細いうなじを鷲づかみにして、立ちあがらせた。

お滝は、首をすくめて苦痛にうめきながらも、倒れまいとよろける身体を支えた。倒れたら、長い逞しい足で立ちあがるまで、容赦なく蹴りつけられた。

百次は痛めつけるためだけに、お滝をかどわかした。ただ、女の身体を痛めつけて、怒りと憎悪と恨みを吐き出すために、お滝はこの納屋に閉じこめられ、今日でもう九日目になる。

自分はこのまま、いつか殺される。

お滝には、男の激しい怒りが、身体の皮を剝《は》がされるように、ひりひりと感じられた。気が狂いそうなほどの恐怖に、日夜、苛《さいな》まれていた。

四

お甲と丸之助は、嶋屋の惣三郎の亡骸が、簀巻きにされて砂村新田の海辺に打ちあげられた同じ日の午前、浅草、新堀川沿いの裏店に住む、初老の眼鏡売りの行商を訪ねていた。

行商は、若いときに女房に先だたれ、子もなく、独り身のまま初老となって、新堀川沿いの裏店に住んで、もう三十年以上がたっていた。

名を徳助《とくすけ》と言い、藪の内で務めるお滝の、ただひとりの馴染み、と言ってもいい男だった。

徳助は、藪の内で見覚えのある丸之助と、見知らぬお甲の奇妙なとり合わせがいきなり訪ねてきて、初めは訝ったが、お滝の行方が知れなくなり、今日で九日目になる事情を知ると、ひどく顔を曇らせ、お甲と丸之助をあがらせた。

四畳半一間に小さな土間のある、割長屋の粗末な裏店だった。

徳助は二人に熱い番茶をふる舞ってから、言い始めた。

「大体いつも、浅草界隈から吾妻橋を渡って中ノ郷や、横川より西のお屋敷地を売り廻っているんだが、藪の内の近くを通りかかったときは、希に、一切り二朱で遊ぶようになった。あんたのおかみさんの……」

と、徳助は丸之助に笑いかけた。徳助は、ふせぎ役のお泉と丸之助が、歳の離れた夫婦であることを知っていた。

「お泉さんに老視の眼鏡を売ったときに、いい妓《こ》がいるから遊んでいきなよ、と勧められて、遊び始めたのがきっかけさ。中ノ郷の瓦職の客に、藪の内は本所のお武家屋敷のお内儀が、こっそり通いで務めていると聞いて、気になっていたんだ。おれみたいな行商が訪ねたお屋敷の、普段は淑《しと》やかなお内儀さまが、藪の内の長屋では、客相手に乱れていると思うと、そそられてね。それに、長いこと独り身を続けていて、この歳になってもやっぱり寂しくてな。人恋しくなって、希に、女の肌に触れてみたくなるのさ」

徳助のしみじみとした口ぶりが、裏店のちょっと湿り気のある侘《わび》しい住まいに、しっくりと溶け合っていた。

「徳助さんは、お滝さんを知っていたんですね。三ツ目通りの遠山さまの……」

お甲が確かめると、徳助はわけ知り顔をお甲へ寄こした。

「すぐに気づいたさ。何しろ、眼鏡売りは人の顔をまじまじと見るのが商売だからね。前に、遠山さまのご隠居に、老視の眼鏡を売ったことがあった。代金をいただくとき、お滝さんが恥ずかしそうに、少し負かりませんか、と言ったのを覚えているよ。こういうお屋敷に暮らしていても、台所の事情は案外苦しいんだなと思った。だから、ちょっとだけ負けてやった。気は心さ。お滝さんは、あんたのように器量よしじゃないが、ちょっと男好きのする色気があってね。三ツ目通りのお内儀さまだと、気づいたときは驚いた。お滝さんも、あのときの眼鏡売りと気づいて、どうかこのことは誰にも内緒にしてほしい、と頼まれたのがきっかけで、お滝さんの馴染みになった。というか、藪の内で遊ぶときは、必ずお滝さんだった。言うまでもないが、お滝さんに頼まれなくても、そんなことを他人に話す気はなかったさ」

徳助は、物憂げなため息を吐いた。

「そうかい。驚いたな。お滝さんが行方知れずになって、今日で九日目かい。御番所には届けたのかい」

それができなくて、お甲がふせぎ役のお泉に頼まれた経緯を話すと、

「遠山家にしてもご禁制の藪の内にしても、もっともな事情はわかるが、やばい

ぜそれは。危ねえぜ。もしものことがあったら、どうするんだい」

と言った。

「お滝さんの行方知れずに、かかり合いがなくてもいいんです。徳助さん、心あたりとか、ほんのわずかでも、気になることとか、心に引っかかっていることとか、あったら聞かせてくれませんか。なんでもいいんです」

「ほんのわずかでも、気になることねえ」

風が路地のいき止まりにぶつかって、古い裏店を瘧《おこり》に罹《かか》ったように震わせた。

「この前、藪の内にいったのは、その三、四日前だ。これでも、お滝さんの馴染みのつもりだからね。一切り二朱の、ほんの束の間のお楽しみさ。そのとき、珍しく、お滝さんが言ったんだ。暮らしがちっともよくならない、こんなことをいつまで続けなきゃいけないのかって、可哀想に、途方に暮れた様子だった。昼夜直しの泊まりもいいんですよ、夫も妻を岡場所で務めさせることに、もう慣れましたから、と言うんだ。人のことは言えねえが、気の毒に思えてね。次は金を溜めて、昼夜直しでゆっくりするぜ、と慰めてやった。慰めになったかどうか、わかんねえが」

徳助は、どうでもよさそうな笑みを見せた。

「それで、そんな話をしたときに、お滝さんが、ちらっともらしたんだ。横川でお客をとったことがあるって……」

「横川で？　それは藪の内の馴染みのお客さんと、横川のどこかの茶屋で、逢引きしたってことですか」

「そうじゃねえ。秋の中ごろの夕暮れに、藪の内からの戻りに横川の河岸通りを通ったとき、物揚場の船寄せにつないだ荷船に、船人足風体の男がひと仕事を終えたあとのくつろいだ様子で、煙管を吹かしていたそうだ。日が暮れかかって、人の顔もわからねえほど暗く、河岸通りの店は板戸を閉じて、通りかかりもなかった。たぶん、船人足はたまたま通りかかったお滝さんを、からかうつもりで声をかけたんだろう。姐《ねえ》さん、いくらで遊ばしてくれるんだいって。普段は相手にしないのに、ふと、お滝さんは戯れに百文なら遊ばしてやるよ、と言った。船人足が、夜鷹の相場は三十二文じゃねえのかいって、いいかえしたら、わたしは武家の女房だよ、そこら辺の夜鷹と一緒にしないでおくれって、つい言ってしまったんだと。そしたら船人足が、いいぜ、本途に武家の女房なら、百文を出してやる、金はあるぜ、と巾着《きんちゃく》をふって見せた。お滝さんの足が止まったのは、今、百文があればと、つい思ったからだ。つい思ったことから始まって、そうなった。

お滝さんは、河岸通りから船寄せに降りて、荷船のさなに横たわって、筵をかぶって百文を稼いだそうだ」

お甲と丸之助は、顔を見合わせた。

「お滝さんは、船人足から百文をせしめたことに味を占めた。それからほんの数回だが、横川の河岸通りで、百文を稼いだらしい。たった百文で、なんだか、自分を無性に貶《おとし》めたくなったとも言ってた。お武家もおれみてえな行商も、貧乏は同じように哀れなんだなと思ったよ」

「お泉が知ったら、折檻《せっかん》ものだな」

丸之助が、冷めた口調で呟いた。

すると、徳助が丸之助を見て笑った。

「そんなことをされちゃあ、ふせぎ役のしめしがつかねえからな」

「横川の河岸通りは、通いのお滝さんが、藪の内からの戻りに、とき折り通っていた道です。ご主人に持病があって、薬を買うために、長崎町の医師のところに寄っていたんです」

お甲は、可哀想に、という言葉を呑みこんだ。

「それで、お滝さんの行方が知れなくなって、今日で九日目になるとあんたらに聞いて、少しばかり引っかかることを思い出したんだ。こっちが勝手に気を廻しているだけで、見当違いかもしれねえよ。ただ、おれは眼鏡売りだから、いろんな客を相手にする。中には夜鷹の客もいる。夜鷹には、若いのもいるし、相当の婆さんも稼いでいるのは、あんたらなら当然知ってるよな。暗くて、婆さんだろうと、若いのだろうと、あんまり見分けがつかねえ。そういう婆さんの夜鷹が、暗い中で、客の払ったお務めを勘定しなきゃあならねえ。だから、目が悪いと困るんだ。客の中には、たった三十二文ほどの銭の、ほんの二、三文を誤魔化そうとする性質《たち》の悪いのもいる。で、夜鷹にも老視の眼鏡が売れるわけさ。これは、その夜鷹らから聞いた話なんだ」

徳助は、そう言って真顔に戻り続けた。

「この春と夏に、菊川橋の袂で客を引いていた夜鷹が二人、姿を消した。なんぞ災難に遭ったか、それとも、人知れぬわけがあって江戸から逃げ出したか、もしかしたら、やくざか破落戸《ごろつき》に因縁《いんねん》をつけられ始末されたか、それはわからねえ。江戸の海で女の骸が浮いてたって話も、以前どっかで聞いたが、それが姿を消した夜鷹かそうでねえのか、定かじゃねえ。なんでなら、夜鷹のひとりや二人、菊川橋の袂から姿を消そうと、何があっていなくなったのか、どこぞで生きているのか、もう死んじまったのか、誰も気にかけねえ。てめえの縄張りの夜鷹を仕切っているやくざが、御番所にうちの仕きりの夜鷹がいなくなりまして、なんて訴えを出せるわけがねえ。藪の内で務めていたお滝さんが行方知れずになっても、訴えが出せず、あんたらが嗅ぎ廻るしかねえのと同じ事情さ」

「今年の春と夏にいなくなった二人の夜鷹と、今日で九日目になるお滝さんの行方知れずが同じ理由だと、仰《おつしや》るんですか」

「少しばかり引っかかって、勝手に気を廻しているだけかもしれねえと、言ってるだろう。けどな、おれが聞いたのは、四ヵ月をおいて行方知れずになった夜鷹は、二人とも本所のどこぞの御家人の女房だったのさ。つまり、お滝さんと同じ武家の女房が夜鷹になって稼いでいたのが、今年の春と夏、それから、お滝さんは今月の初めに、行方知れずになったたってことなんだ」

あっ、と丸之助の声がもれた。

お甲は、徳助から目が離せなくなった。

「お甲さん、それって、妙だよね」

丸之助が、お甲の様子をうかがって言った。

「あんたらも、思うかい。おれも、あんたらの話を聞いてこいつは妙だと思ったよ。お滝さんで三人目だ。これがたまたまかってな。いくらなんでも、三人は偶然にしちゃあ、多すぎるんじゃねえか」

「本所の、どこのお武家なんだろう」

丸之助が落ち着かず、目を左右に泳がせた。

「そいつは、それを言った夜鷹らも知らなかった。わかっていたのは、お武家の女房だってことだけだ」

「徳助さん、夜鷹らからほかに聞いた話はないんですか」

お甲が訊くと、徳助はお甲のほうへ身をやや前かがみにして続けた。

「ひとつ、聞いたことがある。これも、耄碌《もうろく》しかけた夜鷹の婆さんらが言ってたことだから、あてにはならねえがね。婆さんらが、怪しいと睨んでる悉皆屋が、いるそうだ。竪川、横川、小名木川、それから六間堀《ろっけんぼり》、横十間川や新田の用水のほうまで、自分の船で隈《くま》なく廻って、川沿いの、主に岡場所やら茶屋やらをお得意にして、注文を請けて、腕がいいと客の間では評判の悉皆屋だ」

「その悉皆屋が、どうしたんですか」

「菊川橋の行方知れずになった夜鷹の客に、その悉皆屋がなっているところを、ほかの夜鷹に見られていたそうだ。春ごろ、悉皆屋の船が、菊川橋の周辺で夜更けによく見かけられた。また、あの悉皆屋の船がきたよと、言われたりした。菊川橋の夜鷹のひとり目が春に消えたころ、悉皆屋の船も見かけなくなった。で、夏の終わりごろに、悉皆屋の船が菊川橋のあたりに現れて、また夜鷹がひとり、菊川橋から姿を消すと、悉皆屋の船もこなくなった。婆さんらも初めは、菊川橋では武家の女の夜鷹が出るという噂がたっているから、それを珍しがって、悉皆屋は武家の女の夜鷹を捜して菊川橋にくるんじゃないかい、とか言い合っていたそうだ。それがいつの間にか、あの悉皆屋が怪しいということになった。それだけのことで、悉皆屋を怪しむ理由が、ほかにあるわけじゃねえ」

「それだけなら、春と夏に武家の女の夜鷹が姿を消したことと、悉皆屋の船が同じころに、菊川橋で見かけられたことにかかり合いがあるというのは、なんだか無理やりな話ですね」

「まったくだ。大体、その話を聞いたのは三月ばかり前だったが、そのときは、おれは気にかけていなかった。夜鷹の婆さんらに、お客さん、お武家の出じゃなくてよかったですねとからかって、婆さんらと大笑いしたくらいだった。あれ以来、すっかり忘れていたのに、あんたらのお滝さんの行方知れずの話で、ああ、三人目の、お武家の女の夜鷹の行方知れずが、起こったじゃねえかと、ふと、思い出したってわけさ」

お甲は、胸が一杯になった。夕暮れどきの横川を、一艘の荷船が櫓を漕いでゆっくりと進んでいく。人通りのない河岸通りに、疲れた足どりを運ぶお滝を、船は静かに追い越してゆく。艫で櫓を漕いでいた男が、

「姐さん、いくらだい」

と声をかけ、お滝は足を止め、河岸通りから船の男を見つめる。

「まさか」

お甲は、つい、呟いた。お甲の呟きを、徳助は聞き逃がさなかった。

「まさかと、思うよな。だがな、夜鷹の婆さんらが、怪しい、と感じるのは、案外、馬鹿にならないんだぜ。婆さんらは、夜更けにやってくる客を相手に、凝っと正体を見定めている。危ねえか危なくねえか、怪しいか怪しくねえか、物騒か物騒じゃねえか、それをてめえの勘で見分けなきゃあ、危なくて身が持たねえ生業なのさ。おれも、婆さんほどじゃねえが、人の面《つら》をじろじろ見る眼鏡売りだから、人の面の裏側が、のぞけることがあるんだ。油断のならねえ客か、人のいい客かぐらいはさ。お甲さん、婆さんらの勘は、あたってるかもしれねえぜ。それがおれの中で、引っかかっていることだ。ちょこっとな。ちょこっとでも、気に

なってならねえ。そういうことさ」

「徳助さん、夜鷹のお婆さんたちに、悉皆屋の名前とか店のある町名とかを、聞いたんですか」

「そのときは気に留めていなかったんで、こちらからは聞かなかった。けど、婆さんらがこう言ってたのは覚えてるぜ。悉皆屋の店は五ツ目之橋のほうらしい。五ツ目之橋界隈のどこかで、古くから悉皆屋を営んでいた年配の夫婦がいた。十数年前、江戸に流れてきた素性のわからねえ今の悉皆屋が、夫婦の営む悉皆屋に住みこみで雇われた。そいつは働き者で人柄もよく、若いのに頼りになる奉公人だった。夫婦には跡継ぎの倅も娘もいなかった。それで、歳もとったし、いっそのこと、人柄のいい奉公人を養子にして、いずれは稼業を譲って隠居をしようかと考えた。五年か、六年前だったか、夫婦は奉公人と養子縁組を結んだ。奉公人の素性は、たぶん、夫婦は教えられただろうが、近所では知られていねえそうだ。夫婦は、養子に家業を譲って隠居をするにはまだ早い年配の年ごろだった。跡継ぎもでき、稼業も障りなく続いていた。ところが、養子を迎えて一、二年のうちに、夫婦が相次いで亡くなった。夫婦ともに身体は丈夫だったのが、急に具合が悪くなり、十日かそこら寝こんだと思ったら、ぽっくりと亡くなった。働き者で人柄もよく、悪い評判を聞かなかった養子に、妙な噂がたったのは、それからだ。夫婦が一、二年のうちに相次いで亡くなったからだろう。悉皆屋の夫婦は、養子に殺されたんじゃねえかという噂さ」

「殺された？　穏やかじゃ、ありませんね。殺された、なんて噂がたっていたなら、町役人さんや町方の耳に入っていても、おかしくないんですけれど」

「だよな。じつはおれも、そういう噂がたっていると、夜鷹の婆さんらに聞かされただけなんだ。そんな噂が、本途にたっているのかいねえのか、確かめちゃいねえ。そのときは、確かめる気もなかったしな。婆さんらは、おれに面白おかしく聞かせるため、根も葉もない噂をでっちあげたのかもしれねえし。ともかく、お滝さんが行方知れずになったのなら、これで、お武家の女の夜鷹が三人、行方知れずになったってことは確かだ。妙だなって、誰だって勘ぐりたくなるじゃねえか。お甲さん、もっと詳しく知りたかったら、婆さんらに訊くといい。悉皆屋のことも知っていると思うぜ。婆さんらの住まいはわかる。住まいを教えるよ。夜になると、白粉を塗りたくって、菊川橋の袂に妖怪《ようかい》みてえに現れて客を引いてるが、昼間は人のいい梅干《うめぼし》婆さんだからさ」

お甲と丸之助は、言葉もなく、徳助の話を聞いていた。

五

天道が西の空にだいぶ傾いて、川面には冷たい風が吹きすぎていた。

お甲と丸之助の長い影が、竪川の北通りを歩む二人の行く手に落ちていた。二人は、柳原町、茅場町の四ツ目通り、横十間川に架かる旅所橋《たびしょばし》も渡って、南本所瓦町《かわらまち》、北松代町《きたまつしろちょう》をすぎた。

北松代町の次が中ノ郷五橋町で、五ツ目通りが竪川沿いの町家を抜けると、亀戸村、小梅村、柳島村の田畑が通りの両側に広がっている。

「お甲さん、ここが五ツ目通りだ。やっぱり橋がねえや」

丸之助が、紺縞の綿入れの半纏をまとった痩身を、寒そうにすぼめて、五ツ目通りを南から北へと見廻した。

「丸之助さんは、五ツ目へくるのは初めてかい」

お甲は、吹き流しの絣の上布を風に飛ばされないように手で押さえて、後ろに従う丸之助に言った。

「船で通ったことはあるよ。五ツ目之橋はずっと昔にとり払われてから架けなおされてねえのに、五ツ目之橋の名前だけが残ってるって聞いた。けど、歩いてきたのは初めてだ。このあたりの田畑は広いね」

お甲と丸之助は、五ツ目通りを北へとり、竪川沿いの町家を抜けたところで、東へ折れた。

「あれが、お大名の下屋敷だね」

東へ折れた往来の左手に、中ノ郷五橋町と往来を隔て向き合った大名屋敷の、漆喰《しっくい》の壁の剝《は》げた土塀が見えた。

「市橋家、岩城家、立花家の下屋敷の土塀だって、夜鷹の婆さんが言ってたあれだね。婆さんが、狐《きつね》や狸《たぬき》に化かされそうな寂しいお屋敷だって言ってたけど、婆さんの言うとおりだ。なんだか寂れた感じだな」

「丸之助さん、あのひとたち、まだ四十代の半ばすぎごろだった。婆さんなんて言う歳じゃないよ。おっ母さん……」

お甲は、言いかけた言葉を止め、「お泉さん」と言いなおした。

「お泉さんと似た年ごろじゃないか。お泉さんに婆さんなんて、言うのかい」

「そうか。そうだな。お泉に婆さんなんて言ったら、どやされるよ」

「お泉さんは、丸之助さんをどやすのかい」

「いいや。お泉は優しいよ。おれが何をしても、何を言っても、いつも笑って、ありがとうって言うのさ」

お甲はそれ以上言わず、北側に大名屋敷の土塀が続く往来をとった。

西日の射す雑木林に囲まれて、切妻造りの茅葺屋根が見えてきた。雑木林は風に吹かれて騒ぎ、木々にまだわずかに残った枯れ葉が、風に吹き飛ばされて舞っていた。

「あれか」

お甲の後ろで、ぽつり、と丸之助が言った。

徳助に教えられた菊川橋の夜鷹の女は、深川五間堀《ごけんぼり》の三間町《さんげんちょう》の裏店で、悉皆屋の名を「百次って、名前だよ」と、お甲に言った。悉皆屋の店は、

「五ツ目通りを北へ町家を抜けてすぐの往来を東へ曲がって……」

と、雑木林に囲まれて茅葺屋根を見せる場所を教えてくれた。

「百次は、元は侍らしいって噂もあるんだよ。どっかのご家中で、なんかの粗相があって、浪人となって江戸へ流れてきたらしいんだ。町人風体に姿も名前も変えたのは、きつと国元で拙《まず》いことがあって、前のままじゃあ、捕まる恐れがあるからじゃないかい。なんか、あの百次って男は、怪しいよ。何も証拠はないけど、

勘が働くんだよ。なんか、目つきが普通じゃないんだよ。なんかやらかしてる目つきだよ、あの男の目は」

女はお甲に、

「なんで、あんたみたいな若い女が、百次のことを調べているんだい。あの男、何かやったのかい。やっぱり、夜鷹の行方知れずと、かかり合いがあるのかい。だけど、気をつけなよ。百次は物騒な男だよ」

と、恐ろしい秘密を明かすような小声になって言った。

お甲と丸之助は、雑木林の枯れ葉を踏んで、木々の間の細道をとった。

吹きつける風が枯れ葉を舞いあがらせ、木々の間に射す夕方の日が、舞い散る枯れ葉を赤く染めていた。

やがて、雑木林が途ぎれ、軒庇の下に表戸の見える百姓家の戸前に出た。

戸前は何もない殺風景な明地になって、そこにも枯れ葉が薄汚れた斑《まだら》模様に散っていた。明地の軒庇に近いところに薪割台が見え、鉈《なた》が忘れられたように突きたっていた。

百姓家と矩形に戸前の明地を囲む形で、総二階の納屋が建っていた。茅葺屋根が、平屋の百姓家の屋根よりずっと上にそびえ、西日をさえぎっていた。

戸前に人の姿はなかった。主屋の百姓家のほうも、まだ明かりは灯されず、薄暗い翳《かげ》りの中で静まっていた。

一方の納屋のほうは、組んだ太い柱や梁《はり》と干からびた土壁が周囲を覆い、明かりとりの窓が所どころにあるが、どれも板戸で厳重に閉じられていた。入り口の戸は、分厚く大きな樫の引戸で、それも重々しく閉じている。

お甲と丸之助は、木々の間から明地の様子をうかがった。

明地は、ぶうん、ぶうん、と羽音のように吹きつける風の音しか聞こえず、と き折り舞う枯れ葉しか動く物もなかった。

「お甲さん、人の気配がしないね。なんだか、気味が悪いな。どうする。中へ入って、様子を探ってみるかい」

丸之助がお甲に言った。

「本途に、気味の悪いところだね。けど、ここでただ見てるだけ、というわけにはいかないだろう。悉皆屋に仕事を頼むふりをして、訪ねてみよう。誰かいるかもしれない」

「どうやるんだい」

「わたしに任せて」

お甲は、吹き流しの上布の片端を唇で咥え、片端を指先で持って、上布を風にそよがせた。

二人が雑木林を抜けようとした、そのときだった。

納屋の樫の引戸が、鈍い音をたててゆれた。戸が無理やり入り口の敷居を擦り、引き開けられた。

お甲と丸之助は、咄嗟に木々の間へ身をひそめた。

戸が口を開け、暗がりが塊《かたまり》のように見えた。暗がりの塊の奥から、紺木綿の綿入れの半纏と、股引に黒脚絆、月代を額にまで伸ばした大柄な男が出てきた。

男は明地を見廻し、戸口の暗がりへ声を投げた。

すると、汚れた苔色《こけいろ》の着物の裾を引き摺って、女がよろめき出てきた。髪の島田が、蓬髪《ほうはつ》のように乱れていた。女は、戸前の枯れ葉を跣《はだし》で踏み締め、くたびれた身体を反らせ、戸外の風を胸に吸いこんだ。

あっ、と丸之助が口を押さえた。

お甲にもわかった。

「お、お滝さんだ。お滝さんがいた」

丸之助が声を抑えて、懸命にお甲に伝えた。

「やっぱり、そうだったんだ。こんなところに、閉じこめられていたんだ」

お甲は、お滝を見つめて言った。

「じゃじゃ、じゃあ、あいつが百次か」

「違いないよ。きっと、菊川橋の消えた夜鷹も、ここに閉じこめられたんだ」

「ほかの女も、いるのかな」

わからない、とお甲は思ったが、あとは言葉にできなかった。

お甲は、百次の風貌に気をそそられた。長い手足に、屈強そうな身体つきだった。浅黒い顔にきれ長な目が大きく見開かれていたが、表情の見えない、作り物のような顔つきだった。その不気味さに、お甲は戦慄《せんりつ》を覚えた。

百次はお滝の背中を、無造作に突いた。

お滝はよろめきながら歩み、百次が後ろからついていった。

明地に吹きつける風が、枯れ葉を巻きあげ、お滝と百次にからみついた。雑木林が、まるで経《きょう》を唱えるかのように低く騒いだ。

明地の一角に、板で囲んで屋根を覆っただけの粗末な小屋が建っていた。そこは雪隠らしく、お滝が雪隠に入り、百次が外を見張っていた。日が落ちて、西の空に最後の赤味が残っていた。

明地はいっそう暗さをまし、百次の顔つきを青黒く染めていた。

あ、月がのぼっている。

お甲は気づいた。

風はなおも収まらなかったが、日の名残りをとどめた夕暮れの空に、いつの間にか赤い月がかかっていた。

お滝が雪隠から出てきて、二人はまた明地を戻り、納屋の暗い塊の奥へ姿を消した。樫の木戸が、重々しく敷居を擦って閉じられた。あたりは再び、風の音しか聞こえない静寂に包まれた。

「丸之助さん、よく聞くんだよ」

お滝と百次が見えなくなると、お甲は丸之助にささやいた。

「八丁堀までひとっ走りして、このことを、昨夜訪ねた萬七蔵の旦那に知らせるんだ。旦那が居なけりゃあ、呉服橋の北町奉行所か、南茅場町の大番屋か、人の命のかかわる一大事なんです、御用聞のお甲の用なんですと言えば、必ず教えてくれる。旦那に会って一部始終を話して、助けてほしいとお甲が頼んでいると、大至急、伝えておくれ」

「えっ、お甲さんはどうするんだい」

「わたしはここに残って、見張っている。もし、百次に隙が見えたら、お滝さんを助け出せるかもしれないし」

「お甲さん、ひとりでやるつもりかい。百次は、見るからにおっかなそうだったぜ。夜鷹の婆さん、じゃねえや。姐さんらが、物騒な男だって、言ってたじゃねえか。それに、仲間だっているかもしれねえし」

「大丈夫。旦那がくるまで、無理はしない。でも、百次は恐ろしい男だ。ぐずぐずしてたら、お滝さんの身に何が起こるかわからない。放っとけないよ。こういうとき、身体を張るのが御用聞の務めなんだ。やるしかないんだ。だから丸之助さんも、急いでおくれ。頼むよ」

お甲は丸之助の肩をゆさぶった。

丸之助は目を丸く見開き、頷いた。

「わかった。大急ぎで旦那を連れてくるぜ。それまで、ここに隠れて、待っててくれ」

丸之助は踵をかえし、風の騒ぎに枯れ葉の音をまぎらわせて、雑木林の細道を戻っていった。

お甲はひとり残され、大きく呼吸を繰りかえし、気を鎮めた。それから、吹き流しの上布をとって、雑木林の暗い地面を手探りして、拳ほどの石を拾った。石を上布の端にくるんで縛りつけた。

一方の端をにぎってふり廻した。石の重みで上布が回転し、いざとなれば、上布をふり廻して戦えそうだった。それから、着物の裾をからげて帯に挟み、動きやすいように、下の蹴出しも裾短にたくしあげた。

と、納屋の木戸が敷居を擦り、引き開けられた。百次が戸前に出てきて、どん、と戸を鳴らして閉じた。納屋の戸前から主屋へいき、表戸を入っていった。

日はすでに落ち、明地は赤い月明かりだけになった。

やがて、主屋の表戸の障子に、おぼろな灯が差した。人影がひとつ、動いたのが障子に映った。主屋の灯はそれだけだった。月明かりの下に、切妻屋根の影が陰鬱《いんうつ》にうずくまっていた。

遠くの亀戸村のほうから、風に乗って犬の吠え声が、か細く聞こえてきた。

お甲は、いくよ、と自分に言い聞かせた。

おっ母さんの頼みでやるんだからね。ちゃんと守ってよ。

お泉のことを考えると、わずかに気が落ち着いた。

枯れ葉を鳴らさぬよう雑木林を出て、主屋のほうへ忍び足で近づいた。手には石をくるんだ上布を提げている。軒庇下の表戸のそばへいき、身体をかがめた。

表戸は引違いの腰高障子で、障子の組子《くみこ》の隅に小さな破れた穴があった。お甲は、おぼろな灯がぼんやりと射す穴からのぞいた。

暗い内庭の土間があった。土間続きに勝手らしき土間と板間が見え、一灯の行灯が、勝手の土間で動く百次の背中を小さな明かりでくるんでいた。紺木綿の半纏の背中が異様に幅広く、不気味だった。

ただ、仲間はいない。お甲は確信した。

晩飯の支度をしているらしい。これから晩飯の支度をして、晩飯を食べるとしたら、だいぶ間がある。きっと酒も呑むだろう。お滝に飯を与えるとしても、自分が済んでからだ。百次のような男が、自分の空腹を我慢して、お滝に飯を与えるようなことは、するはずがない。

咄嗟に、お甲は身をかえした。足音を忍ばせ、納屋の戸前へいき、重たい樫の木戸を、吹き荒ぶ風にまぎらわせつつ、少しずつ引いた。木戸は敷居を擦り、戸前の月明かりを吸いこもうとするかのように、ゆっくりと口を開いた。

お甲は、身体ひとつをすべりこませるほどの間から、納屋の暗闇の中へ身を沈ませた。樫の木戸を、また静かに閉じた。

暗闇に包まれ、目が慣れるのを待った。小さな明かりとりがあって、板戸で閉じられているものの、古い納屋のわずかに傾いた戸の隙間から、一条の月明かりが射し、かろうじて物の影が認められた。納屋の中は、鼻を突く臭気がたちこめていた。桶と思われる大きな白っぽい形が、いくつか並んでいた。

ほかにどういう物があるかは、見分けられなかった。

「お滝さん……」

お甲は間をおいて二度、暗闇に忍ばせた声を投げかけた。何もかえってこなかった。ただそのとき、真っ暗な上のほうで、物音がした。重たい鎖が、床を擦るような音だった。

お甲は暗闇を、また見廻した。すぐ近くに、上へあがる段梯子のぼんやりとした影を認めた。

手をのばして近づき、段梯子を確かめると、一段一段踏み締め、上へのぼっていった。固く閉じられた戸に、手が触れた。手探りで、閂に触った。閂をはずすと、固い締まりがゆるんだように感じられた。

戸を上へ押しあげた。

階上も同じ暗闇が覆っていたが、階下の鼻を突く臭気とは違う臭いが嗅げた。

床にあがり、また声を忍ばせ、お滝の名を呼んだ。鎖の擦れる音がかえってきた。吐息が感じられた。

「お滝さん、いるの」

お甲は言った。

「誰……」

怯えた声が訊きかえした。

「静かに。藪の内のお泉さんに頼まれて、お滝さんを助けにきたんだよ」

「お泉さんに？」

「わたしはお甲。お滝さんの味方だよ」

「こ、こっちよ」

二階の明かりとりを閉じた板戸の隙間から、ここにも一条の月明かりが射していた。それを頼りに、手探り同然にお滝へ近づいていった。伸子《しんし》で幅出しをした布地が壁から壁へとわたしてあり、それに触れるたびにくぐって、ようやく、暗闇の一角にうずくまるお滝らしき影を見つけた。

「お滝さんだね。すぐに逃がしてあげるからね」

「ありがとう。助けにきてくれたの。お泉さんに頼まれたのね。ああ、嬉しい。

本途にありがとう」

お滝の言葉が、忍び泣きで途ぎれた。だが、すぐにお滝は言った。

「あの男は。百次は?」

「今、夕飯を食べているよ。今のうちに」

お甲は、お滝を拘束した手鉄と、手鉄のごつい鎖が板壁にとりつけてあるのを手で探って確かめた。

「だめ。無理、無理よ。この鎖がはずせない」

お滝は鎖を引き、とりつけた壁板が苦しげに鳴った。

お滝は引いていた鎖を床に落とし、力の衰えた荒い息を吐いた。

「いくら引っ張っても、わたしの力でははずせないの。手鉄の錠は百次が持っているし。どうしよう」

鎖をたどると、鎖をかけた輪と壁板の間に、少しゆるみが生じていた。

「ここが少し、ゆるんでる。二人で力を合わせれば、はずせるかも」

お甲が鎖を引き、お滝も力を併せたが、板壁がわずかに軋みをたてただけで、殆ど変らなかった。

二度、三度と二人で引き、鎖が虚《むな》しく床を擦った。

「もう、あんまりときがないの。百次は、あの男は頭が変なの。わたしを打ったり蹴ったりして痛めつけて、怒りが収まるまでそれを続けて、ようやく、痛めつけるのをやめるの。ああ、恐い。百次は怒りが抑えられなくて、狂ったようになって、そのうちに、わたしの息の根がとまるまで、痛めつけるつもりなの。前にも、わたしみたいな目に遭わせた女の人がいて、その人は雑木林の中に埋めたって、百次は澄ました顔で言ってた。百次は、人を人と思っていないの。人を、犬や猫みたいに思っているわ。いたぶるのに厭《あ》きたら、邪魔だから殺して埋めてしまうの。そろそろ、終わりにしようと、百次が言ったわ。もうすぐ、百次が殺しにくるわ。お甲さん、助けて、助けて」

お滝をつないだ鎖が、叫ぶように鳴った。

六

丸之助はひたすら駆けた。

夕暮れ間近い竪川の北通りを駆け抜け、宵の迫った東両国の雑踏をかき分け、人々の間をすり抜けた。通行人に、「馬鹿野郎」と怒鳴られたり、ぶつかりそうになった女の悲鳴が聞こえたが、「ごめんよ、ごめんよ」と謝りながら走った。

息が激しく乱れ、胸の鼓動は太鼓を敲くように鳴り続けた。

だが、そんなことはかまっていられなかった。

息がきれて止まってしまっても走らなきゃあ、お甲さんがどんな災難に遭うかわからねえ。あの恐ろしげな百次に殺されるかもしれねえ。

と、そちらのほうが気が気でなかった。

東両国から両国橋を渡り、日本橋の町家を八丁堀へ目指した。

日本橋の往来で、自身番の町役人に、「おい、そこの男、往来を走るんじゃない。危ないだろう」と咎められた。だが、それでも、「御用だ御用だ」と、喚いて走り抜けた。

丸之助は、本所の藪の内以外は、江戸の町は詳しく知らなかった。

とにかく、日本橋にたどり着いたときは、宵の帳がおり、東の空に赤い月がだんだん高くなっていた。

日が暮れて、肌寒い風もなかなか止まないので、日本橋の人通りもだいぶ少なくなっていた。

そこまで休まず駆け続けて、丸之助の息は止まらなかったものの、日本橋の擬《ぎ》宝珠《ぼし》にすがり、喉を引きつらせて喘いだ。それから、欄干を伝って日本橋をようやく南へ渡ったところで、橋詰の擬宝珠の下に坐りこんでしまった。

「お甲さん、済まねえ。苦しいんだ。ちょっとだけ、休ませてくれ……」

ぶつぶつと呟きつつ、坐りこんで息を喘がせている丸之助を、通行人が笑って通りすぎていった。

「てやんでい」

と、苦しげに吐き捨てたときだった。

日本橋通り南一丁目の大通りを、黒羽織の同心数名が、紺看板の中間や御用聞らしき手先らの一団を率い、西から東へ足早に雪駄を鳴らして横ぎっていった。

「大番屋のとり調べが、まだ続いているようだね」

「相手は吉田町の丹右衛門だ。丹右衛門ぐらいの貸元になると、大番屋の牢問《ろうど》いでも、そう簡単には白状しないよ。昼間から横川で、大捕物をやったんだろう。やっぱり、ご禁制の賭場を、あちこち広げすぎたんだな」

「そりゃあ、町方もいつまでも黙っちゃあいられないよ。いい加減にしやがれって、わけだ。それにしても、こう風が吹いちゃあ、商売にならねえな」

と、日本橋の袂で縁台に土ものを並べていた野菜売りが、売れ残りを笊《ざる》に片づけて、店仕舞いの支度にかかりながら、隣の干物《ひもの》売りと言い合っていた。

丸之助はそれを小耳に挟んで、ふと、南茅場町の大番屋へ先にいってみよう、と思った。お甲が、呉服橋の北町奉行所か、南茅場町の大番屋か、とも言っていたのを思い出したのだ。

亀島町北のあの旦那の組屋敷より、茅場町の大番屋のほうが近いはずだ。大捕物があって、大番屋でとり調べをやっているなら、萬の旦那もそっちにいるかもしれない、とも思った。

丸之助は、無理やりに立ちあがった。町方や手先らの一団が横ぎっていった日本橋通りの方角へ、よろけつつも小走りになった。

少し休んだので、息の乱れもいくらか収まっていた。

本材木町《ほんざいもくちょう》一丁目から楓川《もみじがわ》に架かる海賊橋《かいぞくばし》を越え、三河西尾《みかわにしお》藩の上屋敷と坂本《さかもと》町《ちょう》の間をすぎ、道を二度曲がって、往来の両側に表南茅場町の町家と土手蔵の並ぶ先に、大番屋の大提灯の明かりが灯っている一角を認めた。

不吉な赤い月が、南茅場町の宵の空に架かっている。

丸之助は、日本橋で見かけた黒羽織の同心や中間、御用聞らが、太い縦格子で表戸を囲った大番屋へ続々と入っていくのを、追いかけた。

すると、同心らが入っていったのと入れ替わりに、大番屋から出てきた黒羽織の同心が見えた。同心は御用聞を二人従えていた。

大番屋へ入っていく同心のひとりと、何やら、むずかしそうに言葉を交わすと、南茅場町の往来に出た。

同心と二人の御用聞は、南茅場町の往来に立って、宵の空に架かる赤い不吉な月を見あげてから、黒羽織の裾を風にひるがえし、丸之助のほうへ向かってきた。

「萬さま、丸之助でやす。旦那、お甲さんの相棒の、丸之助でやす」

丸之助は再び力を得て駆けながら、両手をかざし、七蔵へ叫んだ。

七蔵と後ろの嘉助と樫太郎が、丸之助に気づいた。

「あ、丸之助さんですよ」

樫太郎が言った。

七蔵がむずかしい顔つきをゆるめて、丸之助が駆け寄るのを見守った。

「よかった、旦那。お屋敷におうかがいするところでした。お知らせしなきゃあならねえことがありやす」

「おう、丸之助、お甲もいるのか」

七蔵は丸之助から、南茅場町の往来の後方を見やった。

「違うんです。お甲さんは、百次の、五橋町の百次の店を、見張っておりやす。助けが要るから、旦那に知らせるようにと、お甲さんに言われたんです。お甲さんをひとりで残してくるのは心配だったんだけど、百次は物凄くおっかなそうで、あっしらだけじゃあどうにもならねえ。旦那に助けてほしいって、お甲さんが言ってます」

「うん？　お甲が五橋町の百次と言うおっかなそうな男を、見張っているのか。百次は何をやったんだい」

「ご、御家人の遠山さまのお内儀の、お滝さんをかどわかして、てめえの店の納屋に、閉じこめていやがるんです。たぶん、菊川橋の夜鷹が二人、行方知れずになったのも、もも、百次の仕業なんです。百次は、お武家のお内儀の夜鷹を狙っている、頭のおかしな野郎なんです」

「お武家のお内儀の夜鷹を、狙っている？　丸之助、どういうことだ。最初から話してくれるかい」

「へ、へい」

と、丸之助は両膝に手をついて疲れた身体を支え、荒い息を繰りかえしながらも、懸命に一部始終を話した。よろめく丸之助の身体を、樫太郎がそばに寄って抱き起こした。

「わかったぜ。よく知らせてくれた」

七蔵は丸之助の痩せた両腕をつかみ、顔をのぞきこんで言った。

「これからすぐいく。疲れているだろうが、案内を頼めるかい」

「任せてくだせえ。もう、十分休みやした。五橋町までもうひとっ走りできやす。お甲さんが助けを、待ってます」

「樫太郎、このままいくぜ」

「合点だ」

「旦那、あっしも」

「いや、嘉助親分は久米さんに知らせて、応援の手勢を出してくれるように頼んでくれ。こいつは、春と夏に菊川橋の夜鷹が行方知れずになった、多田さんの言ってた一件だ。てえことは、御家人のお内儀のお滝は三人目になるってわけだ。なんて野郎だ。百次を逃がすわけにはいかねえ。親分は応援を頼む」

「承知しやした」

嘉助がかえす前に、七蔵と樫太郎、そして丸之助の三人は駆け出した。

百次は、冬場の納屋の冷えこんだ二階で、着物を解いた布地の幅出しやしみ抜き、紋描《もんがき》などをするとき、手先を温めるために陶の火鉢に炭火を熾した。その火鉢が暗闇の隅においてあった。火鉢には火箸が刺してある。

「火箸なら、あるけど」

お滝がお甲に言ったのだ。

お甲は暗闇を探って火鉢を見つけ、鉄の火箸をつかんだ。

二本の火箸を、鎖をかけた留鉄《とめてつ》と板壁のほんの少しの隙間に打ちこんだ。上布にくるんだ拳ほどの石が、役にたった。雑木林を騒がす風が、火箸を隙間へ食いこませるために叩く音を、吹き消した。

火箸を隙間に食いこませると、お甲はお滝に言い聞かせた。

「やるよ。ひい、ふう、みい、のみいでお滝さんも引っ張るんだよ」

一、二、三。

お甲は板壁に膝をあて、食いこませた二本の火箸を、身体の重みをかけて思いっきり引き、お滝は両足で板壁を踏ん張り、鎖を引っ張った。二人の声が暗闇の中を這う獣のうなり声のように流れた。

二本の鉄の火箸が、次第に曲がりながらも、板壁と留鉄の隙間がだんだん開いた。お滝の引く鎖が、二階の床を転がるように擦った。

「もう少し、もう少し……」

お甲が言い、二人のうなり声が暗闇を震わせた刹那、板壁がけたたましい悲鳴を走らせてくだけ、はずれた留鉄が床にはずみ、鎖が激しく床を叩いた。

お甲とお滝は、床に転がって大きな呼吸を繰りかえした。だが、すぐに呼気を抑えて主屋のほうへ耳をそばだてた。雑木林が騒ぎ、亀戸村のほうから犬の遠吠えがまた聞こえてきた。

途端、主屋の戸が勢いよく引き開けられた。

「あ、百次がくる」

お滝が怯え、お甲にすがった。

「立つんだ。逃げなきゃあ」

お甲は石をくるんだ上布をつかみ、お滝を助け起こした。お滝の手鉄の鎖と留鉄が、床を引き摺った。

しかし、そのとき納屋の樫の引戸が重たげに引き開けられた。百次はひと言も発さなかった。すぐに段梯子を踏み鳴らした。

「だめ、間に合わない」

お滝が悲鳴をあげるように言った。

咄嗟に、明かりとりを閉じた板戸の隙間から射す一条の月明かりに、お甲は気づいた。

「こっちへ」

重たい鎖を引き摺るお滝の腕を引っ張り、明かりとりのほうへ、壁を伝って走った。走りながら、壁と壁にわたした幅出しの布地を引きはずしていった。

明かりとりにたどり着き、両開きの板戸を押し開けた瞬間、切落し口の戸が突きあげられた。

百次の影が、大刀を一本提げて躍りあがった。

お甲とお滝の眼前には、東の空に次第に高くのぼる赤い月と、風にゆれ騒ぐ雑木林が見えた。雑木林は月光を受けて輝いていた。そして、眼下の少し離れた斜め前方に、主屋の銀色に染まった茅葺屋根が見えた。

明かりとりは、人ひとりがくぐれるほどの大きさしかなかったが、二人がしっかりと抱き合ってくぐれば、くぐれないことはなかった。

「お滝さん、飛ぶよ」

お甲はお滝を抱き寄せ、叫んだ。

「だめ。できない」

「できる。飛ぶんだ」

お甲に叱咤《しった》され、お滝は身体を縮めて、明かりとりの縁を踏んだ。震えつつ、鎖を抱えこんだ。

「おのれら」

百次が喚いた。床板を激しく震わせ、追ってきた。

ところが、お甲が引きはずした伸子で幅出しをした布地が床を覆っていて、それが百次の足にからまり、動きを阻んだ。

「ああ、畜生め。何をした」

百次が怒声を投げつけ、二人のすぐ後ろへ駆け寄った。

その瞬間、二人は月光の中へ身を躍らせた。

お滝の悲鳴が、風とともに夜空へ響きわたった。

次の瞬間、二人の身体は茅葺屋根にはずんだ。からまり合って庇下へ転がり落ち、戸前の明地に叩きつけられた。

お甲は苦痛を堪え、即座に身を起こした。傍らでうめき、身をよじっているお滝を、助け起こしにかかった。

「お滝さん、起きるんだ」

お甲に助けられ、お滝も鎖を鳴らして必死に起きあがろうともがいた。

納屋の二階の明かりとりを見あげると、百次が上体を出し、お甲とお滝を見おろしていた。

「無駄だ」

百次が薄笑いを浮かべて投げつけた。

すると、まるで曲芸をするように丸く縮めた百次の体軀が、明かりとりの外へふわりと浮かんだかに見えた。そして、地面へしなやかに降り立ったのだ。

お甲はお滝の手鉄をはめられた腕をとり、雑木林へ走った。

しかし、長い監禁の間に顔面も身体も痛めつけられたうえに、重たい鎖を引き摺るお滝の足どりは鈍かった。たちまち、百次が追いつき、長い腕を伸ばして、お滝の蓬髪の島田を鷲づかみにした。

「ああ」

お滝が顔を仰け反らせ、悲鳴をあげた途端、お甲はふりかえり様、上布にくるんだ石を百次のこめかみに叩きこんだ。

百次はひと声うなり、歪めた顔をそむけた。

一歩退いて、お滝を後ろへ引き倒し、お甲の二打目を左に提げた刀の鞘でふせいで、右の拳をお甲の顔面に浴びせた。

凄まじい拳の一撃に、一瞬、お甲は気が遠くなった。石をくるんだ上布も、どこかへ飛んでいた。仰のけに地面へ叩きつけられ、気がついた。

「誰だ、お前。女の身で目明しか。猪口才《ちょこざい》な」

百次が上から見おろし、刀の柄に手をかけた。

その背中へ、お滝が手鉄に引き摺る鎖と留鉄をふり廻して浴びせた。鎖と留鉄が、百次の肩から背中を殴打《おうだ》し、紺木綿の半纏の布が引き千《ち》ぎれた。だが、百次は顔を歪めたのみで、即座にお滝へふりかえり、

「売女《ばいた》め」

と、ふり廻した鎖をつかんでお滝を引き寄せ、鎖をお滝の首に巻きつけた。

「おまえには十分罰を与えた。もういい。今すぐ、楽にしてやる」

百次はお滝の細首に巻きつけた鎖を、片手一本で吊るしあげ、締めつけた。

お滝は、両瞼が腫れてふさがり、頬が歪み、唇の血が乾いた顔面を月光にさらして、百次を睨んで言った。

「さっさと殺せ。あの世からおまえを呪《のろ》い殺してやる」

「戯《たわ》けが。呪われているのはおまえだ。だからこうなった」

鎖がお滝の首を締めつけ、擦れた。

それより一瞬先に、お甲は跳ね起きて、明地の薪割台にたっている鉈をつかんでいた。そして、すかさず身をかえし、百次の大きな背中へ鉈を叩きつけた。

百次が叫んだ。

だが、百次の身体は何も応えぬかのように、くずれなかった。鎖を離して悠然とふりかえり、左手の刀の鍔と柄で、お甲の顎を突きあげた。

気を失いかけ虚《うつ》ろになったお滝の顔が、仰のけになっていき、一方のお甲は、悲鳴をあげる間もなく、百次の背中に鉈を残し、前後にゆれながら膝からくずれ落ちた。鉈が百次の背中から落ちた。

お甲は朦朧《もうろう》とし、痛みも感じず、ただ、百次が何かを喚きながら刀を抜き放ったのを見あげたばかりだった。

「成敗《せいばい》してやる」

百次が抜き放って、月明かりにきらめく一刀をかざした。

その瞬間、七蔵は雑木林を駆け抜けたのだった。

戸前の明地へ飛び出した七蔵は、うずくまるお甲へ百次の浴びせかけた一撃を、鋼《はがね》を高らかに打ち鳴らし、間一髪の差で受け止めた。かろうじて、七蔵は間に合ったのだった。

うずくまるお甲を挟んで、七蔵と百次は刃を咬ませ、動きを止めた。

雑木林を騒がせて吹きつける風が、明地の枯れ葉を吹きあげ、七蔵と百次に戯れかかった。赤い月光が二人に降りそそぎ、二人を枯れ草色に染めた。

「やれやれ、間に合った。百次、そうはいかねえぜ」

七蔵は、息をはずませ言った。

忽然と、うずくまったお甲の後方より現れた町方に、束の間、百次は啞然としたが、すぐに怒りが激しく燃え上がり、獣のように吠えた。

「おのれ、腐れ役人。おまえも道連れにしてほしいか」

「誰も道連れにさせやしねえ。女ばっかり相手にしやがって、やっと男を相手にするときがきたな。これまでとはちょいと違うぜ」

「戯けが。地獄の苦しみを味わわせてやる」

「そうかい。こっちはおめえをお縄にして、生き地獄を味わわせてやるぜ」

百次の凄まじい膂力《りょりょく》が、刃を咬ませた七蔵をわずかに退かせた。

「それだけか」

七蔵が押しかえすと、その力に、百次はかすかな狼狽《ろうばい》を眼差しににじませた。

「邪魔だ。どけ」

百次は二人の間にうずくまったお甲を蹴りつけ、うずくまったお甲の身体が、力なく横倒しになった。

「なんてことをしやがる」

「いくぞ。腐れ役人」

百次は、両足を蟹《かに》のように折り曲げて一旦身を低くし、それから身体を持ちあげ、刃を咬みあわせたまま、七蔵を下から突きあげるように再び押しこんだ。

七蔵は両足を踏ん張ったが、百次の全身にみなぎる力に、ずるずると押しこまれた。不気味なほどの力だった。百次の怒りに囚われた激しく脈打つ血流の沸騰《ふっとう》が、咬みあわせた刃から伝わってきた。

こんなやつがいるのか、と思った。

「百次、おめえ、不死身かい。背中の疵は平気かい」

百次はこたえず、作り物のような空虚な目で七蔵を睨んでいた。

そのとき、枯れ葉を吹き散らした風が、肉薄した両者の周りに渦を巻いた。

「あいやあ」

雄叫びを発し、百次は七蔵を突き退け、わずかな間があいた一瞬に七蔵の頭蓋《ずがい》へ打ち落とした。

ただ、わずかな間があいた一瞬の先手を、七蔵がとっていたことに、百次は気づいていなかった。百次が打ち落とした刹那、七蔵は百次の打ちこみのわきを俊敏にかいくぐっていたのだ。

かいくぐりながら、七蔵の一閃が百次の右の腕を斬りあげ、腕から噴いた血飛沫が、絶叫とともに風に舞った。

しかし、百次は身をよじらせながらも反転し、くぐり抜けていく七蔵へ、左手のみの一刀で追い打ちの一撃を浴びせた。

咄嗟に、七蔵は身をひるがえし、百次の左手の追い打ちをはじき飛ばして、かえす刀で百次を袈裟懸にした。

ひと声うめいて、百次の動きが止まった。

七蔵も袈裟懸の一刀を下段にし、両者は睨み合った。

しばしの沈黙のち、百次が片膝を落とした。

「不死身じゃねえようだな。安心したぜ」

七蔵が百次に言った。

片膝を落としながら、それでも百次は刀を杖にして倒れなかった。しかめた顔をそむけたが、すぐに憎々しげに七蔵を見あげた。袈裟懸を首筋から胸に受け、赤黒い血が首筋や胸にあふれ、垂らした右腕からも血がしたたった。

「まだやるかい」

七蔵は身を起こし、刀の切先で百次の顎を持ちあげて言った。

「腐《くさ》れが」

百次は吐き捨て、左手の刀を再びかざした。

七蔵は百次の左の小手《こて》を、鋭くはじいた。

百次は悲鳴をもらし、刀をこぼし、左の小手をかばうように抱えた。

「くそう。こ、殺せ。止めを刺せ」

「慌てるな。ここで止めは刺さねえ。おめえをお縄にして、これまでどれほどの女をかどわかしたのか、洗いざらい白状させてやる。大丈夫さ。ちゃんと牢屋敷の切場で、汚《きたね》え素《そ》っ首《くび》を落としてもらえるさ」

七蔵はそう言って、雑木林へ声を投げた。

「樫太郎、丸之助、いいぞ。お滝とお甲を介抱してやれ」

樫太郎と丸之助が走り出てきた。

「お甲さん、終わったぜ。痛むかい」

樫太郎がお甲の傍らに跪き、そっと抱き起こした。

丸之助のほうは、お滝の上にかがみこんで、首に巻きついた鎖をとってやった。

「苦しかったかい、お滝さん」

丸之助が訊くと、お滝は咳きこみつつ、頷いた。そして、喘ぎ喘ぎ言った。

「丸之助さん、百次の腰に、手鉄の錠があるから、はずしてちょうだい」

よし、と丸之助は百次のそばへ用心しながら近寄り、落とした刀を蹴って、半纏を縛った腰ひもに下げた錠をとり、お滝のそばへ戻った。

お滝の手鉄をはずすと、お滝は深い呼吸を繰りかえし、上体を起こした。

「百次、おめえ、なんでこんなことをした。春と夏に菊川橋の夜鷹を、二人、かどわかしたそうだな。お滝で三人目だ。菊川橋の二人はどうした」

七蔵は、百次の顔面に刀を突きつけて言った。

百次は顔をしかめ、七蔵を見あげた。

「決まってるだろう。始末したさ。店の裏の林の中に埋めてやった。お滝も今夜始末するつもりだったが、妙な女が現れ、邪魔された。ふん、腐れ役人に、わかるわけがないのだ。おれが始末したのは、武家の女房がふしだらな稼業に身を染めていたからだ。そんなふしだらな真似をして、それでも武家の女房か。それでも侍の女房か。なんとふしだらで、薄汚い女たちだ。許せん。絶対に許せん。だから、そのようなふしだらな女に、罰を与えてやった。そんな女たちは、罰を受けて当然だろう」

するとお滝が丸之助にすがって立ちあがり、丸之助が蹴った百次の刀を拾った。お滝は刀を両手で提げ、百次のそばへ近づいていった。

「お滝さん、何するんだい」

丸之助が言った。

お滝は何もこたえなかった。ただ、百次の傍らに立ち、百次を見おろした。

百次は血まみれの腕を垂らし、今にもくずれそうな片膝立ちの恰好でうずくまっていた。やおら、傍らに立ったお滝を見あげ、

「おまえに、最後の罰を、与え損ねた」

と、無理やり笑った。

お滝は、無言のまま百次のうなじに刀をたてた。そして、歯を食い縛って突き入れた。突き入れた刀が、百次のうなじへゆっくりと沈んでいった。

百次は短い絶叫を甲走らせ、わずかに身悶えたばかりだった。

お滝が刀を離すと、百次の身体は前のめりにくずれていった。刀が月光の下の卒塔婆《そとば》のように突きたって残り、その周りを枯れ葉が戯れて舞った。

七蔵も、樫太郎も、樫太郎に抱き起こされたお甲も、そして丸之助も、お滝を止めることはできなかった。

雑木林の間から、戸前の明地をとり囲んで、御用提灯をかざした捕り方が枯れ葉を踏み鳴らしてぞくぞくと現れたのは、そのときだった。

結　別離

十日ばかりがたった師走の下旬、七蔵と目安方・内与力の久米信孝は、松江藩松平家の上屋敷を訪ねた。

裃姿の町方与力と白衣に黒羽織の町方同心のとり合わせは、二人の訪問が前もって知らされていたため、訝しがられることなく、松江藩二十万石の壮麗な櫓《やぐら》門《もん》の脇門をくぐった。

案内の家士《かし》に導かれ、敷石の先の内門から玄関式台、広い玄関之間をへて、大広間の廻廊を、松林と石灯籠、築山《つきやま》のみの質実な内庭に沿って通り、大広間奥の書院に通された。書院の床わきの棚に花活け、床の間には書画の掛軸が架かっていた。

「これにて、お待ちを願います。中条《なかじょう》さまが、参られます」

家士が退がり、入れ代わりに、若い家士が二人に茶托の碗を運んできた。

広大な邸内は静かで、内庭の松林で鳴く四十雀《しじゅうから》の声がのどかに聞こえた。

「さすが、二十万石の上屋敷だな。立派なものだ」

久米が、床の間の書画から贅《ぜい》をこらした欄間《らんま》や襖絵を見廻して言った。

「はい、立派なものです。対応も立派であれば、いいのですが」

七蔵がこたえると、久米は鼻先で小さく笑った。

ほどなく、次之間に人の気配がし、間仕切の襖ごしに声がかかった。

「中条朝右衛門《あさえもん》さまです」

襖が引かれ、濃色の鼠《ねず》の裃を着けた中条が入ってきた。

久米と七蔵は、手をついて低頭した。

「中条朝右衛門でござる。手をおあげくだされ」

年配の、低く響く声だった。

「畏れ入ります。北町奉行所目安方与力・久米信孝でございます……」

久米と七蔵が続いて名乗り、手をあげた。両者は、間仕切の襖と内庭側の明障子を背に、床の間と床わきを片側にして対座していた。

中条は、五十前後の年ごろに見えた。

ふくよかな顔だちに、血色は悪くなかったが、気むずかしそうに眉間に深い皺を寄せ、やや伏し目がちに久米と七蔵を見つめた。主君・松平少将《しょうしょう》の側役を長く務め、この春、主君の参勤により出府したと、七蔵は聞かされていた。

硬い殻に覆われて、表情や仕種に、容易に他者を寄せつけない堅苦しさが感じられた。七蔵は、これか、と困惑を覚えた。

久米が、町奉行所の御用とは異なるこのような談合に、松江藩が応じた礼を改めて述べたあと、早速、この十二月の半ば、南本所外手町の大川端の出茶屋において起こった敵討ちの斬り合いの一件をきり出した。

「すでに、中条さまはご存じでございましょうが」

と久米は、松江藩の元勘定方・田部権ノ助の女《むすめ》はやひとりと、同藩勘定方・菅沢竜左衛門長男の菅沢周太郎、同じく勘定方・塚本丈一郎長男の塚本武勝、二人の助っ人に加わった松江城下の浪人・仙石勘蔵、仙石の門弟・中山余四郎の四人が斬り合った経緯を語ったうえで、中条に言った。

「およそ十年前、菅沢竜左衛門、並びに塚本丈一郎を斬ったはやは、松江より江戸へ逃れ、人の縁によって導かれ、出茶屋の亭主の女房となり、およそ七年がたって、二人の幼い子の母となっております。亭主は足が不自由で、はやはそんな亭主を支え、貧しい出茶屋の暮らしながら、働き者の女房と、町内では評判でございます。むつまじい夫婦に幼い子供二人と、界隈で知らぬ者はなく、このたびの一件で、はやが武家の出で、敵持ちの身と明らかになりましたものの、おのれの都合のよいように素性を偽って身を隠していたのではなく、ただ、人の縁によってそのように導かれる定めにあった、それのみなのでございます」

久米は茶を一服し、続けた。

「はやは、敵討ちの正々堂々の斬り合いで四人をかえり討ちにいたしました。やむを得ぬ刃傷沙汰とは言え、その一件以来、はやは町内を騒がせた事情が明らかになるまで、町内預かりの身となっております。このたび、四人の敵討ちが松江藩より認可書を受け、また町奉行所にも届けが出されており、斬った者、斬られた者、双方に落ち度はございません。よって、松江藩の事情は松江藩においてご判断なさることでございますが、町奉行所の調べの結果、はやの身は解き放ちと、決まったのでございます。が、それにつきまして、町内の者らより町役人を通して、夫婦子供四人がこれまでどおり、むつまじく暮らせるようにとり計らいを願う訴えが、町奉行所に出されたのでございます」

中条は不機嫌そうな咳払いをし、久米の話を中断した。だが、久米はかまわず続けた。

「聞きおよびましたところ、はやが敵持ちとなった事情について、松江藩でははやを罪を犯した者と断じ、はやは藩からも追われる身と知れました。となりますと、はやはかえり討ちにより敵持ちではなくなったものの、罪人として藩より追われ、新たな追手に追われなければなりません。これでは、はやは再び逃げねばならず、むつまじい親子四人の暮らしは無理でございます。町内の者は、そのような親子四人を不憫《ふびん》に思い、気の毒に思い、なにとぞはやに、寛大な慈悲深《じひぶか》いご処置をと、訴えておるのでございます」

「罪は罪、敵は敵ですからな。それが武家に生きる者の、定めでござる。変えようがござらん。町家の訴えと武家の事情は違う」

いきなり、中条はきり捨てるように言った。

「ごもっとも、まことにごもっともでございます。江戸の町方風情が、諸大名家の事情にとやかく申す筋はございません。しかしながら、町家の者の訴えは訴えとして、町奉行所も粗略《そりやく》に扱うことはできないのでございます。よって、町奉行所として放っておくこともならず、掛の与力がはやより聞きとりをいたした話に基づき、内々の調べをいたしましたところ……」

「内々の調べ？」

「さよう。内々の調べでございます。江戸市中におきまして、町奉行所には様々に調べる手だてがございますもので。諸大名方のご事情もでございます。いえ、密偵を放つなど、そのような手だてでは決してございませんので、ご懸念なきよう。あくまで、内々にであって、隠密にではございません」

「わが家中の事情を、調べられたのですな」

「話しても差し支えない、とお考えの方々に聞きとりをさせていただきました。それによれば、およそ十年前、はやが菅沢竜左衛門どのと塚本丈一郎どのを討ち果たし、松江城下を出奔したふる舞いはやむを得ない事情であった、決して罪にはあたらず、という声が多数聞こえました。のみならず、このたびの一件で、はやひとりで四人を相手に斬り結び倒した顚末、見事と言うほかない、はやこそ武家の女《むすめ》の鑑《かがみ》と言われる方々もおられました」

中条は固く沈黙した。そのとき、

「中条さま、ひと言、お許しを願います」

と、隣の七蔵が頭を垂れて言った。

「どうぞ」

中条は七蔵に目を向け、どうでもよさそうに言った。

「わたくしの手の者に、女の身で御用聞を務める者がおります。その者はおはやと同じ、二十八歳でございます。偶然、おはやと親しく言葉を交わし、一件のあったその日も、たまたま出茶屋に居合わせ、おはやと四人の侍の戦いをつぶさに見たのでございます。手の者によれば、おはやは正々堂々と立ち合い、まことに見事な戦いぶりだったそうでございます。手の者は、武家の女とはこういう者かと、心を打たれ、足の不自由な亭主と幼い子供らのためにも、おはやを救いたいと、わたくしに申したのでございます。中条さまの仰った通り罪は罪、敵は敵でございます。しかしながら、罪にも敵にも、様々な、目に見えるわけ、見えぬ子細もございます。あるいは、見たい事情だけを見て、知りたいわけだけを知って生まれた罪や敵も、あるのではございませんか。再びの調べをと、そのような僭《せん》越《えつ》なことを申し入れておるのではございません。わたくしの御用聞も、町家の町人も、ただ、はやと亭主と子供らのむつまじい親子に、寛大で慈悲深いお情けを、町奉行所に訴えておるのでございます。斬り合いはもう十分ではないか、幼い子供から母を奪うような斬り合いは、やめにしてもよいのではないか、内々に町奉行所が間に入って、水に流すという判断がご当家にあってもよいのではないかと、訴えておるのでございます」

さらに、久米が言い添えた。

「わがお奉行さまは、それがしとこの萬七蔵がご当家をお訪ねすることを、お許しくださいました。町人の訴えはもっともであるとお考えゆえでございます。ご家中に、もうあのような戦いはやめるべきだと、お考えの方々がおられました。中条さま、いかがでございましょうか。何とぞ、おはやにお情けを、お考えいただきたいのでございます」

中条は、なおもしばしの沈黙を続け、また、不機嫌そうな咳払いをした。それから、やおら、言い始めた。

「十数年前、当代の殿さまがご主君の座に就かれる折り、家中でお世継ぎを巡り内紛が起こりました。家中の者が両派に分かれ、刃傷沙汰さえ起こるお家騒動になったのでござる。それがしも、当代の殿さまがご主君の座に就かれることに反対を唱える一派と、激しく争っておりました。あるとき、わが家に仕えておった若党が、それがしの使いで出かけた折り、争っていた一派の若侍らにわが家の若党というだけの理由で囲まれ、理不尽なる乱暴狼藉を働かれたのでござる。偶然そこに、ひとりのうら若い女が通りかかった。女の名ははや。あのとき、はやは十七歳。身分軽き勘定方の下役・田部権ノ助の女にて、小太刀の名手であった。むろんあのころは、はやが小太刀の名手であると、家中には殆ど知られてはおりませんでした。父親の田部権ノ助が、小太刀の使い手と、少々知られておるのみにて……」

それから、中条は久米と七蔵へ不機嫌そうな顔を向けた。

「はやは、乱暴狼藉を働かれて起きあがれなくなったわが家の若党を見捨てておけず、若党の小刀をとって、気の荒い若侍らと斬り結び、いく人かに手疵を負わせ、追い払ったのでござる。それで、あれは誰だ、どこの女だ、とはやの名は城下でたちまち広まったのでござる。それがしも、のちに勘定方の下役を務める田部権ノ助の女と知って、そんな女がいたのか、先々が楽しみなことだなと感心いたした。人を遣わして礼をいたし、わが縁者に年ごろの者がおれば、はやを嫁になどと考えたことはありました。ところが、それから二年ほどのち、勘定方の不正の一件が発覚したのでござる。不正の顚末は、首謀者が勘定方下役の田部権ノ助で、田部にそそのかされた上役の勘定方組頭の菅沢竜左衛門と、勘定方頭取助役の塚本丈一郎が不正に手を染め、上役二人が罪の意識に耐えきれず、首謀者の下役をお上に訴えるという、まことに以って、奇妙な展開になったのでござる。藩の調べで不正は訴えのとおりと判明し、田部権ノ助は斬首、田部家は改易を言いわたされました。一方、訴えた上役二人は、減俸《げんぽう》と謹慎《きんしん》は命じられたものの、役目はそのままという、軽き咎めで済んだのです」

中条の眉間の皺が、さらに深くなった。

「そう、およそ十年前のことでござる。家中には、そんな馬鹿な、理不尽な、という声があふれておりました。しかし、当時はわが殿さまが当主に就かれる前の内紛が、なおもくすぶっておる事情があって、田部権ノ助の一件を糾すどころか、言ってみれば、捨ておかれたのでござる。はやが、菅沢竜左衛門と塚本丈一郎を討ち果たし、城下を出奔したのはひと月後でござった。下役の者らの間では、はやがやった、当然だ、という声はあがりましたが、家中のある勢力のある者らより、二人を闇討ちにした不届きなるふる舞い、とはやの罪をお上に訴え、藩でもその勢力の訴えのままに、はやを罪人と断じ、敵討の認可書も菅沢周太郎、塚本武勝の両名に許されたのでござる。恥ずかしながら、わがお家はあのとき、過ちを犯しました」

七蔵と久米はかえす言葉もなく、ただ顔を見合わせた。

「およそ十年がたち、わがお家の犯した過ちが、先だっての大川端の敵討ちの顚末で、白日の下にさらされたのでござる。はやは、まことに武家の女の鑑でござる。あの見事な小太刀の業によって、わがお家の過ちを一刀両断にしたのでござる。すでにわが殿の命により、これ以後、藩命においてはやを罪人と断じたことと敵討ちの認可書を許したことも、すべて改むべし、と国元へお達しが送られております。のみならず、およそ十年前の田部権ノ助の不正の調べ直しを命じ、もしも十年前の裁きが過ちとわかれば、ただちに田部家再興の手続きをとるべし、とでござる。田部家を継ぐ倅は、津和野にて百姓をしておるのはわかっております。田部家の者を即刻松江へ呼び戻し、倅を相応の身分にとりたてよと、わが殿さまのご命令でござる。むろん、はやが望むならば、はやとその一家の者も相応にと」

「ははあ」

と、久米が先に手をつき、中条へ頭を垂れた。

「ありがとう、ございます」

七蔵も即座に気づき、畳に手をついて思わず声を張りあげた。

十二月の下旬もおしつまったある昼下がり、すっかり疵の癒えたお甲は、三ツ目通りの遠山家のお滝を訪ねた。百次に痛めつけられたお滝の風貌も、十人並みながら、ちょっと男好きのする器量に戻っていた。

お甲は、夫の宏之進にも、隠居夫婦や子供らとも顔を合わさず、薄暗い勝手の板間のあがり端に腰かけ、お滝は板間に坐って、あれ以来どのようにしていたかなど、言葉少なに話した。ただ、お滝はお甲に感謝しつつも、もうきてほしくはなさそうな様子が、素ぶりに感じられた。

町奉行所のその後の調べにより、百次が元は常州笠間《じょうしゅうかさま》藩の下級武士で、里見《さとみ》百之助《もものすけ》といい、城下一の剣術使いと知られるほどの男だったことがわかった。

里見の妻が、下級武士の貧しい暮らしに耐えかねてか、あるいはほかにもわけがあってか、夫の里見に隠して城下の遊里で客をとっていた。

それを知った里見は、遊里の女郎屋に突然押しかけ、妻と遊里の者ら数人を斬殺して出奔し、江戸へ流れてきた。

江戸へ流れてきて、名を変え、武士の素性を隠して十数年、三十代の半ばをすぎて、そろそろ四十に手が届きそうな歳になっていたが、長い年月がたっても遊里で客をとっていた妻への怒りは忘れず、あるいはその怒りにとり憑《つ》かれ、怒りを腹の底に秘めていたと思われた。

ところが、菊川橋袂で武家の妻の夜鷹が出る噂を知り、十数年、腹の底に秘めていた怒りが頭をもたげ、ふしだらな武家の女に罰をあたえねばならぬ、という妄念《もうねん》に捉われ、夜鷹をさらい痛めつけた末に始末した、というのが町奉行所の見たてだった。

ただ、百次がすでにいないため、子細はわからず仕舞いで、養子縁組を結んだ悉皆屋の老夫婦の死にも不審な点や噂があったものの、何もかもが定かにはならぬまま、百次の一件は終わっていた。

お甲はそれを、お滝に伝えにきたのだった。

「思い出したくないかもしれませんけれど、やはり、お伝えした方がいいのかなと、思いましてね」

お甲が言うと、お滝は物憂そうに頷いた。

「ええ。つらくても、知っておきませんとね」

お滝は言い、では、と帰りかけたお甲に、念のため、というふうに言い添えた。

「先だって、藪の内のお泉さんから、わたしの借金を棒引きにすると、もう藪の内に務めなくてもいいと、知らせがきましてね」

「まあ、そうなんですか。よかったですね」

「はい。助かりました。本途に、助かりました」

「これからは、お子さん方のために……」

お甲とお滝は、薄暗い勝手の板間で、ひそやかに最後の言葉を交わした。

お甲は、遠山の屋敷から、中ノ郷原庭町の藪の内へいった。

だが、藪の内の長屋のお泉の店を訪ねて、お泉が五日前に亡くなっていたことを教えられたのだった。お泉の店には、新しくふせぎ役に雇われた中年の男と女房がいて、初めは訝ったものの、お泉と丸之助の知り合いだと告げると、

「聞いた話によると、突然、心の臓がやられたらしくて倒れ、医者を呼んだが手の施しようがなく、ほんの二刻ほどで亡くなったそうですぜ」

と言った。

お甲は、身体が震えるほどの衝撃を受け、頭が真っ白になったが、懸命に堪えて、涙も流さなかった。

「そうでしたか。お気の毒に。あの、お泉さんのお墓はどちらに。それと、ご亭主の丸之助さんは、どうしていらっしゃるんですか」

そう訊ねると、男は首をひねった。

「それも聞いた話ですが、ご亭主は、お泉さんの遺骨を持って、江戸を発ったそうですぜ。お泉さんは身寄りがないから、前のご亭主が葬られた鹿沼にいって埋葬してやるつもりだと、言ってたそうで。藪の内の女郎衆だけで仮葬儀を済ませ、その日のうちに発ったとか……」

お甲は懸命に堪えた。

四半刻後、藪の内から大川端の前菜市場の小屋の並ぶ竹町に出た。

大川端の河岸通りは人通りが多く、午後の明るい陽射しが大川の川面を鮮やかな紺色に染め、船渡しの船や大川を上り下りする荷船が、いく艘も見えた。冬の風が、お甲の島田に吹き流した絣の上布を、からかうようにそよがせた。

川向こうの浅草の町家を眺めつつ、河岸通りを南の外手町へとった。

南本所の番場町から、外手町の大川端の出茶屋を見やった。

だが、出茶屋の板庇に葭簀はたて廻されておらず、店は板戸で閉じられ、やき餅、くさ餅、と記した旗もなく、煙出しから切妻の茅葺屋根へのぼり、赤樫の木にからんでいた煙も見えなかった。

栃の木の下に祀った稲荷の祠と、物揚場で荷運びする軽子らの賑やかな声ばかりが、あの日のように聞こえていた。

お甲は、出茶屋の前まできて、しばし、呆然と佇んだ。御厩の船渡しの船が、客を大勢乗せ、浅草の三好町のほうへ渡っていた。

河岸通りの表店のおかみさんに、あの出茶屋はどうしたんですか、と訊ねた。

すると、おかみさんは言った。

「おまえさん、ご存じじゃないんですか。つい半月ほど前、あの出茶屋で斬り合いがありましてね。人も大勢亡くなって。その斬り合いの事情は、あたしらにはよくわからないんですけど、御番所のお調べは済んで、出茶屋の一家には何もお咎めはなかったんです。でも、やっぱり、そういうことがあった場所では商売が続けづらいみたいで、夫婦と幼い子供らの四人は、ご亭主の親類のいる信濃の上《かみ》諏訪《すわ》へ旅だたれたんですよ。上諏訪で百姓をすると仰って。一昨日でした。子供はまだ幼いし、ご亭主は足が不自由だし、大変でしょうけど、まあ、夫婦はまだ若いから、案外楽しそうには見えましたね」

お甲は表店のおかみさんに礼を言って、大川端に戻った。

美しい紺色に染まった大川の流れを凝っと眺め、お甲は栃の幹に手を触れ、身体を支えた。お甲の草履に踏み締められ、枯れ葉が擦れて鳴った。川原の葦の間で鴫が鳴き騒ぎ、水草の間に真鴨が浮かんでいた。

「おはやさん、よかったじゃないか」

そう呟いた途端、お甲は身体の底からこみあげる激しい悲しみに苛まれ、立っていられなくなった。

栃の木の下にかがみ、周りをはばからず、咽び泣いた。

光文社文庫

文庫書下ろし／長編時代小説
夜叉萬同心《やしやまんどうしん》 本所《ほんじよ》の女《おんな》
著者 辻《つじ》 堂《どう》 魁《かい》

2019年4月20日 初版1刷発行
2024年6月20日 5刷発行

発行者 三宅貴久
印刷 堀内印刷
製本 ナショナル製本

発行所 株式会社 光文社
〒112-8011 東京都文京区音羽1-16-6
電話 (03)5395-8149 編集部
8116 書籍販売部
8125 制作部

ISBN978-4-334-77827-9 Printed in Japan

組版 萩原印刷